3 倪匡珍藏限量紀念版

衛斯理傳奇之

妖火

（含：妖火．真菌之毀滅）

倪匡 著

無窮的宇宙，
無盡的時空，
無限的可能，
與無常的人生之間的永恆矛盾，
從倪匡這顆腦袋中編織出來。

——金庸

目錄

妖火

目錄

眞菌之毀滅

妖火

序言

「妖火」是第一個以衛斯理為主的科幻故事，開始了日後一連串的科幻故事的創作。現在再來重看、重校、重刪、重訂，有一個現象，十分有趣，就是可以看到二十年來，科技的發展，對人類的生活，影響極大，一些當時認為可以寫進小說中的「大事」，現在已全是日常小說中的小事了。

「妖火」的故事也寫的十分長，所以也變成了兩冊。在「妖火」中作出的幻想到的設想，現在看來，仍然十分新鮮，創作時，離第二次世界大戰不足二十年，所以才有那樣的故事結構，現在，四十年過去，自然「俱往矣」了。

倪匡

第一部：行為怪異的老先生

我從來也未曾到過這樣奇怪的一個地方。

到目前為止，所發生的一切，都像是一篇小說，而不像是現實生活中所應該發生的。但是，它卻又偏偏在我身上發生了。

我必須從頭講起：那是一個農曆年的大除夕。

每年大年三十晚上，我總喜歡化整個下午和晚上的時光，在幾條熱鬧的街道上擠來擠去，看著匆匆忙忙購買年貨的人，這比大年初一更能領略到深一層的過年滋味。因為在大年初一，只能領略到歡樂，而在除夕，卻還可以看到愁苦。

那一年，我也溜到了天黑，紅紅綠綠的霓虹燈，令得街頭行人的面色，忽紅忽綠，十分有趣。而我，則停在一家專售舊瓷器的店家面前，望著櫥窗中陳列的各種瓷器。

我已看中了店堂中紅木架子上的那一隻凸花龍泉膽瓶，那隻膽瓶，姿色青瑩可愛，而且還在青色之中，帶點翠色，使得整個顏色，看起來有著一股春天的生氣。我對於瓷器是外行，但是這隻瓶，即使是假貨，它的本身，也是有其價值的，因此，我決定去將它買下來。

我推門走了進去，可是，我剛一進門，便看到店員已將那隻花瓶，從架上小心翼翼地捧了下來。

我心中不禁愣了一愣，暗忖難道那店員竟能看穿我的心意麼？事實上當然不是如此，因爲那店員，將這隻瓶，捧到了一位老先生的面前。

那老先生將這隻瓶小心地敲著、摸著、看著。我因爲並不喜歡其他的花瓶，所以，便在那老先生的身邊，停了下來，準備那老先生買不成功，我就可以將它買了下來。

那老先生足看了十多分鐘，才抬頭道：「哥窯的？」龍泉瓷器，是宋時張姓兄弟的妙作，兄長所製的，在瓷史上，便稱爲「哥窯」，那位老先生這樣問法，顯出他是內行。

那店員忙道：「正是！正是，你老好眼光！」

想不到他馬屁，倒拍在馬腳上，那老先生面色一沈，道：「虧你講得出口！」一個轉身，扶著手杖，便向外走去。

我正希望他買不成功。因爲我十分喜歡那隻花瓶，因此，我連忙對著發愣的店員道：「伙記，這花瓶多少錢？」那店員還未曾回答，已推門欲出的老先生，忽然轉過身來，喝道：「別買！」

我轉過身去，他的手杖幾乎碰到了我的鼻子！

老年人和小孩子一樣，有時不免會有些奇怪的，難以解釋的行爲。

但是，我卻從來也未曾見過一個一身皆是十分有教養的老年人，竟會做出這種怪誕的舉動來。一時間，我不禁呆住了難以出聲。

正在這時候，一個肥胖的中年人走了出來，滿面笑容，道：「老先生，甚麼事？」那老先生「哼」地一聲，道：「不成，我不准你們賣這花瓶！」他的話，說得十分認真，一點也沒有開玩笑的意味在內。

那胖子的面色，也十分難看，道：「老先生，我們是做生意的——」

我想不到因為買一隻花瓶，而會碰上這樣一個尷尬的局面；正當我要勸那老先生幾句的時候，那老頭子，突然氣呼呼地舉起手杖來，向店夥手中的那隻花瓶，敲了過去！在那片刻間，店伙和那胖子兩個人，都驚得面無人色。幸而我就在旁邊，立即一揚手臂，向那根手杖格去。

「拍」地一聲響，老先生的手杖，打在我的手臂上，我自然不覺得甚麼疼痛，反而將那柄手杖，格得向上，直飛了起來，「乒乓」一聲，打碎了一盞燈。

那胖子滿頭大汗，喘著氣，叫道：「報警！報警！」

我連忙道：「不必了，花瓶又沒有壞。」

那胖子面上，猶有餘悸，道：「壞了還得了，我只好跳海死給你們看了！」

我微微一笑，道：「那麼嚴重？這花瓶到底值多少？」我在說這句話的時候，是準備他一說出這花瓶的價錢，便立即將之買下來的，而且付現鈔。

那胖子打量了我一眼，說出了一個數目字。

剎時之間，輪到我來尷尬了，那數字之大，實足令得我吃了一驚。當然，我不是買不起，但要我以可以買一隻盡善盡美遊艇的價錢，去買一隻花瓶，我卻不肯。

我忙道：「噢，原來那麼貴。」胖子面色的難看就別提了，冷冷地道：「本來嘛！」我拉了老先生的手臂，從地上拾起手杖，走出了這家店子，拉了老先生轉過了街角，背後才不致有如針芒在刺一樣地難受。

我停了下來，道：「老先生，幸而你不曾打爛他的花瓶，要不然就麻煩了……」

我只當那老先生會有同感的。因爲看那位老先生的情形，可能是千萬富翁，但是我還未曾見過一個肯這樣用錢的千萬富翁。

怎知那老先生卻冷冷地道：「打爛了又怎樣，大不了賠一個給他，我還有一隻，和這個一模一樣的，它們原來是一對。」

我越聽越覺得奇怪，道：「你說，店裏的那隻花瓶原來是你的？」老先生「哼」地一聲，道：「若不是祖上在龍泉縣做過官，誰家中能有那麼好的青瓷？」

我一聽得他如此說法，心中有一點明白了。

那一定是這位老先生，原來的家境，十分優裕，但是如今卻已漸漸中落，以致連心愛的花瓶，也賣給了人家，所以，觸景生情，神經才不十分正常。

然而，我繼而一想，卻又覺得不十分對。因爲他剛才說，家中還有一隻同樣的花瓶，照時價來說，如果將之變賣了，也足可以令他渡過一個十分快樂的晚年了。可能他是另有心事。

我被這個舉止奇特的老年人引起了好奇心，笑著問道：「老先生，那你剛才在店中，爲甚麼要打爛那隻花瓶？」

老先生望著街上的車輛行人，道：「我也不明白爲甚麼——」

老者講到這裏，便突然停止，瞪了我一眼，道：「你是甚麼人，我憑甚麼要對你講我的事情？」我笑道：「有時候，相識數十年，未必能成知己，但有緣起來，才一相識，便成莫逆了，我覺得老先生的爲人很値得欽佩，所以才冒昧發問的。」

「高帽子」送了過去，對方連連點頭，道：「對了，譬如我，就連自己的兒子，也不瞭解……」

我心中又自作聰明地想道：「原來老頭子有一個敗家子，所以才這樣傷神。」

那老先生道：「我們向前走走吧，我還沒有請教你的高姓大名啦。」

我和他一齊向前走著，我知道，從每個人的身上，都可能發掘出一段曲折動人的故事來的，但從這位老先生的身上，所發掘出來的事，可能比一般的更其動人，更具曲折。

我聽他問起我的姓名，便道：「不敢，小姓衛。」那老先生顯然是一個性子很急的人，連忙道：「姓衛？嗯，我聽得人說起，你們本家，有一個名叫衛斯理的，十分了得。」

我不禁笑了笑，道：「衛斯理就是我，了得倒只怕未必。」

那老先生立即站住，向我望來，面上突然現出了一種急切的神情來，一伸手，抓住了我的手，我覺得他的手臂，在微微發抖。

我不知道他何以在剎那之間，如此激動，忙道：「老先生，你怎麼啦？」

他道：「好！好！我本來正要去找你，卻不料就在這裏遇上了，巧極，巧極！」

我聽了他的話，嚇了老大一跳，他的口氣，像是要找我報仇，苦於不知我的行蹤，但是卻恰好狹路相逢一樣！我忙道：「老先生，你要找我，有甚麼事？」我一面說，一面已經準備運力震脫他的手臂。

老先生忽然嘆了一口氣，道：「老頭子一生沒有求過人，所以幾次想來見你，都不好意思登門，如今既然遇上了你，那我可得說一說了。」

老先生道：「請到舍下長談如何？」

我鬆了一口氣，心想原來他是有求於我，忙道：「那麼，你請說吧。」

今天是年三十晚，本來，我已準備和白素兩人，在一起渡過這一晚上的。但是我聽出那老先生的語言，十分焦慮，像是除了我以外，沒有其他人可以幫助他一樣。所以我只是略想了一想，便道：「好的。」

老先生站住了身子，揮了揮手杖，只見一輛「勞司來司」轎車，駛了過來，在他的面前停下，那輛名貴的車子，原來早就跟在我們的後面了。

穿制服的司機，下車打開車門，我看了車牌號碼，再打量了那老先生一眼，突然覺得他十分面熟，這是時時在報上不經意地看到過的臉孔，我只是略想了一想，道：「原來是╳先生！」

我這裏用「╳先生」代替當時我對這位老先生的稱呼，以後，我用「張海龍」三個字，代表他的姓名。我是不能將他的真姓名照實寫出來的，因爲這是一個很多人知道的名字。

那老先生點了點頭，自負地道：「我以爲你早該認出我的。」

我想起剛才竟認爲他是家道中落，所以心情不好一事，不禁暗自失笑，他到現在爲止，財產之多，只怕連他自己也有一些弄不清楚！

我們上了車，張海龍在對講電話中吩咐司機：「到少爺住的地方去！」

司機的聲音，傳了過來，一聽便可以聽出，他語意之中，十分可怖，反問道：「到少爺住的地方去？」張海龍道：「是！」

他「拍」地關掉了對講電話靠在沙發背上，一言不發。我心中不禁大是奇怪。爲甚麼司機聽說要到「少爺住的地方」去，便感到那麼可怕呢？

因爲我不但在司機剛才的聲音中，聽出了他心中的可怖，這時，隔著玻璃望去，司機的面色，也是十分難看，甚至他握住駕駛盤的手指，也在微微發抖！

我向張海龍望去，只見他微微地閉上了眼睛，並沒有和我談話的意思。

的。

我決定不去問他，因為我知道，這其間究竟有些甚麼不可思議的事情，我是遲早會知道的。

車子向前駛著，十五分鐘之後，便已出了市區，到了郊外，又駛了二十分鐘，才折進了一條窄空的，僅堪車子通行的小路，這時已經遠離市區了，顯得沈靜到了極點。

在小路上又駛了五分鐘，才在一扇大鐵門的前面停住，鐵門的後面仍是一條路，那天晚上，天氣反常，十分潮濕，霧也很濃，前面那條路通到甚麼地方去，卻是看不十分清楚。

車子在鐵門面前，停了下來，司機下了車，張海龍這才睜開了眼睛，在衣袋中摸出了一串鑰匙，找出了一柄，道：「去開鐵門！」

司機接過了鑰匙，道：「老爺……你……」

張海龍揮了手，道：「去開門！」那司機的面色，在車頭燈的照耀之下，更是難看之極，他以顫抖的手，接過了鑰匙，走到那鐵門的面前。

突然之間，只聽得「嗆啷」一聲，那串鑰匙，跌到了地上，司機面無人色地跑了回來，道：「鐵門上……的鎖開……著……開著……」

這時候，我心中的奇怪，也到了極點。

多霧的黑夜，荒涼的郊外，社會知名的富豪，吃驚到面無人色的司機，再加上我自己這個不速之客，但究竟會發生一些甚麼事情呢，我卻一無所知！

再也沒有其他環境，比如今這種情形，更其充滿了神秘的氣氛的了。

張海龍聽了，也像是愣了一愣，道：「拿來。」司機在車子中取出了一具望遠鏡，交給了張海龍，張海龍湊在眼上，看了一會，喃喃地道：「霧很濃，但好像有燈光，開進去！」司機無可奈何地點了點頭，上前去推開了鐵門，拾起了鑰匙，回到了車中，駛車進門。而在那一段時間內，張海龍將望遠鏡遞給了我。

我從望遠鏡中望去，只見前面幾株大樹之中，一列圍牆之內，有著一幢很大的洋房。濃霧掩遮，並看不清楚，但是那洋房之中，卻有燈光透出。

車子向前飛駛著，離那洋房越來越近，不必望遠鏡也可以看得清了，洋房的圍牆和牆壁上，全是「爬山虎」，但顯然有許久沒有人來修剪了。

我實在忍不住這種神秘的氣氛，回過頭來，道：「張老先生，可是令郎有著神經病，或是其他方面的毛病麼？」張海龍卻並不回答我。

車子很快地駛進了圍牆，在大門口停了下來。

圍牆之內，也是野草蔓延，十分荒涼，燈光正從樓下的大廳射出，而且，還有陣陣的音樂聲，傳了出來。那是舒伯特的小夜曲。

只不過，當我們的車子，停在門口的時候，音樂聲便停止了。

張海龍自己打開了車門下了車，我連忙跟在後面，他向石階上走去，一面以手杖重重地敲著石階，大聲道：「阿娟，是你麼？」

直到這時候爲止，我對於一切事情，還是毫無頭緒，如今，我總算知道了一件事，那便是在這屋中的，是一個女子。

果然，只聽得大廳中傳來了一個女子的聲音，道：「爸爸，是我。」

張海龍向石階上走去，他剛一到門口，門便打了開來，只見一個二十二三歲的女郎，正站在門前，她一出現的時候，望著張海龍，面上帶著一點憐憫的神色，但是她立即看到了我，一揚頭，短髮抖了一下，面上卻罩上了一層冷霜。

我從他們的稱呼中，知道那女郎，便是張海龍的女兒，只聽得張海龍道：「阿娟，你怎麼來了？」那女郎扶著張海龍，向內走去，道：「我知道你一定要來的，所以先來等你。」

張海龍嘆了一口氣，道：「你回去，我請了一位衛先生來，有話和他說。」

張小姐回過頭來，冷冷地望了我一眼，她的臉上，簡直有了敵意，道：「你有甚麼事情，可以和外人說，竟不能和女兒說麼？」

張海龍搖了搖頭，道：「衛先生，莫見怪。」

我就算見怪了，這時候，想趕我也趕不走了，我非弄清事情的究竟不可。

我們進了大廳，大廳中的佈置，華麗得有些過份。張海龍請我坐了下來，道：「阿娟，這位是衛先生，衛斯理先生。」

那女郎只是向我點了點頭，道：「爸爸，你怎麼老是不死心？每年，你都要難過一次，連過一個年，都不能痛快！」

張海龍道：「你不知道，我這次，遇上了衛先生，恐怕有希望了。」

那女郎並沒有冷笑出聲音來，可是她面上那種不屑的神情，卻是令得人十分難堪，一扭身，便走了開去，獨自坐在角落的一張沙發上，「刷刷」地翻著一本雜誌。當著她父親的客人，她這樣的舉動，實在是太沒有禮貌了，難道她以爲年輕、貌美、家中有錢，便可以連禮貌都不要了麼？

我心中對這位千金小姐，十分反感，欠了欠身，道：「張老先生，有甚麼事情，你該說了。」

張海龍托著頭，又沈默了一會。

張海龍道：「衛先生，你可知道，一個年輕人，留學歸來，他不賭、不嫖，沒有一切不良的嗜好，但是卻在一年之內，用完了他名下兩百萬美元的存款，又逼得偷竊家中的物件去變賣，那花瓶，就……是給他賣了的！」

我聽得張海龍講出這樣的話來，心中不禁又好氣，又好笑！

我是當張海龍鄭重其事地將我請到了這裏來，一定有極其重大的事情。怎知卻是爲了這樣的一件事。他說的，分明是他的兒子。

他說他的兒子不賭不嫖，但如今，有哪一個父親敢說完全瞭解自己的兒子？二百萬美元存款，自然全在賭嫖中化爲水了！

我儘量維持著笑容，站了起來，道：「張先生，對不起得很，對於敗家子的心理，我沒有研究。」

那女郎忽然昂起頭來，道：「你以爲我弟弟是敗家子麼？」

我狠狠地反頂了她一句，道：「小姐，我是你父親請來的客人，並不是你父親企業中的職員！」

那女郎站了起來，道：「我弟弟不是敗家子，你說他是，那是給我們家庭的侮辱！」我彎了彎腰，冷冷地道：「高貴的小姐，我想，是你們高貴的家庭有了麻煩，令尊才會請我來的！」

那女郎的面色，變得十分難看。

張海龍忙道：「阿娟，你別多說了。」他說著，又轉過頭來，道：「她比她弟弟早出世半小時，他們是孿生的姊弟。」

我實在不想再耽下去了，連忙道：「張先生，你的家事，我實在無能爲方！」張海龍面上肌肉抽搐，眼中竟有了淚花，道：「衛先生，你一定要幫忙，因爲他失蹤已經三年了！」

我心中震動了一下，一位億萬富翁兒子的失蹤，那可能意味著一件重大的罪惡。但是我仍然道：「那你應該去報警，或者找私家偵探。」

張海龍道：「不，我自己並不是沒有腦筋的人，我不能解決的事，私家偵探更不能解決。而我不想報警，因爲親友只當他在美國的一個實驗室中工作，不知他已失蹤了。」

我感到事情十分滑稽，道：「你可是要我找回令郎來？」

張海龍緊緊地握著手杖，道：「那自然最好，但是我希望至少弄明白，他從美國留學回來之後，究竟做了些甚麼事，和爲甚麼會失蹤的！」

我聳了聳肩，道：「連你也不知道，我又怎麼會知道呢？」

張海龍道：「這就是我要借重你的地方，你跟我來，我給你看一處地方，和一些東西，一路上我再和你約略地講他的爲人。」

我又開始發現，事情不像我想像地那樣簡單。

我想了一想，便道：「好。」那女郎則道：「你決定將我們家中的秘密，弟弟的秘密，暴露在外人的面前麼？」

張海龍的神情，十分激動，道：「事情沒有弄清楚之前，這是秘密。但是我相信事情弄明白了之後，小龍的一切作爲，對我們張家來說，一定會帶來榮譽，而不是恥辱，終將使所有外人，知道事情的真相。」

那女郎不再說甚麼，道：「要不要我一齊去？」

張海龍道：「不用了。」

那女郎又在那張沙發上坐了下來，在坐下之前，再向我瞪了一眼。顯然地，這位美麗的女郎，對我的出現，表現了極度的厭惡。

我不去理會她，和張海龍兩人，出了大廳，繞過了這幢大洋房，到了後園。在後園，有著一個方形的水泥建築物，像是倉庫一樣，鐵門上有鎖鎖著。

張海龍摸索著鑰匙，道：「小龍是一個好青年，因為他一年三百六十天，連睡覺都在裏面睡的，他可以成為一個極有前途的科學家的！」

我向那門一指，道：「這是甚麼所在？」

張海龍道：「這是他的實驗室。」我又問道：「他是學甚麼的？」張海龍道：「他是學生物的。」我正想再問下去，突然，我聽得出那扇鐵門之中，傳來了一陣沈悶的吼聲。

我一聽得那吼聲，全身盡皆一震，不由自主，向後退出了兩步。

有一個時期，我十分喜歡狩獵，在南美森林中，渡過一個時期。

而剛才，從張小龍的「實驗室」中傳出的一陣吼聲，雖然像是隔著許多障礙，而聽不真切。但是我卻可以辨認出，那是美洲黑豹特有的吼叫聲！美洲黑豹是獸中之王的王，那簡直是黑色的幽靈，在森林之中，來去無聲，任何兇狠的土人，高明的獵人，提起了都會為之色變的。

而在這裏，居然能夠聽到美洲黑豹的吼聲，這實是不可思議的怪事！

霎時之間，我不知想起了多少可能來，我甚至想及，張海龍可能是一個嚴重的心理變態者，他編造了故事，將我引來這裏，是爲了要將我餵那美洲黑豹！

看張海龍時，他卻像是未曾聽得那陣吼聲一樣，正將鑰匙，插入鎖孔之中。

我連忙踏前了一步，一伸手，已經將張海龍的手腕握住。當時，因爲我的心中甚是有氣，所以用了幾分力道，張海龍雖然是一個十分硬朗的老人，但是他卻也禁不住我用了兩分力量的一握。

他手中的鑰匙，「噹」地跌到了地上，他也回過頭來，以極其錯愕的神情望著我，他的額角上雖已滲出了汗珠，但是他卻並不出聲——他真是一個倔強已極的老人，當時我心中這樣想著。我和他對望片刻，才道：「張先生，這究竟是甚麼意思？」

張海龍道：「請……請你放手。」

我聳了聳肩，鬆開了手，道：「好，那你得照實說，你究竟是甚麼意思。」

張海龍搓揉著他剛才曾被我緊握過的手腕，道：「衛先生，這是一件十分奇怪的事情，剛才在屋中、我已經和你大概說過了，我要帶你到這裏面看一看的目的，便是——」

我一聽得張海龍講話，如此不著邊際，心中更是不快，不等他講完，道：「張先上，剛才從那門內傳出來的那一下吼聲，你有沒有聽到？」

張海龍點頭道：「自然聽到的。」

我的聲音，冷峻到了極點，道：「你可知道，那是甚麼動物所發出的？」張海龍的語音，卻並不顯得特別，道：「當然知道啦，那是一頭美洲黑豹。」

我立即道：「你將我帶到一個有著美洲黑豹的地窖中，那是甚麼意思？」張海龍又呆了一呆，突然「哈哈」大笑起來！

我倒給他的笑聲，弄得有一點不好意思起來，張海龍笑了一會，拍了拍我的肩頭，道：「名不虛傳，果然十分機警，但是你卻誤會我了，我對你又怎會有惡意？這一頭黑豹，是世界上最奇怪的豹，牠是吃素的，正確地說，是吃草的。」

我以最奇怪的眼光望著張海龍。這種眼光，倒像是張海龍並不是一個人，而是一頭怪物——一頭吃草的黑豹！

天下還有甚麼事情比這句話滑稽的麼？

不必親眼看到過黑豹這種動物如何殘殺生靈的人，也可以知道，美洲黑豹是世界上最殘忍的食肉獸之一。說美洲黑豹能夠食草為生，那等於說所有的魚要在陸地上生活一樣的無稽。而講這種話的人，神經一定也不十分正常的了。

大年三十晚上，和一個神經不正常的人在一起，我感到有立即離開的必要了。因此，我不再和張海龍辯駁下去，只是笑了笑，道：「好，張先生，對不起得很，我真的要告辭了。」

張海龍道：「衛先生，你如果真的要告辭了，我自然也不便多留。」

他講到這裏，頓了一頓，直視著我，又道：「但是，衛先生，我可以以我的名譽向你保證，我對你說過的，都是實話。」

我本來，已經下定了決心要離開這裏的了。

但是我一聽得這句話，心中卻又不禁猶豫了起來。

我上面已經說過，張海龍乃是在這個社會中，極有名譽地位的人，他實在沒有必要來和我開玩笑。而像他這樣一個倔強固執的人，一定將本身的名譽看得極其重要，更不會輕易地以名譽來保證一件事的！

我苦笑了一下，攤了攤手，道：「好，吃草的美洲黑豹，好，你開門吧，我倒要看一看。」

張海龍俯身，拾起了鑰匙，又插入了鎖孔之中，轉了一轉，「拍」地一聲，鎖已打開，他伸手將門推了開來，我立即踏前一步，向門內看去。

門內是一級一級的石級，向地下通去。那情形，倒不像是甚麼實驗室，而像是極秘密的地庫一樣。我望瞭望張海龍，道：「令郎爲甚麼要將實驗室建造成爲這個樣子？」

張海龍答道：「這個實驗室，是他還未曾回到香港之前，便托人帶了圖樣前來，要我照圖樣建造的，我也不知他是甚麼意思。」

我點了點頭，心中暗忖，如果張小龍是學原子物理，或是最新的尖端科學的話，那麼這件事的背後，可能還隱藏著極大的政治陰謀。但是，張小龍卻是學生物的，難道他竟在這間地下室中，培植可以致全人類於死亡的細菌麼？

老實說，到這時候爲止，我的心中，還是充滿了疑惑，難以自解。

我跟在張海龍的後面，沿著石級，向下一級一級地走去，不一會，便到了盡頭，盡頭處又是一扇門。

這一扇門的構造，和普通的門，截然不同，一般來說，只有保險庫，或是在潛艇之中，原子反應堆的建築物，或是極度機密的所在，才有人用這樣的門的。這種門，一看便知道，絕不能由外面打開的。

我心中雖然更增疑惑，但是我卻索性不再多問張海龍。

只見張海龍伸手，在一個按鈕之上，按了兩下，隱隱聽得門內，傳來了一陣鈴聲。

我實在忍不住了，道：「張先生，裏面還有人麼？」

張海龍點了點頭，道：「有，有兩個。」

我不禁怒道：「張先生，你有甚麼權利將兩個人，囚禁在這樣的地方？」

張海龍嘆了一口氣，道：「衛先生，等你見到他們，你就明白了。」

我正要想再說甚麼，只見那扇門，已經緩緩地打了開來。

門一開，我立即向前跨出了兩步。

而當我跨出了兩步之後，我也便置身於一個我從來也未曾到過的地方了，正如我篇首一開始時所說的那樣，我從來也未曾到過這樣一個奇怪的地方。

當然，所謂「奇怪」，並不是地方的本身。地方的本身並沒有甚麼奇怪，那是一間十分寬大，有著良好通風設備的地下室。約有兩百平方公尺大小。

而令我目瞪口呆，幾乎說不出話來的，卻是這一間地下室中的陳設。

地下室的一角，搭著一間矮小的茅屋，這間茅屋，像是原始人居住的一樣。（我實是萬萬難以想得明白，在這樣的地下室中，爲甚麼要搭上這樣的一間茅屋——）

而在茅屋的前面，豎著一段用直徑約六寸，高約五尺的圓木所刻出的圖騰，油著紅藍的油彩，一時之間，我也難以看清這圖騰上刻的是甚麼？而在地下室的幾盞電燈旁邊，卻都有著一頭死去的動物，或是雞，或是貓，或是狗，甚至有老鼠。那些已經死去的動物，發著一股異樣的氣味，但是又並不是腐臭，看情形，像是對電燈的祭祀。

看了這一切，都使人聯想到上古時代，或是原始森林中的一切。

但是，在地下室的另一角，卻是一張老大的實驗檯，和密密排排的試管，各種各樣怪狀的瓶子，和許許多多的藥物，那是現代文明的結晶。

這一切，還都不足以令我的奇怪到達頂點。而令我有生平未嘗有那麼怪異的遭遇之感，還是這兩件事：一件是，就在那間茅屋的旁邊，伏著一頭黑豹。

那頭黑豹的毛色，真像如同黑色的寶石一樣，一對老大的眼睛，閃閃生著綠光，那簡直是一個黑色的魔鬼，兇殘與狡猾的化身。

然而這個黑色的魔鬼，伏在地上，伸出牠的利爪，抓起了一束乾草，塞到了牠的口中，津津有味地咀嚼著，像是一頭牛，或是一隻羊一樣。

而在那隻黑豹之旁，還有一個人在。

那個人坐在地上，以奇怪的眼光望著我。但是我相信，我望著他的眼光，一定比他更奇怪得多。

他的身材十分矮小，大概只有一三〇公分上下。膚色是紅棕色。身上披的，是一張獸皮，頭髮黃黑不一，面頰上，還畫著兩道紅色的油彩。

我在一時之間，不能確定他是甚麼地方的人，只是隱約可以猜想，這不是南美洲，便是中美洲的一種印第安人。這個人，和替我們開門的人一樣。那替我們開門的，像是一個女人，裝束神情全一樣。卻更矮些，只到我的胸襟。那開門的紅種人，向張海龍彎腰行了一禮，她行禮行得十分生硬，顯然不是他們原來的禮節。我呆了好一會，才回頭道：「張先生，這是甚麼意思？」

張海龍道：「這兩個人，是小龍來的時候，一齊帶來。他們是甚麼地方人，你可知道？」

我用印加語問他們兩人，問了一句話，那兩個人只是瞪著我。我又用另一種南美洲人士習用的語言向他們問了同一句話，那兩人望了我一會，那個男的，用一種奇怪的語言，也向我說了一句話。

第二部：世界上最怪的實驗室

那男人所操的這種語言，是我從來也未曾聽到過的。語言的幾大系統，總有脈絡可尋，但是那人所講的語言，是屬於那一語言系統，我卻認不出來。

那男人接著，又講了許多句，我只聽得出，那是一種非常簡單的語言，有著許多的單音字，和重音字，我相信，我如果和他們兩人，相處三個月到半年，大概便可以和他們交談了。

但是在眼前，他們在說些什麼，我卻一點也聽不懂。

我在力圖聽懂他們的話失敗之後，才回過頭來，對張海龍道：「張先生，你帶我到這裏來看，究竟是爲了什麼呢！」

張海龍的面色，顯得十分嚴肅，道：「衛先生，你也是聰明人，是應該明白的。你看，這裏的一切，多麼的奇怪？」

我心中大有同感，因爲這裏的一切，的確是奇怪到了極點。

張海龍繼續道：「我相信，小龍在這裏所作的實驗，一定是世界上以前，從來也未曾有人試過的，但究竟是甚麼事，你必須弄明白。」

他停了一停，來回踱了兩步，道：「還有，他人上那裏去了，也希望你能夠查明，他雖然是一個十分專注於科學的人，但是卻絕不是三年不同家人通音訊的人。我想，他可能已遭到了不幸。但就算他死了，我也要有一個……確實的……結果！」

張海龍是一個十分堅強的老人，但當他說到最後幾句話時，他的手也不禁在微微發抖，聲音也在發顫——

我本來想拒絕張海龍的要求的。因為我絕不能算是一個好偵探。但是看在張海龍將希望完全托在我身上這一點，我又不忍拒絕他。我只是道：「我願意試一試。」張海龍握住了我的手，道：「不是試一試，而是要你去做！」

我又向這間地下室四面看了一眼，我心中實是一點頭緒也沒有。呆了片刻，我道：「張先生，我可以答應你的要求，但是我要向你問很多的問題，而且，這間地下室的鑰匙，你要給我。」

張海龍點頭道：「可以。」

我道：「那麼，令郎是不是住在這地下室中的呢？」張海龍道：「我懷疑他沒有睡覺，因為他每隔幾天，從這個地下室中出來，總是筋疲力盡，倒頭便睡。至於他在做些什麼，誰也不知道！」

我走到實驗檯面前，仔細看了一看，試管並不是全空著，有幾隻試管中，有著乾涸了的藥物，一隻酒精燈，已燃盡了酒精，連燈芯都焦了，一個好的科學家是不會這樣失於檢點的。

就這一點來看，我至少可以肯定一點：張小龍離開的時候，一定十分匆忙，而連酒精燈也未曾弄熄。他離去之後，一直未曾回來，所以才會有這樣的情形出現。

我又看到，在實驗檯的另一端，有著幾個厚厚的文件夾，文件夾中，滿是紙張，我自然知道，那是張小龍實驗的紀錄。

我伸手去拿那兩個文件夾，但是，我剛一伸出手去，立即聽到了兩個怪異的吼叫聲，和張海龍大聲呼喝的聲音！

我立即看出，有兩個人，正由我身後，向我撲了過來！我連忙一個轉身，只見那兩個身材矮小的印地安人，像是兩頭貓鼬撲向響尾蛇一樣，向我攻了過來，他們的手中，還各自握著一柄尖矛！

這種人手中的武裝，自然含有劇毒，我不知他們爲什麼突然攻擊我的原因，但是我卻知道絕不能給他們手中的尖矛刺中。

而且，在我今後的工作中，還有許多地方，要用到這兩個來歷不明的印地安人的，所以，我還要趁此機會，去收服他們。

當下，我一轉過身來，他們兩人，已經撲到了離我身前，只不過五六尺處，但是我仍然身形凝立不動，直到兩人手中的尖矛，一齊向我胸口刺出之際，我才猛地一個箭步，向後掠出，在向後掠出之際，同時雙足一頓，向上躍了起來。

因此，在剎那之間，我在那兩個印地安人的頭上，掠了出去。

那兩個印地安人的兩個尖矛，「卜卜」兩聲，擊在實驗檯上，我一躍過他們的頭頂，立即身形下沈，在他們尚愕然不知所措之際，雙手一伸，已經按住了他們的背心！

那兩個印地安人被我按在實驗檯上，一動都不能動，只是嗚哩嘩啦地怪叫。

張海龍走了上來，道：「衛先生，我只知道這兩個人十分忠心，連我碰一碰那張檯上面的東西，他們都要發怒的。」

我這才知道那兩個人攻擊我的原因，我鬆開了手，向後退了開去。

那兩個印地安人轉過身來，惡狠狠地瞪著我。我向他們作了一個南美洲土人，表示和平的手勢。那兩個人居然看懂了，也作了一個同樣的手勢。

我向他們笑了一笑，慢慢地道：「張──小──龍。」

那兩個印地安人愣了一愣，也道：「張──小──龍──」他們講得十分生硬，但是卻可以清晰地聽出，他們是在叫著「張小龍」的名字，可知張小龍的名字，是他們所熟悉的。

我又連叫了幾遍「張小龍」的名字，然後，不斷地做著表示和平的手勢，那兩個印地安人，面上現出了懷疑的神情。

我四面一看，看到一張椅子，我走了過去，將那張椅子，提了起來，放在膝頭上一砸，那張椅子「嘩」地散了開來。

我又提起一條椅子腳，雙手一搓，椅子腳變成了片片木片！那兩個印地安人，高聲叫道：「特武華！特武華！」我不知道他們口中的「特武華」三字是什麼意思。但只見他們一面叫著，一面五體投地，向我膜拜起來，我也不知道用什麼來阻止他們才好。

兩人拜了一會，站了起來，收起了尖矛，將那一疊文件夾，遞到了我的手中。我接過了文件夾，回頭問道：「他們兩人的食物從那兒來的？」

張海龍道：「我也不知道，到了夜晚，他們往往會要出來，滿山去亂跑，大約是自己在找尋食物，我的司機，曾遇到過他們幾次，嚇得面無人色！」

到現在為止，至少已弄清楚了一件事：那便是司機為什麼害怕。

而未曾清楚的事情，卻不知有多少！

我想了一想，道：「我們可以離開這裏了，我相信，從這一大堆文件中，我們一定可以研究出一點頭緒來的？」張海龍道：「但願如此。」

我們兩人，一起退出了地下室，那兩個印地安人，立即由裏面將門關上。我們又上了石級。一路上，我急不及待地翻閱著夾中的文件，但那卻是我們不甚了了的公式、圖表。

到了客廳中，張小娟仍是氣呼呼地坐著，連望都不望我一眼，只是對她的父親道：「爸爸，你滿足了，因為又有人知道我們的醜事了。」

張海龍面色一沈，喝道：「阿娟，你回市區去！」

張小娟霍地站了起來，高跟鞋聲「閣閣」地響著，走了出去，不一會，我們便聽到了汽車開走的聲音。

我和張海龍兩人，在客廳中呆坐了一會，我心中想好了幾十條問題，便開始一一向張海龍提了出來。

在這裏，為了簡單起見，我用問答的形式，將當時我們的對話，記錄下來。問的全是我，答的，全是張海龍。下面便是：

問：令郎在失蹤之前，可有什麼特殊的表現？

答：他為人一直十分古怪，很難說什麼特殊表現。

問：他沒有朋友麼？

答：有，有一個外國人，時時和他來往，但我卻不知道他的名字地址。

問：他有沒有記日記的習慣？

答：沒有。

問：他在美國那一家大學求學？

答：密西西比州州立大學。

問：你再仔細地想一想，他失蹤之前，有什麼異乎尋常的舉動？

答：有的，那是三十晚，他突然來到我的辦公室，問我要四百萬美元的現款，年晚哪裏能在一時之間湊出那麼多的現款來？我問他什麼用，他不肯說，就走了。他離開了我的辦公室之後，就一直沒有人再見過他了，直到現在。

我問到這裏，覺得沒有什麼可以再問下去的了。我站起身來，道：「張老先生，我認爲你不要心急，我當會儘量替你設法的。」

張海龍道：「衛先生，一切多拜託了，要多少費用——」我立即打斷了他的話頭，道：「張老先生，我相信令郎，一定是一個十分出色的科學家，他所在進行的工作，也一定十分奇特的工作，而且他的失蹤，也十分神秘，我要弄清楚這件事，費用先由我自己支付可好麼？」

張海龍道：「本來，我也不想提出費用這一層來的，但是——」

我道：「但是什麼？」

張海龍道：「但是因爲小龍在的時候，在極短的時間內，化了那麼多錢，至於他在做些什麼，卻又沒有人知道，所以，我只怕你在調查經過的時候，有要用更多的錢的緣故。」

我笑道：「好，如果有必要的話，我一定向你開口，但是我希望你不要盤問我取錢的用途！」張海龍忙道：「自然，自然。」

我心中暗忖，這一來，事情便容易進行許多了。

因爲張海龍的財力，如此雄厚，若說還有什麼辦得不到的事情，那一定是人力所不能挽回的了！

所以，我當時便道：「那樣就方便得多了。張先生，我已沒有必要再留在這裏了，但是，在這別墅中，難道沒有一間房間，是爲令郎所備的麼？」

張海龍道：「有的。」我道：「你可能帶我去看一看？」張海龍的面上，現出了猶豫之色，像是對於我這個普通的要求，都不肯答應一樣。

我不禁大是不快，道：「張先生，你必須不能對我保留任何秘密才好！」

張海龍忙道：「我不是這個意思，我是爲了你好！」我詫異道：「爲了我好？那間房間中，難道有鬼麼？」

我這句話，本來是開玩笑的。

但是張海龍聽了，面色卻突然一變，四面看了一下。

我心中不禁再是一奇，因爲自從我和張海龍相識以來，他給我的印象，完全是一個充滿了自信、有著極度威嚴，一生都指揮別人，絕不居人下風的性格，害怕和恐懼，常是遠離這種人的。

但是如今，看他的面色，他卻的確，感到了相當程度的害怕。

我等著他的解釋，他靜了好一會才道：「衛先生，前一年這間別墅中曾發生一件聳動的新聞，難道你忘了麼？」

我略想了一想，便記了起來，「啊」的一聲，道：「對了，去年除夕，有一個外國遊客，在此過夜，結果暴斃的，是不是？」

張海龍點頭道：「你的記憶力真不錯。」我道：「當時我不在本地，如果在的話，我一定要調查一下死者的身份。那死者不是遊客，而是有著特殊身份的，是不是？」

張海龍聽得我如此說，以一種極其佩服的眼光看著我，從他的眼光中，我知道我已經猜中了。

我實在並不是什麼難事。以前，我和我的朋友曾討論過這件事情，因為這個暴斃的遊客，是死在一個著名的富豪的別墅中的。這種事，照例應該大肆轟動才是道理。

然而，報上卻只是輕描淡寫地當作小新聞來處理。那當然是記者得不到進一步消息的關係。凡是應當轟動的新聞，卻得不到詳盡的報導，那一定是有著不可告人的內幕。

張海龍望了我片刻，道：「你猜得不錯，他是某國極負盛名的一個機構中的高級人員。」

張海龍當時，自然是將這個機構的名稱，和那個國家的名字，講了出來的。我如今記述這件怪異到幾乎難以想像的事情之際，覺得不便將這個機構的名稱如實寫出，反正世界各大國，警探諜報機構，舉世聞名的，寥寥可數，不寫出來，也無關宏旨。

當時，我不禁奇道：「遠離重洋，他是特地來找你的麼？」

張海龍道：「是，這件事，我還沒有和你詳細說過，那一年，某國領事館突然派人來請我，說是有一個遊客，希望借我的別墅住幾天，那人是小龍學校的一個教授。我和某國，很有生意上的來往，自然一口答應，那人的身份，我也是直到他死時才知道，他住了兩天，除夕晚上，就出事了。」

我連忙道：「出事的時候，經過情形如何？」

第三部：一個暴斃的神秘人物

張海龍道：「當時，這別墅還有一個守門人。據他說，當晚，他很晚從墟集看戲回來，只見那外國人的房間，向外冒著火——」

「冒著火？」我插嘴道：「那麼，他是被火燒死的了？」

張海龍道：「不，火……據花王說，那火……不是紅色，而是紫色的，像是神話中，從甚麼妖魔鬼怪中噴出來的一樣，他當時就大叫了起來，向上衝了上去，他用力地捶門，但是卻沒有反應，他以爲那外國人已被煙燻昏迷過去了……」

我忙又道：「慢，別墅中除了那外國人，就只有守門人一個人麼？」

張海龍道：「不是，小女爲了要照料那兩個印地安侏儒，本來是住在別墅中的，但因爲那外國人在，所以便搬進市區去了。」

我點了點頭，道：「當然是那花王撞門而入了？」

張海龍道：「不錯，花王撞門而入，那外國人已經死了，奇怪的是室內不但沒有被焚毀，連一點火燒的痕跡都沒有。那外國人的死因，祇知道是中了一種酸的劇毒。」

張海龍講到這裏，我心中猛地一動，想起那兩個印地安侏儒來。

那兩個印地安侏儒，不是來自南美洲，就是來自中美洲。他們是那一個部落的人，我還未曾能弄清楚，但是我立即想起他們的原因，則是因爲在這些未爲人知的土人部落中，往往會有不爲文明世界所知的，毒性十分奇特的毒藥之故。

我恨道：「那一天晚上，這兩個印地安侏儒，在甚麼地方？」

張海龍道：「自然在那實驗室中。」我追問一句，道：「你怎麼可以保證？」張海龍道：「我可以保證的，這實驗室，除了我帶你去過的那條道路之外，只有另一條通道，而那條通道的控制機關，就在我的書房中，印地安侏儒要出來活動，必須按動信號，才會放他們出來。在那外國人留居期間，我截斷了和印地安侏儒的通訊線路，他們便當然不能出來了！」

我想了想，覺得張海龍所說的，十分有理。

他既然講得如此肯定，那麼，自然不是這兩個土人下的手了。

張海龍續道：「守門人報了警，我也由市區趕到這裏，在我到的時候，不但某國領事館已有高級人員在，連警方最高負責人之一，也已到達，他們將死者的身份，說了出來，同時要我合作，嚴格保守秘密，他們還像是知道小龍已經失蹤了一樣，曾經向我多方面盤問小龍的下落，被我敷衍了過去！」

我不得不再度表示奇怪，道：「張老先生，這時候令郎失蹤，已經兩年了，你爲甚麼不趁這個機會，將這件事講出來呢？」

張海龍嘆了一口氣，道：「你年紀輕，不能領會老年人的心情，我只有小龍一個兒子，他突然失了蹤，雖然我深信他不會做出甚麼不名譽的事來，但是卻也難以保險，我不能將小龍的事，付託給可能公諸社會的人手上。」

我點了點頭，表示我明白了張海龍的心意。

張海龍又道：「守門人在經過了這件事之後，堅決不肯再做下去了，他是我家的老傭人了，他要辭工，我也沒有辦法，據他說，他在前一晚，便已經看到花園中有幢幢鬼影了！」

我道：「那麼，這人現在在甚麼地方？」

張海龍道：「可惜得很，他辭工之後半個月，便因爲醉酒，跌進了一個山坑中，被人發現的時候，已經斷氣了。」

我一聽張海龍如此說法，不禁直跳了起來！

因爲這件失蹤案，從平凡到不平凡，從不平凡到了神秘之極的境界。

到如今爲止，至少已有兩個人爲此喪生了，而張小龍的死活，還是未知之數。

我之所以將那個身份神秘的密探，和守門人之死，這兩件事與張小龍的失蹤連在一起，那是因爲我深信這位枉死的高級密探之來，完全是爲了張小龍的緣故，如果張海龍當時肯合作，他兒子失蹤一事，此際恐怕已水落石出了。

我想了片刻，沈聲道：「張老先生，本來我只是想看一看那間房間，但如今，我卻想在這間房間中住上一晚，你先回市區去吧！」

張海龍斷然道：「不行！」

我笑了一下，道：「張老先生，你不是將事情全權委託我了麼？」

張海龍道：「正因爲如此，我才不能讓你去冒險，這間房間，充滿了神秘陰森的氣氛，半年前，我曾打開來看了一看，也不寒而慄！」

他在講那句話的時候，面上的神情，仍顯得十分地可怖。

我立即道：「張老先生，我如果連這一點都害怕的話，還能夠接受你的委託麼？」

張海龍來回踱了幾步，道：「衛先生，你千萬要小心！」我笑道：「你放心，妖火，毒藥，都嚇不倒我的，給我遇上了，反而更容易弄明白事實的真相哩。」

他在一串鑰匙中，交給了我一條，道：「二樓左首第三間就是。」

我道：「順便問一聲，這別墅是你自己建造的麼？」張海龍道：「不是，它以前的主人，是一個礦業家，如今破產了。」

我這個問題是很要緊的，因爲別墅既不是張海龍親手建造的，那麼，別墅中自然也可能有著他所不知的暗道之類的建築在了。

張海龍走了出去，我送他到門口，他上了車，才道：「你或許奇怪，我爲甚麼不將那隻花瓶買回來？」我點了點頭。

張海龍道：「我是想藉此知道小龍是不是還有朋友在本地。因爲我打聽到，這花瓶是小龍押出去，他可以隨時以鉅款贖回來的，如果有人去贖，那麼我就可以根據這個線索，找到小龍的下落了。」

我笑了一笑，道：「結果，因爲那花瓶，我們由陌路人變成了相識。」

張海龍道：「天意，這可能是天意！」

我向他揮了揮手，司機早已迫不及待，立即將名貴的「勞司來司」駕駛得像一支箭一樣，向前激射而出，車頭燈的光芒，越來越遠。

我這才轉過身來。

不但那間大別墅，只剩下了我一個人，而且，方圓幾里路之內，祇怕除了那兩個怪異之極的侏儒之外，也不會再有其他人了！

我自然不會害怕一個人獨處。

但是，在心頭堆滿了神秘而不可思議的問題之際，心中總有一種異樣的感覺，當我轉身，再回到大廳中的時候，彷彿大廳中的燈光，也黯了許多，陰森森地，令人感到了一股寒意。

而四方八面，更不知有多少千奇百怪，要人揣測來源的聲音，傳了過來。

這些聲音，知道了來源之後，會令人發笑，那不過是木板的爆烈、老鼠的腳步聲、門聲等等，傳了過來。

我不由自主，大聲地咳嗽了兩聲。在咳嗽了兩聲之後，我自己也不禁笑了起來，暗忖：我甚麼時候，變得膽子那麼小起來了？

然而，當我在大廳之中，又來回踱了幾步之後，我卻又咳嗽了兩下。

同時，我心中對於張小娟的膽量，不禁十分佩服。

因爲當我和張海龍趕到的時候，張小娟一個人在這裏的。本來，我心中對張小娟十分厭惡，但一想到她至少具有過人的膽量這一點，我對她的印象，就好轉了許多。

我將張海龍給我的鑰匙，上下拋著，向樓梯上走去，很快地，我便到了二樓，著亮了走廊上的電燈。四周圍是那樣地沈靜，以致走廊上雖然鋪著軟綿綿的地氈，但是我還可以聽得自己的腳步聲，而又像是由陣陣陰風，自後吹來。

當我來到了一間房間的門前之際，我一共回頭看了三次，看我身後是不是有人跟著，結果當然是沒有人跟在我的後面。

我的脅下，挾著從實驗室取來的那一疊文件，我相信一年之前，降臨在那高級密探身上的命運，也可能降臨在我的身上。所以，我不得不特別小心地來應付這異樣的環境。

我一生中，經歷了不少驚險的事，但是沒有一件，像這一次那樣，濃厚的神秘氣氛，像一層又一層厚霧一樣包圍著事實的真相，使你難以明白事情究竟是怎麼一回事！

這別墅中沒有電話，我沒有法子和外界聯絡。

而剛才張海龍離去的時候，我也不便託他帶口信出去，因爲他是那樣不願意再有人知道這件事。

我在門口站了一分鐘，側耳細聽門內的動靜。門內靜得一點聲音也沒有，所以，當我將鑰匙插進鎖孔的時候，竟發出了出人意料的大聲響：那「拍」地一聲後，我伸手一推，立即向後躍退。

房門「呀」地一聲，被推了開來。

就著走廊中的燈光，我定睛向房中看去。

在意料之中，房內一個人也沒有，我跨進了房中，找到了電燈開關，開著了電燈。房中的陳設十分簡單，是爲一個單身漢而設的。較惹人注目的是一隻十分大的書架，而且架上的書籍，顯得十分淩亂。

所有的傢具上，都有著厚厚的灰塵，我掀起了床罩，四面拍打著，不一會，便已將積塵一齊打掃清楚。

我在椅上坐了下來，仔細地將今日的經歷，想了一遍。又將今日晚上要做的事，定下了一個步驟。

今晚，我當然不準備睡，但我也不準備去研究那文件夾中的文件。因爲那些文件，雖然有著極其重要的地位，但是卻在我的知識範圍之外，是我所沒有法子看得懂的東西。

我將文件夾塞到了枕頭底下，我決定化上大半晚的時間，來小心地搜尋這間房的每一個角落。

我首先以手指叩著牆壁，直到確定了房間中不可能有暗道，我才開始拆開被子，撕破枕頭，打開衣櫥，將每一件衣服，都翻來覆去地看上半晌，甚至拆開了衣服的夾裏。

然後，我又打開著每一個抽屜，在較厚的木板上敲打著，看看可有夾層。

做完了這一切，而足足化了我三個來鐘頭，我看了看手錶，已經是淸晨兩點鐘了。

我在不知不覺之中，渡過了舊的一年。

屋中的一切，已被我翻得不成樣子。

我最後，才著手檢查那隻書架，我一本一本地將書取了下來，抖動著，看看書中可夾有紙片，當我取到書架上第二層的書籍之際，我忽然大爲振奮。

因爲，我取到手中的並不是一本書，而是一本有鎖的日記。

不用說，日記簿的主人，一定是張小龍了！

當我想到，我可能在這本日記簿中發現一切的秘密之際，我不禁大喜過望。可是立即，我便發現，日記簿上簡陋的鎖，早經人破壞過了。

我打開日記簿，更發覺那本日記簿，不少被人撕去了一半以上，留下來的，全是空白。我仍不灰心，耐心地一頁一頁地翻著，在最後的幾頁上，發現了許多痕跡，那是因爲上一頁寫過字，印下來的。

我企圖從那些痕跡中辨認出字句來，但是我失敗了。因爲張小龍（假定這本日記簿是張小龍的話）記日記用的是英文，而且，寫得十分潦草，我認了半晌，只認出了兩個字。因爲那兩個字，寫得特別大，而且大約特別重，所以留下來的痕跡，也容易辨認些，那兩個字，譯成中文，是「妖火」兩個字。

「妖火」是甚麼意思？這兩個字，甚至於不能給我任何概念！但是我既然只能辨認出那兩個字，自然也只能在那兩個字上，動一下腦，我合上了日記簿，側頭仔細地思索起來。

我一側頭，眼睛便自然地望著窗外。

窗外一片黑，然而，在剎那之間，我明白「妖火」兩字的意義了，因爲，我見到了「妖火」！

第四部：妖火

在那一刻之間，我心中的驚駭之感，實是到了極點，以致竟忘了趕到窗口，打開窗子，仔細地看上一看！

那令得我驚駭的奇景，轉眼之間，便自消逝，而當我省悟過來，再趕到窗前，猛地推開窗子，向外看去時，外面卻是漆黑一片，什麼也看不到了！

我如今要形容當時的所見，覺得十分困難，因為那景像實在是太奇特了，從窗外望出去，是花園和那幢別墅的另一角。

而當我剛才，無意中向窗外一瞥之間，卻看到別墅的另一角的一扇窗子中，噴出了光亮奪目的火燄來！那種火燄的色彩，十分奇特，而且，火燄噴射的時候，我也沒有聽到什麼聲音，以「妖火」兩字來形容它，也可算十分恰當。

但是，火燄卻是活的，火舌向外狂妄地亂竄，炫目到了極點！

所以，我立即便想到了「妖火」兩字，也明白了這兩字的意義，這火燄，的確有點像什麼「九頭妖龍」所噴出來的一樣！

我已經算幾乎是立即趕到窗口，打開窗子向下看去的了。但是在片刻間，那神奇的火燄，卻已經消失了。我上面已經提到過，這一晚的霧十分濃，如今已是清晨，霧看來更濃了些。

但是我在看到那神奇的火燄之際，卻是絲毫也沒有爲濃霧所遮的感覺。

我一打開窗後，才記起這是一個霧夜，我向下看了一看，立即一蹬足，便從窗子中，向外跳了出去。

窗子在二樓，離地十分高，但自然難不倒我。

我一落地之後，立即向剛才噴出火燄的窗子掠去，當我掠到了窗子的面前，我又不禁一愣，原來那扇窗子，緊緊地關著。

不但窗子關著，而且積塵甚厚，但是剛才我卻又明明白白，看見有大蓬火燄，從這窗中射了出來！

我掄起兩掌，將那窗子，打得粉碎，向裏面看去，只見那像是一間儲物室，堆滿了雜物，連供人立足之處都沒有！

我的心中，在這時候，起了一陣十分異樣的感覺。

如今，我知道已死的守門人在除夕晚上，看到有火燄自那高級密探所睡的房間中噴出一事，並不是虛構，也不是眼花。

我更可以肯定，這「妖火」的出現，花王看到過，張小龍也看到過，因爲他的日記簿上，留下了「妖火」這兩個字。

去年除夕，「妖火」出現，在半個月之內，一連出現了兩條命案，今年……

當我想到了這一點的時候，我身上更感到了陣陣寒意，也就在此際，我只聽得那實驗室中傳來了一陣十分怪異的呼叫聲。

那種呼叫聲，聽了實足令人毛髮爲之直豎，它不像哭、不像笑、也不像嚎叫，卻是充滿了不安、驚惶和恐懼。在呼叫聲中，還夾雜著許多單音節的字眼，我一點也聽不懂。

這呼叫聲，當然是實驗室中那兩個土人，所發出來的，我給他們叫得難以忍受，連忙向實驗室走去。然而，我剛走出了兩步，四周圍突然一黑。

別墅中所有的燈，全都熄滅了！

在燈光的照耀之下，花園中本來也並不能辨清楚什麼東西。如今，燈一熄，我立即爲濃漆也似的黑暗所包圍！

雖然我沒有聽到任何聲響，但是我還是立即一個箭步，向旁躍開了兩碼，而且立即身形一側，就地向外，又滾出了三四碼。

那兩個土人的呼叫聲，也在這時，停了下來。

我伏在地上，仔細地傾聽著，這時候，任何細微的聲響，都難以逃得過我的耳朵，但是我卻沒有聽到任何聲響，我伏在地上，不敢動彈。

黑暗中，一直一點聲音也沒有。

也正因爲一點聲音也沒有，所以我必須繼續地伏下去。

好久好久，我才聽得第一下雞唱之聲，遠遠地傳了過來。天色仍是那樣地濃黑，我也仍是全身的神經，都像拉緊了的弓弦一樣地伏在地上。

我不可能想像在下一秒鐘會發生什麼事，在這樣神秘而不可思議的境地中，實是什麼都可能發生的。

但是結果，卻是什麼也沒有發生。

天亮了！

由於長時間注視著黑暗，我的雙眼，十分疼痛，等到天色微明之際，我的眼睛幾乎疼得睜都睜不開來，使勁揉了揉，仔細看去，一切並沒有異樣。遠處，有稀稀落落的爆竹聲傳了過來。我自己告訴自己，今天是大年初一了。

看到了四周圍並沒有異樣，我便一躍而起，我首先傾聽一下實驗室中，那兩個侏儒，一點聲響也沒有發出來。我再仔細地踱了幾步，給我發現了一個十分奇特的現象，那便是，在一叢野菊之中，有幾株枯萎了。而在枯菊上，卻有一種長約三寸，細如頭髮的尖刺留著。

我以手帕包著，將這種尖刺小心地拔了下來，一共收集了十來枚。

這種尖刺，我暫時還不能確定它究竟是什麼。但是從凡是中了尖刺的野菊，都已經枯萎這一點來看，可知這些尖刺上是含有劇毒的！

這也是我之所以以手帕裹住了，才將它們取下來的緣故。當時，我心中也知道，如果我昨天晚上，不是在燈一黑之際，立即伏在地上，並向外滾去，那麼，這些尖刺之中，可能有幾枚會射中在我的身上。

我也立即想到，如果有這樣的尖刺射中我，而我毒發身死的話，那麼。一移動我的身子，細刺自然會斷折，而我的死因也只是「離奇中毒」，真正的原因，可能永遠不爲人所知了！

想到這裏，我也不禁泛起了一陣寒意，因爲我絕不想步那個高級密探的後塵！

我將那些尖刺小心包好，放入衣袋中，然後，我仍然保持著小心的警戒，走進了大聽中。我向電燈開關看去，不出我所料，電燈掣仍然向下，也就是說，昨晚大廳中燈光的驟然熄滅，並不是經過這個掣，而是由總掣下手的。我在大廳中逗留了片刻，主要是想看看，可有他人來過而留下來的痕跡。

但因爲我對這裏，本就十分陌生，所以也是一無所得。

我又向樓上走去，推開了昨晚我曾經仔細搜查過的那房間的房門。那時太陽已經昇起了。昨天晚上，雖然霧那麼濃，但今天卻是一個不折不扣的艷陽天。陽光從窗中照了進來，室內的一切，還是那樣地淩亂。

我走到床邊，掀起枕頭，想將那疊文件，取到手中再說，但是，當我一掀起枕頭的時候，昨晚我放在枕頭底下的那一隻文件夾，卻已經不在了！

我用不著再到其他地方去找，因爲我記得十分清楚，昨晚，我就是因爲想到這一疊文件十分重要，所以才放在枕頭下，準備枕著它來睡，以防遺失的，如今既然不在，當然是被人盜走了。

我定了定神，又自嘲地聳了聳肩。

事情的真相如何，我一無所知。我的敵人是何等樣人，我更是茫無頭緒，但是我卻已經在第一個回合之中失敗了。這失敗，也可能是致命的失敗，因爲那疊文件，毫無疑問，是張小龍失蹤之前所唯一留下來的東西，在其中仔細推敲，只怕便可以找出張小龍的下落來。

但如今，這最主要的線索，卻斷了。

我心中不禁埋怨自己爲什麼如此大意，在離開了這間房間的時候，竟會不將這疊文件帶走。但是我立即又原諒了自己，當時，在見到窗外有那麼奇異現象的時候，只怕再細心的人，也會急不及待去追尋究竟，而不再顧及其他的。

而且，如今我也不是完全失望，我至少有一個辦法，可以得到昨晚熄去總掣那個人的線索。因爲電燈總掣，一般是輕易不會有人去碰它的，上面也必定積有灰塵，昨晚若有人動過總掣的話，要在上面發現些指紋，那是十分容易的事情！

當時，我的心情十分沈重，雖然別墅之中，除我以外，並沒有第二個人，但是我自己也不願向自己認輸，所以故意吹著口哨，裝著十分輕鬆，隨著電線找到了電燈總掣。

然而，在電燈總掣之前，我卻又不禁呆了半晌！不錯，燈掣上積滿了灰塵，但灰塵十分均勻，像是根本沒有人碰過燈掣一樣。

我用手推了一推，「拍」地一聲過處，回頭看時，大廳上的燈光，又復明亮。而總掣上也出現了指紋，只不過，那是我的指紋！

我又故作輕鬆地吹了吹口哨，事實上，我的心情更沈重了。我甚至不能決定，我是應該回市區去，還是繼續留在這裏。

我在大廳中停了片刻，又在廚房的冰箱中找了些食物咀嚼著，我踱步到荒蕪的花園中。即使是在陽光照耀之下，生滿了爬山虎的古老大屋，看來仍給人以十分陰森的感覺。

正當我在仔細觀賞之際，一陣汽車聲，傳了過來。我回頭看去，駛來的是一輛銀灰色的跑車，從車中一躍而出的則是張小娟。

張小娟向我直視著，走上石級來，她的目光十分淩厲，反倒使我有點不好意思直視著她。她直來到我的面前，才停了下來，又向我望了一會，才道：「先生，我很佩服你的膽量。」我也由衷地道：「小姐，昨天晚上，當我只有一個人在這裏的時候，我更佩服你的膽量，而且自慚不如！」

張小娟聽了，居然對我一笑，道：「這種恭維，不是太過份些了麼？」

我已經看出她今天對我的態度，和昨天晚上，已經有了顯著的不同。

我可以想到，昨天晚上，她一定不知我的來歷，以為我是轉她父親財產的念頭而來的。

當然，張小娟已經化了一晚的時間，在讀有關我的記載，已經知道我是什麼人。

老實說，要找張小龍，張小娟的合作十分重要。

那不僅因為他們是姊弟，而且是孿生姊弟！

在孿生子之間，常常有一種十分異特的心靈相通的現象，一對孿生子在學校就讀，即使分室考試，答案也完全相同的例子，已經是很平常的事情了。

而就算張小娟和張小龍之間，並沒有這種超科學的能力，那麼張小龍與姊姊多接近，張小娟可以多知道她弟弟的事，也是必然的事。

所以，我決定要使這位高傲的小姐歡心，以便事情進行得順利些。

當下，我笑了一下，道：「我相信我沒有理由要來過份地恭維你，你對我是不友好的，我儘可以胡謅地說你膽小如鼠！」

張小娟又笑了一下，道：「算你會說話，你回市區去進行你的工作吧！」

我搓了搓手，這：「張小姐，我想請你——」

她立即警惕地望著我，道：「我不接受任何邀請。」

我攤了攤手，道：「即使是在這樣美好的早晨，到鄉間去散散步，也不肯麼？」

張小娟笑了起來，道：「散步是我的習慣，但你的目的，似乎不止為了要和我散步？」我立即坦率地道：「不錯，我還有許多話要問你。」

張小娟道：「你肯定我會與你合作麼？」

我立即道：「張小姐，事情對我本身，並沒有好處，我只不過想知道一下的，我的敵人，究竟是何等樣的人物罷了。」張小娟忽然笑了起來，道：「敵人？」

我道：「是的，敵人，你的，你弟弟的和我的敵人。」

張小娟笑得更是起勁，道：「敵人！敵人！衛先生。我怕是你的生活太緊張了，所以時時刻刻在想著有無數敵人，在包圍著你！」

我不禁一怔，道：「張小姐，你這話是甚麼意思？」張小娟轉過身，向大廳走去，顯然她已經不打算繼續和我交談下去，一面走，一面道：「我可以告訴你的是，在這件事上，根本沒有甚麼敵人！」

我聽了之後，更是大為愕然！

我實是猜不透張小娟如此說法的用意何在，我立即提高聲音：「不，有，而且是極其可怕的敵人！」

張小娟倏地轉過身來，面上已恢復了那種冷漠的神態，道：「你故作驚人之詞，有甚麼證據？」

我伸手從袋中取出用手帕包住的那十幾枚細刺來，放在高階上，道：「你來看，昨天晚上，我差一點就被這種刺刺中！」

張小娟冷冷地望了一眼，道：「這算甚麼？」我道：「還有，昨天，我從你弟弟實驗室中，取出來的一疊文件，被人盜走了，而且，我還看到了妖火！」

我一路說，張小娟的面上，一路現出不屑的神色，像是不願聽下去，直到我最後說出了「妖火」兩字，她才聳然動容，道：「你也見到了?那麼說，我並不是眼花了?」

我立即道：「當然不是，你見過幾次?」

張小娟道：「一次——」她說到這裏，突然一聲冷笑，道：「衛先生，我相信這一定是一種奇異的自然現象，不值得大驚小怪的！」

我也老實不客氣地回嘴道：「你以爲這裏是北極，會有北極光麼?還是這裏是高壓電站，才會有異樣的火花出現?」

張小娟對於「高壓電站有異樣的火花出現」一語，顯然不甚了了。這也是難怪她的，她又怎知在晚上，高壓電線的周圍，常會迸現紫色的火花，又怎知飛鳥在飛過高壓電線附近的時候，也會落下來這等事?

當下，她呆了一呆，但是卻仍然固執地道：「沒有敵人，沒有甚麼人是敵人。」我憤然道：「那你又何所據而云然呢?」

我自以爲我的問話，一定可以令得張小娟啞口無言，怎知張小娟一聲冷笑，道：「我自然知道，我雖然不知道我弟弟在甚麼地方，但是我卻知道他如今正平安無事，而且心境十分愉快。」

我聽到這裏，心中不禁猛地一動！

張小娟說得如此肯定，那表示她和張小龍之間，正是有著心靈相通的不可思議現象的存在的！我正準備再進一步地發問，但是張小娟講到這裏，突然停了下來，霎時之間，她面色變得極其蒼白！

老實說，我從來也未曾見過一個人的面色，蒼白到這一地步的，她的嘴唇，也變成灰白色了，而雙眼則愣愣地望著遠方。

我循她所望看去，卻又一無所見，我心中也不禁大是恐慌，道：「張小姐，你不舒服麼？」

張小娟急速地喘著氣，雙手捧著胸口，她並不回答我，但身子卻搖搖欲墜，我連忙踏前一步，將她扶住，她立即緊緊地閉上了眼睛。

我心中奇怪之極，暗忖這美麗的女郎，難道竟患有羊癲症？在她受了特別的刺激之際，便自發作？然而，她這時又受了甚麼刺激呢？

我心中沒了主意，只得先將她扶住，向大廳之中走去，將她放在沙發之上，又連聲她發問，問她可有甚麼地方不舒服。

但是張小娟卻只是面色慘白，身子微微發抖，並不理會我，好一會，才聽得她道：「請……給我……一杯白蘭地……」

我答應了一聲，連忙到酒櫃中去倒了一杯白蘭地，我一面倒酒，一面，我的視線，始終未曾離開過她。祇見她雙眉緊蹙，面上現出了一種奇異的神色。像是她想到了甚麼不祥的事一樣。

直到她喝下一滿杯白蘭地之後，她的面頰之上，才出現了一絲紅色，我在她身旁坐了下來，道：「張小姐，你……一直有這種病？」

我望著她仍然十分蒼白的臉色，和那不健康的，帶有夢幻也似的眼神，心中不禁暗忖：你何必否認自己是有著這種突發的痛呢？

正當我在這樣想的時候，張小娟向我苦笑了一下，道：「你一定以爲我是在替自己掩飾了？但事實上，的確絕不是病！」

我心中大是起疑，道：「那麼，這是甚麼？」

張小娟沈默了片刻，像是在設想著應該怎樣措詞才好，停了片刻，她才道：「你可知道，兩個人之間的心靈感應？」

我心中猛地一動，立即道：「那麼，你是說，你忽然感到你的弟弟，有甚麼意外了麼？」

張小娟並不出聲，只是緊蹙雙眉地點了點頭。

我忙道：「張小姐，請你詳細一點解釋。」

張小娟又沈默了片刻，看她的面色，像是正在深思著甚麼問題，又過了大約五分鐘的時間，她才道：「我和弟弟之間，就存在著這種不可思議的心靈感應現象。」我道：「那並不算甚麼出奇，許多孿生子之間，都會有這種現象的，有的孿生姐妹，一個因車禍而斷了手臂，另一個的手臂也劇痛而癱瘓。」

張小娟道：「我知道，正因爲我和弟弟之間，有著心靈感應的現象。所以我對世界上這種例子，注意很多。」

我道：「好，那麼，如今你覺得你的弟弟，是出了甚麼事？」

張小娟道：「他出了甚麼事，我沒有法子知道，但是，我卻可以知道。他一定遭遇到極大的痛苦，因在我的心中，突然之間，也感到了極度的痛苦。」

我想了一想，道：「那麼，你弟弟在甚麼地方，你可能感覺到麼？」

張小娟苦笑了起來，道：「心靈感應是一種十分微妙的事情，又不是無線電指示燈，怎麼可能讓我知道我的弟弟的所在？」

我原也知道我的問話太天真了，所以張小娟的回答，也不使我失望，我站了起來，道：「那麼，照這樣來說，我們的敵人，在囚禁了你弟弟三年之後，忽然對你弟弟施以嚴厲的手段了！」

張小娟本來，是不承認在她的弟弟失蹤事件中，有著甚麼敵人的。

那自然是因爲她的心靈之中，一直未有甚麼警兆之故。但經過剛才那一來，她卻已承認了我的說法，當時，她神經質地道：「不知道他們是甚麼樣人？又不知道他們怎樣在對付他？」

我抓緊了這一機會，道：「張小姐，要你弟弟早日脫難，你就必須和我合作！」

張小娟點頭道：「衛先生，你放心，我一定竭我所能，不會不合作的。」我心中也十分高興，因爲我一直覺得張小娟的合作與否，是能否尋找出事實真相的一個重要關鍵。

我想了一想，又問道：「那麼，你以前有沒有像剛才那樣的感覺過？」張小娟道：「有的，第一次，是在我十七歲那年，也是這樣突如其來，心中感到了極度的痛苦，事後，我才知道，弟弟因爲他所愛的一個女孩子離他而去，當時難過得想在校園中自殺！」

我感到問題十分嚴重，忙問道：「有沒有第二次？」張小姐道：「有，那是五年之前，弟弟從美國回來之前的兩個月，我突然有了同樣的感覺，當時，我真嚇壞了，以爲弟弟出了甚麼亂子，我瞞著爸爸，打電話到他的學校中去找他——」

我急不及待地問道：「結果怎麼樣？」

張小娟道：「結果，他在電話中告訴我，他發現了生物學上的一種新的理論，但是，全體教授，卻不給他這種新理論以任何的支援，反倒嘲笑他是個狂人，所以他精神十分痛苦。」

張小娟望著我，她的眼光在詢問我有甚麼意見。一時間，我心中十分紊亂，也難以回答她這種無言的相詢。

她繼續道：「那件事發生後不到兩個月，他就回來了，他本來再過半年，便可以拿到博士的頭銜了，但他卻放棄了博士的虛銜，因爲他堅持他自己所創的新理論，並要加以實驗證明。事實上，他是在那天和我通了長途電話之後，立即離開學校的！」

我道：「那麼，這兩個月，他在何處？」

張小娟道：「他到南美去了，最後，他是從巴拿馬搭輪船回來的。」

我吸了一口氣，因爲我覺得我已摸到事情的核心，而如今，我要向張小娟問的那個問題，如果張小娟能給我詳細的答覆的話，那麼至少，我已可以弄清事情的起端是甚麼了！

我問道：「張小姐，那麼，你弟弟創立的生物學上的新理論，究竟是甚麼？」

張小娟十分沮喪地搖了搖頭，道：「我不知道，我沒有問過他，因爲我完全不懂生物學，我是學音樂的。我只知道他爲了實踐證實他自己的新理論，無日無夜地躲在那間實驗室中，不斷地用錢，但是他自己卻連一雙新的襪子也沒有，他不剃頭，不剃鬚，幾乎是個大野人，我們見面的機會也是很少的。」

我苦笑道：「古今往來，偉大的科學家，大都是這樣的。」

張小娟「噢」地一聲，道：「我想起來了，有一次，他曾十分高興地對我說，如果他的實驗工作，能夠證明他的理論是正確的話，那麼，他將成爲有人類歷史以來，最偉大的科學家，他的名字，將被千千萬萬年以後的人類所景仰！」

我聽了之後，心中不禁暗暗吃驚。

從人們的敘述中看來，張小龍是一個埋頭科學，十分內向性格的人，絕不會自大自妄，來誇張其談的。

第五部：科學上的重大發現

那麼，難道張小龍對他姊姊所說的那一切，都是實在的情形？

他究竟是發現了一些什麼理論，才能夠令得他有這樣的自信呢？他的失蹤，是不是因爲他在科學上的新發現所引起的呢？

種種的問題，在我腦中盤縈不去，但是我卻並沒有頭緒。

我只是想到一點，要知道張小龍新理論的內容，並不是什麼難事，因爲，張小龍在學校中既然曾將他的新理論向教授提出過，那麼，到美國去，向那幾位教授一問，就可以知道了。

從這一點上著手，或者可以知道張小龍失蹤的內幕？看來，美國之行，是難以避免的了。

但是，留在這裏，也不是沒有作用的。

因爲就在這間別墅之中，或是在這間別墅的附近，便藏有十分凶頑的敵人——昨晚幾乎使我死去的敵人！

我在大廳之中，來回踱了片刻，只見張小娟的面色，已漸漸地緩了過來，我忙著道：「張小姐，你必須離開這裏，因爲這裏對你，太不安全了。」

張小娟道：「不行，我要照顧那兩個土人。」

我心中一動，暗忖在於張小龍失蹤之後的三年間，張小娟一直在照顧著這兩個紅種人，那麼，她是不是已經學會了他們的語言呢？

張小娟是十分聰明的小姑娘，她不等我發問，已經在我的面上，看出了我的疑問，道：「那兩個人，是弟弟從南美洲帶回來的，他們原來，生活在宏都拉斯南部的原始森林之中。是特瓦族人，他們奉信的神是大力神，叫作『特武華』，我也不知道弟弟用了那麼多心血，將他們帶了來，是為了什麼緣故。」

我至少又弄明白了一個問題。

那便是，當我一手將一張椅子，抓成粉碎的時候，那兩個土人曾高叫「特武華」，那原來就是他們崇拜的神的名字。

我道：「那麼，你弟弟是如何失蹤的，他們難道一點概念也沒有麼？」

張小娟道：「沒有，他們的語言十分簡單，語彙也缺乏得很，稍為複雜一些的事情，他們便不能表達了。」

我點了點頭。道：「當然，我們不希望能在這兩個土人的身上得到什麼，但是另一件事，實驗室中的那……一頭黑色的，究竟是什麼動物？」

那黑色的，我當然知道是一頭美洲豹。

但是一頭吃草的美洲豹，那卻是不可能想像的事！

張小娟道：「那是一頭美洲豹，也是我弟弟實驗室中最主要的東西。」我立即問道：「為什麼？」張小娟卻攤了攤手，道：「我也不知道。」

我道：「好了，你所謂照顧那兩個土人，無非是當那兩個特瓦族人，想出來實驗室的時候，你便為他們開門而已，這些事，由我來做。」

張小娟睜大了眼睛，道：「你準備留在這裏？」

我點頭道：「不錯，如果在這裏，我得不到結果的話，我還準備遠渡重洋。到你弟弟就讀的大學去，查探其中究竟呢。」

張小娟望了我半晌，道：「你為什麼……肯那樣地出力？」我一笑，道：「我在覬覦你父親的錢！」

張小娟面色一變，她以為我是在諷刺她了，因此我連忙道：「你別誤會，令尊的錢實在太多了，我希望如果我能將人找回來，他便能將他龐大的財產，撥出一部份來，做些好事。」

張小娟點了點頭，道：「那麼，你一個人在這裏，不危險麼？」

我道：「不危險，你放心好了。」

事實上，我也的確不是空口慰藉張小娟，我在將整件事，仔細地想了一想之後，已經覺得，三年來，敵人可能一直在這所別墅的附近窺伺著，當然他們是必有所圖的。

而如今，只怕他們已遠走高飛了。那是因為他們所追求的東西，可能已經得到了，那東西，十之八九，便是我失去的那疊文件。

科學上的鉅大發明，往往是導致國際上間諜戰的主因，我參與了這件事，莫非已經捲入了這樣一種可怕鬥爭的漩渦中了麼？

我寧願不是！因爲最不道義、最滅絕人性的鬥爭，便是國際間諜鬥爭！

張小娟道：「那麼，我回市區去了。」

我道：「自然。越快越好，而且沒有事情，最好不要再來。」張小娟向門外走去，頻頻回頭，向我望來，我目送她上車而去之後，便走到了張海龍的書房中，在他的大辦公椅上，半躺半坐地休息著。

我人雖然坐著不動，但是我腦中卻是殫智竭力地在思索著。思索的，當然是這件撲朔迷離的事情的來龍和去脈。

然而，我只能得出如下的概念：張小龍在科學上，有了重大的發現，而他的理論，在世人的眼中，是狂妄的。他花費了巨額的金錢，去實踐他的理論，但結果，他卻失蹤了。

他失蹤了雖有三年之久，但可能一直平安無事，直到最近，才有了變化。

我所能得出的概念，就是這一點。至於張小龍的新理論是什麼，他爲什麼會失蹤，導致他失蹤的是一些什麼人，我卻一點不知道。

至於昨天晚上，我們看到的那神奇的「妖火」，那些我以爲是含有劇毒的尖刺，突然熄滅的電燈，等等怪事，我更是無法解釋。

我發現我自己，猶如進入了一間蒸氣室中一樣，四周圍全是蒸氣，令得你雙目失去了作用，而當你張開雙臂摸索之際，你也是什麼都難以發現！

我想到了午夜，開始有了睡意。

正當我準備離開這間寬大的書房之際，突然，桌上的一隻電鈴，響了起來。

那電鈴的響聲，雖然並不算十分高，但是在這樣沈寂的黑夜中，卻也可以將人嚇上一跳，

我在剎那之間，幾乎記不起發生了什麼。

然而，當鈴聲第二響時，我便記起，那是這兩個特瓦族人發來的信號，他們要求離開實驗室！我一手抓起桌上的鎖匙，一躍而起，便向門外奔去。

然而，我才一奔出書房門口，便聽得在後園，實驗室的那面，傳來了一聲慘叫，緊接著，便是兩下十分憤怒的怪叫聲。

我立即意識到事情的不平凡，我幾乎是從二樓，一躍而下，又幾乎是撞出了後門。然而，當我來到後園，向前一看時，只見實驗室的大門，已經被打開了，在裝著鎖的地方，已遭到了破壞，而在地上，一個人正在打滾，他一面打滾，一面發出極其痛苦的呻吟聲來！

他的呻吟聲越來越低微，而打滾的動作，也漸漸慢了下來。

我雖然未曾看到那人的臉面，但是我下意識地感到，這人已快要死了。

我一個箭步，向那人躍了過去。

也就在我剛趕到了那人身旁的時候，我聽得遠遠地傳來豹吼之聲。

我連忙循聲極目望去，在黑暗之中，依稀可以看到，在四十碼開外，兩條矮小的人影，和一頭黑豹的身影，向前迅速掠出，一閃不見。我看到的影子，是如此地模糊，而又消失得如此快疾，因此使我疑心，那是不是我聽到了豹吼之後所產生的幻覺！

我呆了片刻，再俯身來看我腳下的那個人。

我立即看出這是一個白種人，他留著金黃色的虬髯，身形十分高大，他的藍色的眼珠，正睜得老大，帶著極其恐怖的神色望著我，而口中發出「荷荷」的聲音，口角已有涎沫流出。

我連忙道：「你是什麼人快說？快說！」

我用的是英語，但那人卻以西班牙文呻吟道：「醫生……快叫……醫生……」

我一俯身，想將他扶了起來，但是他卻又以英語大叫道：「別碰我！」同時，身子向外，滾了開去。

我發現這人的神智，已陷入半昏迷的狀態之中。西班牙語可能是他原來常用的語言，那也是說，他可能來自南美洲，所以，他剛才在一見到身旁有人時，才會這樣地叫嚷，但是他卻又立即發現我是陌生人，所以又以英語呼喝，叫我不要理他。

我向前跳出了一步，只見他面上的肌肉，更因爲痛苦而扭曲起來。

我心知這人的性命，危在頃刻，即使立即有醫生來到，也難以挽救他的性命，在這樣的情形下，我準備使用中國的「穴道刺激法」，使他的神智清醒些，能夠道出他的遭遇。

然而，我才一俯身，還未能出手之際，只聽得那人一聲狂叫，聲音恐怖而淒厲，然後，身子猛地一挺，便已然僵直不動！

我俯身看去，只見他的眼珠，幾乎突出眼眶，嘴唇上全是血跡，可知他死前的痛苦，是如何地劇烈。我心中暗嘆了一口氣，這個白種人，突然在這裏出現，而且，顯然，實驗室的門，是由他破壞的，那麼，他和這件事情，多少有點關係，也應該是茫無頭緒中的唯一線索。

然而，他卻死了，唯一的線索也斷了。

我向他的屍體，看了一會，在那片刻間，我已經想好了對策，我不能任這具屍體，躺在這裏，我必須將他移開去。

因爲，任由屍體在這裏的話，我其勢不能報告警方，而一報告了警方，不但張海龍對我的委託，我不能成事，而且我還會惹上極大的麻煩，對於我以後的工作，也會有極大的妨礙！

我首先走進了實驗室，仔細看了一看，只見實驗室中，所有被乾製了的貓、狗、雞等都已經不見了，那兩個特瓦族人，和那頭黑豹，當然也已不在。

除此以外，卻並沒有什麼變化。

我猜想那白種人，是死在那兩個特瓦族人之手的，可能那兩個特瓦族人，攜帶了一切，準備離去，他們按了鈴，在門口等著，那白種人大約早已在從事他破壞門鎖的工作了，事有湊巧，白種人一進門，特瓦土人便衝了出來，土人立即展開襲擊，那白種人自然難以倖免！

我出了實驗室。俯身在那白種人的屍身之旁，在他的衣袋中摸索著，不到五分鐘，我便得到了以下的幾件東西：一隻鱷魚皮包，一本記事本，一串鑰匙，一把搖鑽和一把老虎鉗。後兩樣，顯然是那人用來破壞實驗室的門鎖之用的，所以我順手將之棄去。而將皮包，記事本、鑰匙放入了衣袋。

出乎我意料之外，這白種人身上，居然沒有武器。而更令我驚訝的，是我根本沒有在他的身上，發現任何足以致命的傷痕！

那白種人，體重至少在九十公斤上下，要令得他那樣的壯漢斃命，實在不是容易的事情，但是他如今，卻毫無傷痕地倒斃在地了！

我提起了他的屍體，向外走去，一直走出了老遠，才將他拋在路旁，然後，在回路上，我小心消滅著我的足印，回到了別墅之後，我又將實驗室的門虛掩了，又回到了張海龍的書房中。

我打開了皮包，裏面有幾十元美金，還有一片白紙，那片白紙，一看便知道，是從一張報紙的邊上撕下來的，上面用中英文寫著一個地址，和一個人名，乃是：「頓士潑道六十九號五樓，楊天復」。英文名字則是羅勃楊。

我並不知道楊天復或羅勃楊是怎麼人。但是我卻非常高興，因爲，這個地址和這個姓名，在眼前來說，可能不能給我什麼，但或則在我的努力之下，可以憑此而揭開事實的真相！

我小心地收起了這張草草寫就的字條，又打開了記事本，記事本的絕大部份，都是空白，只有兩頁上面有著文字，一頁上寫的是兩個電話號碼——那兩個電話號碼，後來我一出市區，便曾經去打聽過，原來是兩個色情場所的電話。

而在另一頁上，則密密麻麻地寫著許多西班牙文，我要用放大鏡，才能看得清楚，只見上面寫的是：「羅勃，聽說他們已經得到了一切，那不可能，我決定放棄了，你一切要小心，如果有意外，你絕不可以出聲，絕不可以！絕不可以！」

這是一封在十分草率的情形之下所寫成的信，而這一頁，也被撕下了一半，不知道是什麼原因，這封信竟沒有被送出去。

而我也可以猜得到，應該接受那封信的「羅勃」，一定是頓士潑道六十九號五樓的那位羅勃楊先生！

我不但是高興，而且十分滿意了！

我準備明天，便出市區去，頓士潑道六十九樓五樓，我要到那個地方去找那個羅勃楊。

我決定先找那個羅勃楊，然後逐漸剝開這件神秘事情的真相。我又擬了一個電報，給我遠在美國的表妹紅紅，電文是：「請至密西西比州立大學，查問一個叫張小龍的中國學生，在畢業論文中，曾提出什麼大膽的新理論，速覆。」

我知道紅紅一定喜歡這個差事的。

將電文和記事本、鑰匙等全部放好之後，我便在那張可以斜臥的椅子上，躺了下來，我對於今晚的收穫，已感到十分滿意，因此我竟沒有想到追尋那兩個特瓦族人的下落。

我在椅上躺上了沒有多久，已經是陽光滿室了，我不知是誰在打門，先從窗口，向下望去，只見是兩個警察，和兩條警犬！

我心中吃了一驚，因為我昨晚，雖然曾小心地消滅了足跡，但是我卻沒有法子消滅氣味，不令警犬追蹤到這裏來。

我在窗口中，大聲地道：「請你們等一等！」

那兩個警官抬起頭來，十分有禮貌地道：「一早就來麻煩你，十分不好意思。」

我趁機道：「我生性十分怕狗，你們不能將兩頭警犬拉開些？」

一個警官道：「當然可以，當然可以。」

我要他們將警犬牽開，當然是有原因的。警官會來到這裏，那自然是因為在發現了那人的屍體之後，由警犬帶領而來的，而我的氣味，警犬一定也保有印象，如果警犬接近了我，那一定會狂吠起來，令得警官，大大地生疑的！

我看到其中一位警官，將犬拉開，我才下樓開了門，一開門，我就道：「張先生不在，我是他的朋友，××公司的董事長，姓衛，你們找他有什麼事？」

我一面說，一面遞過了我的名片。

那位警官向我的名片望了一眼，道：「沒有什麼，我們在離此不遠的路邊，發現了一具屍體，而警犬在嗅了屍體之後，便一直帶我們來到這裏……」

我「啊」地一聲，道：「昨天晚上，我像是聽到屋後有聲音，但因爲我只是一個人，所以不敢出去看，死的是什麼人，是小偷麼？」

那警官道：「死者的身份，我們還不知道，可能他在死前，曾到過這裏，如果你發現有生人來過的跡象，請隨時與我們聯絡。」

我忙道：「好！好！」

那警官顯然因爲張海龍的關係，所以對我也十分客氣，在講不了幾句話之後，就起身告辭，我送他到了門口，他回過身來，道：「衛先生，你一個人在這裏，出入要當心一點才好，根據鄉民的報告，昨天晚上，有虎吼聲，可能山林之間，藏有猛獸！」

我自然知道，那所謂「虎吼之聲」，就是那頭美洲黑豹所發出來的。

我當時只是順口答應，那警官離去之後，我也迅速地離開了這間別墅。

我來的時候，是張海龍送我來的，所以當我離去之際，我只好步行到公車站。

好不容易到了家中，老蔡一開門，劈頭便道：「白姑娘等了你一夜，你上哪裏去了？」

我道：「白姑娘呢？」老蔡道：「她走了，她有一封信留給你。」

我接過老蔡遞給我，白素所寫留交給我的信，打了開來，只見上面寥寥幾行，道：「理，我與爹忽有歐洲之行，詳情歸後再談，多則半年，少則三月，莫念。」

白素的信令我感到十分意外。

因爲，我和她約好，共渡歲晚的。如今不過年初二，她和她的父親，卻忽然有歐洲之行了，白老大和白素，都不是臨事倉猝，毫無計劃的人，他們忽然到歐州去，顯然有著重大的原因。

但是老蔡卻不知道他們爲什麼要去，而我實在也不能去化費心思推究這件事，因爲我本身，已經被那件奇怪的事纏住了，實無餘力再去理會別的事情了。

當下，我順手將白素留給我的信放在書桌上，將十來枚細刺，小心地放在一隻牛皮紙信封之中，令老蔡送到一家我熟悉的化驗室中去化驗，跟著去拍發給紅紅的電報。然後，我和一位朋友通電話，那位朋友是一家高等學府的生物系講師，我向他打聽，這兩年來，可有什麼特異的生物學上的發現。結果，我卻並沒有得到什麼新的線索。

我又和一個傑出的私家偵探朋友黃彼得通了電話，委託他調查在三年之前，當張小龍還沒有失蹤的時候，他所支出的巨額金錢，是用在什麼地方的。

這當然是一件極其困難的工作，但是黃彼得卻十分有信心，說是在五天之內，就可以給我回音。

我聽了黃彼得肯定的答覆之後，心情才略為舒暢了些。因為在明白了張小龍的那麼多錢是花在什麼地方的之後，那麼對他在從事的研究工作，究竟是什麼性質，多少可以有些盲目了！

我信得過黃彼得，因此我將事情的經過，全和黃彼得說了，他表示可以全力助我，所以我心中，對於弄清事實真相這一點，又增加了不少信心。

我在洗了一個熱水浴後，又睡了一覺，在傍晚時分醒來，我精神一振，下一步，自然是到頓士潑道，去見一見那位有地址姓名，留在那神秘死去的白種人身上的那位先生。

我穿好了衣服，走出臥室，只見老蔡站在門口，面上的神色，十分難看。

我並沒有十分注意他面上那種尷尬的神情，只是隨口問道：「電報發出去了麼？」

老蔡連忙道：「已發出去了。」

我又問道：「化驗室呢，他們說什麼時候可以給我回音？」老蔡口唇顫動道：「理哥兒，我……當真是老糊塗了……」

我不禁一愣，道：「什麼意思？」

老蔡面孔漲得通紅，道：「我出門後不久，轉過街角，見到有兩個外國人在打架，我……去湊熱鬧看……只看了一會，你給我的那隻信封，便被人偷去了！」

我心中猛地一凜，道：「你說什麼，那放著十來枚尖刺的信封，給人偷去了？」

老蔡的面色，更是十分內疚，道：「是……我連覺也沒有覺到，到了化驗室門前，一摸口袋，已經沒有了，我立刻回來，你睡著了，我不敢打擾你，一直在門口等著，我想，總是在看熱鬧的時候被人偷去的。」

老蔡的確是上了年紀了，上了年紀的人，都有他們的通病，那就是敘述起一件事來，次序顛倒，要你用許多心思，才能聽得明白。

我那時，根本來不及責怪老蔡，因爲那十幾枚細刺的失竊，絕不是一件平常的事。如果，竊去那十幾枚細刺的，是我還未曾與之正面相對，但已吃了他們幾次大虧的敵人，那就證明敵人的手段，十分高強。

但如果那十來枚尖刺，是被一個普通小偷偷去的話，那麼這個小偷，可能因此喪生！因爲我堅信，在尖刺上，會有劇毒！

我立即又道：「你身邊還少了什麼？」

老蔡道：「沒有，我身邊有兩百多元錢，卻是一個子兒不少！」

我點了點頭，道：「行了，你不必大驚小怪，那些尖刺沒有多大用處。」老蔡如釋重負，道：「原來沒有多大用處，倒叫我嚇了半天！」

我心中不禁苦笑，暗忖你老蔡知道什麼？那些毒刺，可能便是一個極重要的關鍵，因爲我那個主持化驗室的朋友，是專攻毒物學的，他對於各地蠻荒民族的毒藥，尤有極深的研究。

如果那十幾枚毒刺，可以送達他手中的話，那麼他一定可以鑒別出這些毒刺，是來自什麼地方，那時弄明事情的真相，也是大有幫助！

但如今，什麼都不必說了，毒刺已被敵人，偷了回去，我心中在佩服敵人手段高強，料事如神，下手快捷之餘，心中也十分不服氣，再和敵人一爭高下之心，更是強烈了許多。

我一面想著，一面踱到了客廳中。

老蔡既然一轉過街角，就遇到了外國人打架，他在看熱鬧中，失去了那牛皮紙信封，由此可以想見，敵人方面，一定已經跟蹤到我的家中，在暗中監視我了。

在這樣的情形下，我如果就這樣出去的話，那實在是十分不合算的事。

我想了片刻，回到了書房中，打開了一隻十分精緻的皮箱，皮箱中，放著十二張尼龍纖維精製的面具。那些皮具薄得如同蟬翼一樣，罩在人的面上，簡直一點也看不出來，但是面具的顏色和原來的膚色相混，卻可以形成截然不同的膚色，有一張面具是化裝醉漢用，甚至連眼珠的顏色，也可以變換。

這十二張面具，即使拋開它們的實用價值不談，也是手工藝品之中的絕頂精品。

這時，我揀了一張五十以上，有著一個酒槽鼻子的面具，罩在面上，對著鏡子一看，幾乎連我自己也難以認得出自己來。

我又換過了一套殘舊的西裝，然後，從後門走了出去。

當然，我的步法，也顯得十分不俐落，十足像一個為生活重擔，壓得喘不過氣來的中年人。

我慢慢地轉到了我家的門前，有幾個孩子，在放爆竹，而有一個三十歲左右的外國人，正在十分有興趣地望著這些孩子。

對於白種人，我這時變得十分敏感。因爲，死在張海龍別墅中的是白種人，老蔡在失竊之餘，也曾遇到白種人在打架。

所以，我立即對那個白種人予以注意。

只見那人掛著攝影機，看來像是遊客，他不斷地照著相，拍攝著兒童放爆竹時的神態，那些兒童，則不停地笑著。

看來，似乎一點異狀也沒有，十足是新年的歡樂氣氛，但是，我看了不久之後，卻立即看出了破綻，因爲，那白種人，在每拍下三張相片之後，總要舉起照相機，向我的住宅，拍上一張相片。

他相機的鏡頭，正對著我所住的陽台，當然，他是另有用意的。

我雖然看出了破綻，但是我卻不動聲色。而且，我心中也已決定，不妨等一會再到頓士潑道去，如今，不如先注意那白種人的行動，來得有用些。

沒有多久，天色黑了下來，那白種人也收起了他的相機，又向我的住所看了兩眼，便向外走去，我本來一直靠著牆角站著，一見那白種人離開，我方即跟在後面。

怎知道那白種人，十分機警，我才跟出了一條街，離得他也很遠，卻已被他發覺了，他在一個窗櫥之前，停了片刻之後，突然轉過身，向我走了過來。

他這種行動，倒也令得我在片刻之間，不知所措。

他逕自來到了我的面前，惡狠狠地瞪著我，喝道：「你想幹什麼？」

我只得道：「我……不想什麼。」

他又狠狠地道：「你在跟著我，不是麼？」

我正在窘於應付之際，忽然看到前面，有兩個外國遊客，和一個與我差不多模樣的中國人，走了過來，他們一面走，那中國人不斷地在指點著商店的櫥窗。我靈機一動，忙道：「是，我是在跟蹤著你。」

那白種人面上，露出一種十分陰森的笑容，道：「是為了什麼？」

我裝著恭謹的神態，道：「我想為閣下介紹一些富有東方藝術的商品！」

我相信我當時的「表演」，一定使得我十足像是一個帶街。

所以，對方面上的神情，立即鬆弛了許多的喝道：「滾開！」

我真想上去給他一巴掌，但是我還是答應了一聲，向後退了開去。我退開了十來步，轉過頭去看時，那白種人已經轉過街角去了。

我呆呆地站了片刻，心中暗自叫苦。因為那人，如果是我的敵人的話，那麼，他的確是太警覺了，我自信我跟蹤的本領，絕不拙劣，但是如此容易被他發覺，卻也出乎我的意料之外。

我自然不甘心就此失去了那人的蹤跡，連忙快步趕了過去。

然而，當我轉過了街角之際，華燈初上，人來人往，那裏還有那人的影子，我大失所望，心中暗忖，既然出來了，那就不如就此上頓士潑道去走一遭。

我打定了主意，便向一個車站走去，然而，正當我在排隊之際，卻聽到了一陣喧嚷之聲在不遠處傳了過來。

像任何城市一樣，立即有一大團人，圍住了看熱鬧，我自然不可能知道究竟發生了什麼事，但是，我卻聽得了一陣粗魯的咒罵聲，在人圈中傳了出來，那一陣咒罵，是以西班牙文發出的，罵的語句粗魯。我對於罵人沒有興趣，但是那聲音我卻十分有興趣。

因為，那正是我剛才跟蹤不果的那個白種人！

接著我又聽得他用英語，以憤怒的聲音道：「你必須把它找回來，一定要找回來！」

我這時，也開始向人圈中擠了過去，到了人圈之旁，跳起腳來。

只見那人手上，揮動著一條狹長的皮帶，那條皮帶，是懸掛攝影機用的。但是在皮帶的盡頭，卻並沒有攝影機！而有兩個警察，站在他的面前。

我一見這情形，立即明白了所發生的事情！

那一定是這個人，在熙攘的人群中，失去了他的攝影機！而我在一明白這件事之後，心中不禁大喜，我立即退出了人圈，向前急急地行走著。

這一區，離我的家，並不太遠，而在這一區活躍的扒手小偷，阿飛流氓，我幾乎全都認識的。我更知道這一區的扒手集中處，如今，我正是向那處而去！

我轉入了一條十分汙穢的街道，在一幢舊樓的門口，略停了一停，然後，向並沒有樓梯燈，黑暗無比的木樓梯上走去。

那樓梯才一踏了上去，便發出「咯吱」、「咯吱」的怪叫聲。而身臨其境，也根本不信這會是在這個高度文明的都市中應有的地方。

我才踏上了三節，便聽得上面，突然傳來了陰陽怪氣的一聲，道：「什麼人？找什麼人？」

那一問，突如其來，若是膽小的人，真會嚇上一大跳，說不定立即嚇得從陡直的樓梯之上，滾了下去！我自然不會怕，因爲那陰陽怪氣的聲音，我並不是第一次聽到的，我忙道：「是阿曉麼？我是衛斯理？」

阿曉是一個吸毒者，他在這個賊窩中，司守望之責，木梯一響，他便發問，不要說他的聲音駭人，如果有電筒照到他那一副尊容的話，那更可以令人退避三舍，他的面容，十足十是武俠小說中的「╳╳老魔」、「╳╳老怪」一類……

我的話一出口，他立即道：「衛先生，久違了，久違了！」

阿曉原來據說是知識份子，所以出言十分文雅，我一面向上走去，在經過他身邊的時候，順手塞了一張十元紙幣，在他手中，道：「施興在麼？」

阿曉一把抓緊了鈔票，講話也有神了許多，道：「在！在！」

我又跳上了兩級木梯，來到了一扇門前。

只聽得裏面傳出了一陣女子的縱笑聲，道：「我只不過扭了幾下，那洋鬼子就眼發光了！」另一個男子聲音道：「這時候，只怕將他的褲子剝了下來，他也不知道哩。」

第六部：失手被擒

我伸手在門上，敲了三下，門上打開了一個小洞，一張十分年輕，也不失爲美麗，但是那種第八流的化裝，看上去卻極其令人不舒服，再加上廉價香水的刺鼻味道，令得她成爲一個十足的飛女的臉龐，在小洞處露了出來，滿含敵意地望著我。

我知道在這種地方，絕對不用對女性講究禮貌，因此我立即道：「施興在麼？」裏面已有幾個人齊聲在喝問什麼事，又有一個人從小洞處向外張望。我除下了臉上的面罩。從小洞處露出來的那陰陽怪氣的臉，正是施興，他一看到了我，立即打開了門來。

他對我如此恭敬的原因，是因爲好幾次，他幾乎入獄，都是我保地出來的緣故，我絕不是與賊爲伍，而是想到，像施興那樣的人，原來是很有才能的一個銀行行員，可以安安穩穩過上一世的，但是，卻爲他貪汙的上司所陷害，而致坐了幾年的牢，他的遭遇，是十分值得人的同情之故。

我一腳踏了進去，裏面的烏煙瘴氣，簡直不是文字所能形容，而我一眼，便看到了一張滿是油膩的桌子上，放著一隻連皮袋，但是卻沒有了皮帶的相機，我幾乎是一個箭步，竄到了桌邊，指著那相機道：「這是誰下的手？」

屋中的幾個人，除了那個飛女以外，都面上失色。

施興走上來，道：「衛先生，這相機……」

我搖了搖手，道：「不必多說了，是誰下的手，我也不會叫他白辛苦——」我一面說，一面取出了一張鈔票，放在桌上，道：「這相機我帶走了。」

施興連忙道：「行！行！你何必再出錢？」

我笑了一笑，提起相機來就走。可是那個飛女卻叉著腰，以她那種年齡，絕不應該有的，因此她也以令人作嘔的風騷態度，攔住了我的去路。

我一伸手，將她推開了幾步，自顧自地出了門，向樓梯走去。

走不幾級，又聽得阿曉的怪聲，道：「小心走！」我明知阿曉在，可是仍不免又給他嚇了一跳！

我將那隻相機，挾在脅下，走了幾條街，向身後看看，已經看到絕對沒有人在跟蹤我了，才將相機中的軟片取了出來，順手將之交給了一個沖洗店，吩咐他們只要將軟片沖出來就行。

那店家像是不願意做這筆小生意，我告訴他們，我在一個小時內要，可以加十倍付錢，那伙計才眉開眼笑地答應了下來。

（在早期作品中，處處可見生活變化之大，現在，幾十分鐘沖洗照片，滿街皆是，但二十幾年前，那是「科幻」題材。）

我揀僻靜的小巷，走出了幾步，看看沒有人，就將那隻照相機，拋在陰暗的角落處，然後，我才又轉入熱鬧的街道上。

我的心情，顯得十分愉快。

因為，我和那幫敵人交手以來，每一次「交鋒」，我都處於下風。我失去了那疊文件，失去了毒刺，但是這一次，我卻佔了上風。

那一捲軟片中可能有著極重要的資料。

這一點，只要看丟了相機的那個白種人的狼狽相，就可以知道了。

我心情輕鬆，當然我又已經上了面罩，輕輕地吹著口哨，向頓士潑道而去。

頓士潑道是一條十分短而僻靜的街道，我一轉入頓士潑道，就彷彿已經遠離了鬧市一樣，迎面而來的，是一對靠得很密的情侶。

我看看號碼，找到了六十九號。

這一條街上的房子，大多數是同一格局，五層高，每一層，都有陽臺，是十分舒服的洋房，六十九號的地下，左右兩面，都沒有店舖，我走上了幾級石階，在電梯門前，停了下來。

我按了電梯，在等候電梯之際，我心中不禁在暗暗裏想，那位羅勃楊先生，不知究竟是怎樣的人物，他和這件事，究竟又有什麼關係呢？

如果我應付得體的話，那麼，我今晚就可以大有收穫了。

但如果那羅勃楊十分機警的話，那我可能虛此一行，或者還可能有危險！

電梯下來了，我跨進了電梯，心中仍不斷地在思索著，片刻之間，電梯已到了五樓，我走出電梯一看，六十九號五樓，是和七十一號五樓相對的，那是所謂「一梯兩伙」的樓宇。

我按了六十九號的電鈴。一下，沒有回答。我等了一會，再按第二下，仍然沒有回答。我用力按第三下，才聽得門內有人道：「什麼人？」

我連忙道：「有一位楊先生，住在這裏嗎？」

裏面的聲音道：「什麼楊先生？」

我道：「楊天復先生。」那聲音道：「你找他有什麼事？」我道：「我是街邊擺水果攤的，有一個洋人，叫我送一封信來。」

裏面靜了一會，門打開了一道縫，道：「我就是，拿來！」我拿出了那紙條，從門縫中遞了進去，同時，我以肩頭，向門上推去，希望能夠將門推開，走進屋去。

但是，我的目的，卻沒有達到。

因爲那門上有一條鐵鍊拴著，那條鐵鍊只有兩寸長，門縫也只有兩寸寬。我將紙條一遞了進去，就被一個人搶了過去，同時，門也「砰」地一聲關上，幾乎軋住了我的手指！

當然，如果我要將門硬推了開來，絕不是難事，但是這一來，卻更其打草驚蛇了。

我沒有想到這位羅勃楊竟然如此警覺，連他是什麼樣子的，我也沒有看到，只是在門打開一道縫的時候，看到他穿著一件紅色的睡袍而已。

我在門外呆了一呆，又按了按電鈴，道：「那洋人說，信送到之後，有五元打賞的！」門再度開了一道縫，飛出了一張五元的鈔票來，同時，聽得那位楊先生喝道：「快走！」接著，門又「砰」地關上了！我聳了聳肩，拾起了那張五元的鈔票，四面看了一看，尋思著辦法。

只見另有樓梯，向上通去，那一定是通到天臺去的了。我心中立即閃起了一個十分冒險的念頭，那楊天復不給我由門而入，我何不由天臺爬下去，從窗口中爬了進去？我向著那扇門，笑了一笑，立即轉身，向天臺走去。

天臺的門上，也有鎖鎖著，但是那柄鎖，在我鋒利的小鋼鋸之下，只支持了半分鐘，就斷了開來，我上了天臺，寒風陣陣，天臺十分冷清。

我首先向街下望去，只見行人寥寥，也是絕不會仰頭上望的。

這實是給我以極佳的機會，我從天臺的邊緣上攀了下來，沿著一條水管，來到了一扇有凸花玻璃面前，通常，作有這種玻璃的窗子，一定是浴室，那可以透光，又可以防止偷窺。

我側耳聽了一下，沒有聲音，我又小心地用食指，在玻璃上彈了幾下，彈出了裂縫，然後，以手掌將玻璃弄了一塊來，再伸手進去，將窗子打開。

這些手續，全是夜賊的基本功夫，我相信做得十分好。窗子打開後，眼前一片黑暗，我停了片刻，才看清那間浴室，十分寬大。

但是，那間浴室，卻也給我以十分奇特的感覺。

起先，我幾乎說不出爲什麼我對那間浴室，會有這樣特異的感覺，但是我立即看出來了，因爲，那浴室既沒有浴巾，也沒有廁紙，倒像是棄而不用的一樣。

我又傾聽了片刻，浴室的門關著，我不能看到外面的情形，但是門縫中卻一點光亮也沒有，由此可知屋中的人，離開浴室很遠。

我又以小鋼鋸，鋸斷了兩枝鐵枝，然後，輕而易舉地，躍入了浴室之中。

我到了門旁，又仔細傾聽了一會。

雖然我相信我自己的行動，十分正當。但是我這時的行動，卻直接地觸犯了法律，如果爲屋主人捉到的話，那我非坐牢不可，這實在是不可想像的丟人，所以我必須小心從事。

聽了片刻，外面仍沒有任何聲音，我才輕輕地打開浴室的門。

我將浴室的門，打開一道縫，向外看去，一看之下，我不禁一愣。這間浴室是一間房內浴室，我看出去，當然看到那間房間。

可是，那卻是一間什麼傢俬也沒有的空房間！

我呆了一呆，在空房間中轉了一轉，又打開了房門，房門外面，是很寬敞的廳子。

但是也是空蕩蕩地，什麼也沒有。

在廳子的一邊，另外有兩扇門，門縫下並沒有光線透出，我輕輕地一打開，兩間房間，也都是空的。我心中不禁生出了一股寒意：這是怎麼一回事？楊天復呢？他在什麼地方？

難道我剛才經歷的一切，全是幻覺。

可是，我的那封信，被人取去了，我袋中，多了一張五元的鈔票，那卻是實實在在的事情。

我又看了廚房、工人房，這一層樓，不但沒有傢俬，而且的的確確地沒有任何人。

當然，楊天復可以趁我爬上天臺之際，離屋而去，但是要知道，楊天復並不是事先知道我會送信來而在這裏等我的。

而楊天復必定是住在這裏的，要不然，他也不會穿著睡袍，但是，一個人可能住在一間完全空的，什麼也沒有的房子中麼？

我在屋中呆了片刻，心中充滿了疑問，我知道有一個最簡單的辦法，可以揭穿這個謎，那就是我退出去，再去按電鈴，要楊天復來開門。

當他來開門之際，我說不得，只好用硬來的法子，闖進屋去，和這位神秘的先生見見面了。

我打定了主意，想開了大門走出去，但是卻打不開。我又怕弄出太大的聲響，因此又退了回去，回到了那間浴室中，從窗口爬了出去，沿著水管，向下滑去，我當時，不向上爬，由天臺的路走，而向下滑去，那實是犯了最大的錯誤！

就在我滑到離地面還有五六尺之際，突然，兩道強光，射了過來，一齊照在我的身上，同時，聽得有人喝道：「別動！」

我本能地身子縮了一縮，立即向下躍來，但是我在落地之後，強光依然照住了我，同時我聽得手槍扳動的聲音。

我舉起了雙手，叫道：「別開槍。」又聽得人喝道：「別動！」

那兩個呼喝的聲音大是嚴厲，在被電筒照得什麼也看不見的情形下，彷彿有兩個人，向我走來，我腹部立即中一拳。

那一拳，對我來說，實是如同搔癢一樣，根本不覺得疼痛，但是我知道，如果普通人捱了那麼一拳的話，一定會痛得流冷汗的，我這時絕不能暴露自己的真正身份，因爲我如今，是一個被捉住的小偷了，所以，我也必須和普通人一樣。

當下，我「啊呀」叫了出來，彎下身去，叫道：「別打！別打！」我正在說著「別打」，兜下巴又捱了一拳。

我立即裝著仰天跌倒，緊接著，我又被人粗暴地拉了起來，同時，「格」地一聲，我的右腕，已經被手銬銬住了！

也直到這時，我才看清對付我的這個人，並沒有穿著制服。我心中暗忖真是運氣太差，何以會遇上了便衣人員的？

當時我實是沒有發言的餘地，因爲那兩個人手上都有著槍，其中一個拉著我向前走去，我沒有法子和他掙扎，雖然我可以用七種以上的法子，掙脫那隻手銬，但是這是一條直路，當我掙脫了手銬之後，如果我向前逃走的話，兩柄手槍的子彈，一定會比我的身法快得多。

我跟著他們，來到了街口，只見一輛黑色的大房車，駛了過來，司機帶著一頂呢帽，將帽簷拉得低低的，看不清他的面目。

那兩個人中的一個，踏前一步，打開了車門，喝道：「進去！」我這時不能不出聲了，因爲這輛車子，不是警車。我問道：「到那裏去？」

我的話一出口，背上又「咚」地捱了一拳，那大漢道：「到警局去，還有到什麼地方去？請你去跳舞麼？」

我向那輛黑色的大房車一指，道：「朋友，這不是警方的車子，你們究竟是什麼人？」那兩個大漢，一聽得我這樣說法，面色不禁一變。

從他們兩人面色一變之中，我已經可以肯定，這兩個人絕不是警方的便衣人員，而我之所以落在他們的手中，可能是我的行動，早已爲羅勃楊所知的緣故，而這兩個人，也可能是羅勃楊所派出來的。

我一想這一點，反倒沒有了逃脫的念頭。

因為，我一直想追尋和張小龍失蹤有關的線索，但是到目前為止，卻一點結果也沒有。本來，我如果能和那個羅勃楊見面的話，對整件事情，自然大有裨益。但是羅勃楊不但十分機警，他的住處，更是神秘到了極點，令得我一無所獲。

如今，這些人既不是警方人員，自然和羅勃楊有關係，就算和羅勃楊沒有關係，也和張小龍的失蹤有關，正是我追尋不到的線索，既已到手，又如何肯輕易地放棄？在我心念一轉之際，只聽得那司機咳嗽一聲，將帽子拉高了些。

我看到那司機的面色眼神，全都說不出來的陰森，他向那兩人使了一個眼色，那兩人立即各以手槍，抵住了我的腰際，低喝道：「識相的，跟我們走。」

我忙道：「兄弟，我……只不過是一個倒楣的小偷，你們……」

那兩人不由分說，以槍管頂我，將我推進了車廂，「砰」地一聲，車門關了，車子立時向前，疾馳而出，我想注意一下他們將車子駛到什麼地方去，但是那車子的後座，和司機位之間，有著一層玻璃，還有黑色的絨布簾，兩面和後面的窗子，也是一樣。

那兩個大漢拉上了簾子，我在車廂之中，便什麼也看不到了。

我只覺得車子開得十分快，起先，還時時地停了下來，那自然是因為交通燈的關係，到後來，便一直向前疾馳而開，我的直覺告訴我，已經到了郊外。

我的左右腰腿上，各有一管槍抵著，但是我的心中卻一點也不吃驚。

因爲這時，我不明白對方的身份，但是對方卻一樣不明白我的身份。而我有利的是，對方是什麼樣的人物，我總可以弄得清。而我如果一直裝傻扮懵的話，那麼，他們可能真當我是一個偷進一幢空屋的小偷的，這對我行事，便大是有利了。

所以，一路上，我便作出可憐的表情，一直在哀求著那兩個人。戴在我面上的那尼龍面具，因爲薄如蟬翼，所以面上肌肉的動作表情，可以十足地在面具上反映出來，實是令人難以相信我是戴上一張面具的！

那兩個人只是扳起了臉不理我，當我的話實在太多的時候，他們才用手槍撞我一下，示意我不要再說下去。

本來，我就無意以我的話，來打動他們，使得他們放我，我只不過想隱蔽自己的身份而已，看來，我的表演十分成功，我心中也怡然自得。

車子足足疾馳了一個小時左右，才停了下來。一停了下來之後，那兩個大漢之中的一個，以手指在玻璃上叩了幾下。

玻璃之外，傳來了一個十分冷峻的聲音，道：「帶他出來。」

那大漢打開了車門，將我拖出了車廂。

在我的想像之中，我一定已到了賊窩之外，說不定那賊窩，乃是一幢華麗的洋房，又說不定，可能是十分簡陋的茅屋。

可是當我跨出車廂之際，我卻不禁猛地一愣。

只覺得寒風撲面，四下望去，空蕩蕩地，只見樹影，哪裏有什麼房室？

我一見這等情形，心中不禁吃了一驚，忙道：「你們將我……帶到這裏來做什麼？」

我一面說，一面已準備有所行動。因爲我怕他們，要在這樣的一個荒郊中對我下毒手，那我實在是死得太冤枉了！但是就在我準備有所行動之際，那司機已向我走了過來。

他陰森的眼光，在黑夜中看來，更是顯得十分異樣，十足是一條望著食物的餓狼一樣。

他來到了我的面前，伸手在我的肩頭上拍了一下，以十分生硬的本地話道：「放心，請你戴上這個！」他說著，便取出了一隻厚厚的眼罩，不經我同意，便將我的眼部罩上了。

我眼前，立時一片漆黑，什麼也看不到了。

我這時的心情，十分矛盾。因爲我冒的險，實是十分兇險之故。

我的眼睛給他們蒙上了，他們要殺害我，更是容易進行得多。但是，他們可能不準備害我，而且是準備將我帶到某一地方去，那我就不宜在這時發作。

說來十分可笑，因爲我爲了這個，猶豫了半分鐘。而如果他們準備殺我的話，只怕我也早已上了西天了。但他們卻不準備殺我，我覺得兩肩被人抓著，向前推去，腳高腳低，走了足足有二十分鐘，才聽得有開門的聲音，但是在進入那扇門後，又走了五分鐘，才進第二扇門，接著，便停了下來，而我的眼罩，也爲一個人撕脫。

霎時之間，只覺得過份的光亮，直射我的眼球，令得我什麼也看不到。但是沒有多久，我便恢復了視力，同時也看清了眼前的情形。

那兩個冒充警察，押解我前來的兩個大漢，已經不在。只有那個司機，正以十分陰森的眼睛看著我，但是卻俯身和一個坐在沙發上的胖子，低聲講著話。

那是一間普通的起居室，我看不出什麼異樣來，只有那個胖子，態度顯得十分神秘，因爲他在燈光下，戴著一副黑眼鏡。

那「司機」一路說，那胖子便一路點頭，我裝著不知所措地坐著，不一會，門又打了開來，走進了一個身材十分苗條的女郎，手中拿著一隻錄音機，那女郎也戴著一副黑眼鏡。

她進來之後，並不說話，也不向什麼人打招呼，就將錄音機放在幾上，熟練地開了掣，錄音盤開始「沙沙」地轉動。

那胖子咳嗽了一聲，揮了揮手，面目陰森的司機，在他的身邊，坐了下來，那胖子開口道：「衛斯理先生，久仰大名。」

那胖子說的是英語，十分生硬，但這時候，那胖子說的即使是火星上的語言，我也不會更吃驚了。

我一直在充作「小偷」的角色，因爲我是在沿著水管而下之時，落入他們的手中的。而且，我自己還正在自鳴得意。

可是，原來人家早已知我是誰了！

想起了我在車上的「精彩表演」，我連自己，也禁不住面紅，我這才知道，在許多的失敗之上，又加上了一個更大的失敗！

我呆呆地望著那司機，又望著那胖子，一時之間，實是一句話也說不出來！

那胖子又笑了笑，道：「我們用這種方式，將你請到這裏來會面，而且，又在你進行工作的時候，實是十分抱歉。」

我聽了之後，只是「哼」地一聲。

事實上，我這時，一敗塗地，完全處在下風，除了「哼」地一聲之外，實在想不出還有什麼別的話可說！那胖子又道：「衛先生，你既然到了我這裏，想來一定可以和我們合作的了？」

我直到此際，才有機會講話，道：「你們是什麼人？要我和你們合作什麼？」

那胖子乾笑了幾聲，道：「很簡單，我們問，你照實回答，這就行了。」

我沈聲道：「如果我拒絕呢？」

那陰森的漢子立即陰笑道：「不會的，衛先生是聰明人，怎麼會拒絕呢？」我欠了欠身子，那隻手銬，還在我的右腕上。

如今，對方既然明白了我的身份，自然也深知我的底細了，我又何必讓這討厭的東西，留在我的手上?所以我一縮手，便已將手銬，脫了出來，同時，毫不經意地用力一抓，那手銬被我抓到扁了。我看到胖子和那陰森的漢子兩人面上，都現出了驚訝之色。

我順手將手銬向地上一拋，道：「好，我要先聽聽你們的問題。」

那胖子道：「衛先生，你是什麼時候開始爲勞倫斯・傑加工作的？」

那胖子的這一句話，實是令得我又好氣又好笑！誰他媽的知道勞倫斯・傑加是什麼人？我立即道：「你一定弄錯人了，我不認識這個人。」

那胖子聳了聳肩，面上肥肉抖動著，像是掛在肉鉤上的一塊豬肉。他似笑不笑地道：「衛先生，你一定聽說過有一種藥物，注射之後，可以令人吐露真言的，我們如今，還不願意使用這種藥物！」

那胖子對我說的話，並不是虛言恫嚇，的確是有這樣一種藥物的。

但是那胖子如今不使用這種藥物，自然不是出於對我的愛惜，而且人在接受了這種藥物的注射之後，雖然口吐真言，但是卻十分凌亂，需要十分小心的整理，方能夠有條有理，而且，也未必一定能夠整理得和事實的真相，一般無異。

我也聳了聳肩，道：「我的確不認識這個人。」

那胖子冷冷地道：「那你爲什麼人送信？」

我「啊」地一聲，叫了出來，我立即想起了那離奇死在張海龍別墅的後園，又經過我移屍的白種人來。所謂勞倫斯・傑加，一定就是他了！

我立即道：「你是說一個有著金黃虬髯的高個子？」

那胖子笑了笑，向身後的那陰森漢子道：「我們親愛的衛先生的記憶力原來並沒有衰退，他記起來了。」我忍受著他的奚落，平心靜氣地道：「我是不認識這個人，在我見到他時，他已經死了。」

那胖子和那陰森的漢子兩個，像是陡地吃了一驚，齊聲道：「死了，勞倫斯死了？」

我道：「是的，他是死在兩個特瓦族人之手，你們既然從南美洲來，應該知道特瓦族人所用的毒藥的厲害的！」

我開始盡可能地反擊，因為我聽出那胖子的英語，帶有西班牙語的音尾，所以我斷定他是從南美洲來的。那胖子果然一愣，乾笑道：「好，衛先生，那麼，勞倫斯的朋友，那位有著十七八個名字的羅勃楊，他又交給了你什麼任務呢？」

我冷笑道：「羅勃楊如果有任務交給了我，我又何必沿著水管往下爬？」那胖子不期而然地點了點頭，我站了起來，道：「我相信我們以這樣的地位相處，對大家都沒有好處。」

那胖子摸著下頷，道：「衛先生，我們沒有別的法子，因為我們不知道你究竟擔負著什麼任務！」我立即道：「要知道，我一樣不知道你們擔負什麼任務！」

那胖子仍然不斷地摸著他的下頷，雖然他光潔的下頷上，一根鬍髭也沒有，他慢條斯理地道：「不錯，但如今，你卻被我們請到這裏來了！」

這肥豬，他是在公然地威脅我了！

我不知道這是什麼地方，也不知道這幾個是什麼人，更不知道這些人準備如何對付我，但是我知道，如今我需要的是鎮定。

只有鎮定，才有可能使我脫離險境。也只有鎮定，才有可能弄清楚這幾個人的底細。所以，我也以緩慢的動作，伸了一個懶腰，道：「我一生之中，不知被人家以這種方式，『請』了多少次，但我仍然在這裏。」

那胖子的口鋒一點也不饒人，立即道：「我相信你所說的是事實，但是這一次，卻是不同，我們是不惜殺人的，你知道麼？」

他在講那幾句話的時候，神情顯得十分可怖，尤其是他戴著黑眼鏡，因此更有一種十分陰森的感覺。他一面說，一面揮了揮手，以加強他的語意。

我從他的神情中，可以看出那胖子，是一個說得出做得到的人。

我仍然維持著鎮定，道：「如果命中註定，我要作你們的犧牲品的話，我也沒有辦法可想！」

那胖子一聲冷笑，以他肥胖的手指，叩著沙發旁邊的茶几，他問道：「好了，我開始我的問題了！」我以沈默回答他。

他緩緩地道：「首先，我要知道，是誰在指揮著羅勃楊！」

我腦中正在拚命地思索著。

我已經知道眼前的這幾個人和羅勃楊並不是一伙，說不定，還是對頭。但不論是跟前的胖子也好，是羅勃楊也好，卻和張小龍的失蹤有關。我更相信，除了眼前的胖子，和羅勃楊之外，還有第三個集團，那便是那個死了的白種人，致羅勃楊信中所說的「他們」，信中說，「他們」已得到了一切，那當然不是指眼前的胖子而言。

因為，眼前的胖子，正想在我身上得到一切！

我相信偷攝我住所，失去相機的那人，就可能是那第三方面的人馬。

當下，我沈默著，並不回答，因為我根本無從回答起。關於羅勃楊，我除了知道他穿了一件紅色的睡袍，和住在一層空無二物的房屋之中之外，什麼也不知道。

那胖子等了半晌，不見我回答，便咳嗽了一聲，道：「衛先生，你應該說了。」

我道：「你完全弄錯了，這樣的問題，叫我根本沒有辦法回答。」

胖子道：「那麼，或者變一個方式，羅勃楊接受著誰的命令？」我站了起來，大踏步地來到了他的面前，我的動作，十分快疾而果斷，但是，我到了胖子的面前，胖子面上，仍沒有吃驚之色。

在這一點上可以證明，雖然我看不出什麼跡象來，但是胖子卻有著充份的準備，他並不怕我突然發難。

我在他面前站定，俯下身去，道：「你要明白，你從頭到尾，都弄錯了！」

那胖子忽然嘆了一口氣，道：「不錯，我們做了許多錯事，例如以爲羅勃楊是毫不足道的，但我們錯了，羅勃楊擔任著主要的角色；又例如我們認爲張小龍的秘密，已沒有人知道了，但事實卻又不然……」

他提起張小龍來了，我心中不禁一陣高興。

但是那胖子卻沒有再往深一層說下去，只是道：「如果我們過去犯了一百個錯誤，那麼現在開始糾正，還來得及，所以我們要盤問你。」

我立即道：「如果你們盤問我，那你們是犯第一百零一個錯誤了！」

第七部：再探神秘住宅

胖子的手一提，摘下了他的黑眼鏡。

他的眼圈，十分浮腫，但是眼中所射出來的光芒，卻像是一頭兇惡的野豬一樣，我知道我不能低估這個胖子，如今一看那胖子的眼色，我更加認爲我的設想，一點也不錯。

他一摘下了黑眼鏡，我便知道他會有所行動了，因此我立即退後一步。一伸手，已經抓住了一張椅子的椅背，以便應變。

但是，室中卻一點變化也沒有。

那女子仍坐在錄音機旁，那面目陰森的傢伙和胖子仍然坐著，室中極靜，只有錄音機的「沙沙」聲，也正因爲是他們絕無動作，因此使我料不定他們將會有什麼動作，因之使我的心神，十分緊張。

靜寂足足維持了五分鐘，那胖子才緩緩地向那張茶几，伸過手去。我立即注意到，茶几面上，有著一個按掣，我不等胖子的手按上去，便厲聲喝道：「別動！」那胖子果然住手不動，但也就在此際，我注意了胖子，卻忽略了另一個人。

那大漢當然是趁此機會，按動了另一個掣鈕，因爲，我「別動」兩字，才一出口，便覺得身子向下一沈！那是最簡單的陷阱，我連忙雙腿一曲，就著一曲之力，身子向上，直跳了起來。

可是，就在我剛一跳起，還未及拋出我手中的椅子以洩憤之際，突然，一片黑影，兜頭罩了下來，在我還未曾弄清楚是什麼東西的時候，身上一緊，全身便已被一張大網罩住了！

那張大網，是從天花板上，落下來的。

那胖子「哈哈」一笑，道：「這是我們用來對付身手矯捷的敵人的！」

這時候，我雖然身子被網網住，但是我的心中，卻是高興之極！因爲這陷阱，是自天花板上落下來的那張網，使我知道了這裏是什麼所在！

因爲我早就聽說，有一個十分龐大的走私集團（很煞風景，主持這個走私集團的，乃是一個「名流」，而並不是下流人物，「名流」正是靠走私發達的），這個走私集團，近年來，活動已經減少了，但是走私集團總部的種種電力陷阱裝置，卻還爲人所樂道。

我並不自負我的身手，但像我這樣的人，居然也會轉眼之間，便被擒住，那當然是這個走私集團的總部了。而這位大走私家——我們的「名流」，在走私的現場，被我捉到過一次，在我的警告之下，他才告斂跡的，但是我卻掌握著一箱的文件，只要我一死，文件便會公佈，那便足夠使他坐上二十年的苦監的！

我知道自己身在此處，自然難免高興！

因為如今，我雖身在網中，但是不一會，我就可以佔盡上風了！

當下，我冷笑了一聲，道：「對付身手矯捷的人，這網的網眼，還嫌大了些！」在他們還未曾明白，那是什麼意思之際，我早已摸了兩枚鑰匙在手，從網眼之中，將那兩枚鑰匙，疾彈了出去！

那以後幾秒鐘內所發生的事情，我至今想來，仍覺得十分痛快，兩枚鑰匙，重重的彈在他們兩人的額上，胖子從椅上直跳了起來，伸手摸向額上，當他看到自己的掌心滿是鮮血之際，那種神情，令我忍不住哈哈大笑。

然而就在我笑聲中，那胖子怒吼一聲，已經拔出了手槍來。

那面目陰森的人正在以手巾接住額上的傷處，我立即向他以本地話道：「大隻古呢？我要見他！」

那胖子的手槍本來已經瞄準了我，可是我這句話一出口，簡直比七字真言還靈，那面目陰森的人立即叫道：「別開槍！」

那胖子愣了一愣，道：「為什麼？」

那人向我一指，道：「他認得老闆。」

我口中的「大隻古」，就是上面提到過的那位「名流」。「大隻古」是他未發跡時的渾名，如今，已知者甚少了，我能直呼出來，自然要令得他們吃驚！

那面目陰森的望著我，道：「你識得老闆麼？」我道：「你立即打一個電話給他，說你已將衛斯理置身網中了，看看他有什麼反應。」

那人面上神色，驚疑不定，和那胖子望了一眼，又向那位小姐招了招手，三人一齊走了出去。我在網中，一點也不掙扎，反而伸長了腿，將網當作吊床，優哉遊哉地躺了下來。

不到五分鐘，那面目陰森的人，面如土色，滿頭大汗地走了進來，他一進門後，連話都顧不得說，便按動了牆上的一個按鈕，那張網跌了下來，他手兒發抖，替我將網撥了開來，我冷冷地道：「怎麼樣？」

那人道：「老闆說他……馬上來……這裏，向……你賠罪。」

這是我意料中的事，大隻古可能敢得罪皇帝，但是卻絕不敢碰一碰我。那人又道：「我……叫劉森，這實在不是我的主意。」

我一面站起來，一面道：「我早已看出你是本地人，你卻還裝著外國人的同路來嚇我，太可惡了！」劉森點頭屈腰，連聲道：「是！是！」

我在沙發上大模大樣坐了下來，道：「等一會，大隻古來了，我該怎麼說？」劉森面上的汗，簡直匯成了幾條小溪！

大隻古以手狠心辣著名，劉森顯然是知道的，所以他才會這樣害怕，他連汗也顧不得抹，突然雙腿一曲，向我跪了下來！

我倒也不妨他有此一著，道：「你起來，如果你肯和我合作的話，我可以將一切事情，都推在那外國胖子身上，不提你半句。」

劉森道：「恩同再造，恩同再造！」

我又緩緩地道：「如果你不肯合作的話，我就……」我話還沒有講完，他便道：「一定，一定。」我見得他害怕成這樣，心知這次「失手被擒」，反倒使我有了極大的收穫！

劉森戰戰兢兢地在我對面，坐了下來，面上這才開始，有點人色，我問道：「這個外國胖子是甚麼人？」劉森側耳聽了聽，細聲道：「衛先生，我明天到府上來，和你詳談。」

我點了點頭，這裏既是那走私集團的總部，各種科學上的裝置，自然應有盡有，劉森不敢在此詳談，可能有他的道理。

我等了沒有多久，大隻古便氣急敗壞地奔了進來，一進來，不待我說話，便給了劉森兩巴掌！劉森捱了兩巴掌，眼淚汪汪地望著我，我道：「不關他事，是那個外國胖子！」

大隻古雖然做了「名流」，他那件襯衫的所值，在二十年前，便可以使得他去拼命了，但是，滿臉橫肉，不是金錢所能消滅的。

他轉過頭來，頓足罵道：「那賊胖子，他是我過去……事業上的一個朋友，這次來，說是有重要的事，最好由我派給他一個助手，借給他一點地方，我便答應了他，怎知他弄出這樣的事來！這傢伙，聽說他在巴西也是第一流富豪了，不知竟還充軍到這裏來幹甚麼！」

關於那胖子的詳細身份，我明天儘可以問劉森，我只是急於離去，因此我揮手道：「別說了，你管你去吧。」

大隻古道：「老兄，你……不見怪吧？」

我笑道：「我知道有一家辦得很好的中學，因爲沒有經費，快要停辦了，如果你肯化一筆錢，維持下去，那我就不見怪了！」

大隻古忙道：「一定，一定！」

我笑道：「我會通知那家中學的負責人去找你的。」

大隻古道：「是，我去趕走那賊胖子！」

劉森道：「老闆，覺度士先生和他的女秘書，一知道衛先生認識你，他就走了！」

大隻古連聲道：「走了最好，走了最好！」

他命令劉森，送我出去，又匆匆地走了。

劉森帶著我，走出了這間密室，經過了一條長長的走廊。那走廊高低不平，叫人在感覺上，像是走在石塊上一樣，然後，才從一扇門中，走了出來。那一扇門，通出來之後，便是曠野了，再回頭看那扇門時，那門由外面看來，和石塊一模一樣，門一關上，絕不知道山壁上有這樣的一道暗門。

我出來之後，便道：「你立即送我到頓士潑道去！」因爲我還急於要弄明白羅勃楊的秘密，所以我仍要連夜到那邊去。

劉森答應了一聲，我們在曠野中步行了大約十分鐘，便到了一輛汽車的旁邊。那一輛汽車，就是將我從頓士潑道載來此處的那輛。

我上了車，覺得有劉森在身邊，行動反而不方便，因此便揮了揮手，道：「你去吧，明天上午十時，你到我寓所來見我，如果我不在，你可以等。」

劉森點了點頭。在那一瞬間，他面上忽現出了一絲憂鬱的神色來，嘴唇掀動，像是想對我講些甚麼，但是隨即又苦笑一下，道：「好。」

我雖然看出他有些話要對我說而未曾說出來，心中疑惑了一下。

但這時我因爲急於要趕到頓士潑道去，所以並沒有在意，見他已答應了，我便駛著車子，向前疾馳了開去。等到我將車子，停在頓士潑道口上時，我看了看手錶，已是淸晨兩時了。

我下了車，一直來到了六十九號的門口，上了電梯，不到五分鐘，我便站在那所空屋的門前了。我心中轉念著，如果我用百合鑰匙，開門進去，那是十分容易的事情。但是這幢房子，我已經進去過一次了，那是一間空屋子而已。

我不是需要再去查空屋了，我是要見到羅勃楊其人！因此，我按動了電鈴。

電鈴不斷地響著，足足響了七八分鐘之久，還沒有人來應門。是沒有人麼？我可以肯定不是，因爲，當我一站在門口之際，便看到門縫處有亮光隱隱地透露出來，可知這幢空屋之中有人，雖然那人未必一定是羅勃楊，但總應該有人來應門的。

我繼續地按著門鈴，又持續了近五分鐘。門內仍是一點反應也沒有。

我知道一定有了甚麼蹊蹺，貼耳在門上，仔細地聽了一會，裏面一點聲音也沒有，我的百合鑰匙，輕輕地打開了門鎖，慢慢地推了大門。

然而，我才推開了五六寸，便聽得門內「砰」地一聲響，傳來了一下重物墮地之聲！

我絕未曾料到忽然間會有這樣的一下聲響傳出，一時之間，也不禁爲之嚇了一大跳，定了定神，向內看去。一看之下，我更是呆了半晌。手推門進去，順手便將門關上。

屋子內仍是空蕩蕩地，沒有傢俬。

但是，在一幅牆壁上，卻有著一扇半開著的暗門，從那扇暗門中望過去，裏面是一個大客廳。陳設得十分華貴。那一望之間，已將我的疑團，完全消除了，羅勃楊出現又失蹤，自然都是這一扇暗門在作怪。而那扇暗門，卻是通到頓士潑道七十一號去的。六十九號和七十一號，本來就只是一牆之隔！

由此可見，羅勃楊這個人身份，一定是十分神秘的了，他住在七十一號，但是他卻同時租下了六十九號，以六十九號作爲他的通信地址，但如有甚麼人，像我那樣，想偷入六十九號，偵查他的行蹤的話，其結果卻只能看到一幢空屋！

我心中的一個舊的疑團消除了。

但是同時，我卻又產生了一個新的疑團。

羅勃楊在我一跨進屋子之後，就在我的身邊，他本來是伏在門上的，因爲我一推門，他才跌倒在地上，而他跌倒在地上之後，便連動也沒有動過，睜著大而無光的眼睛望著我。

他不是不想動，而是根本不能動了！他的那種面色神情，任何人一看到就可以知道，這個人已經死了！

我呆了半晌，不聽得有甚麼特別的動靜，但是我仍不能肯定這兩層房子中。除了我以外，便沒有他人了。所以，我由暗門中向七十一號走去，化了三分鐘的時間，搜索了那三間房間，確定了沒有人之後，我才又回到了羅勃楊的身邊。

羅勃楊仍然穿著那件睡袍，從他屍體的柔軟度來看，他的死亡，只不過是半小時之內的事情，我很快地便發現了他的死因：在他右手的手腕上，釘著幾枚尖刺，其中有一枚，恰好刺進了他的靜脈。

那種尖刺，正是我在張小龍的實驗室前，曾經撿到過，交給老蔡，又給人偷去的那種。我又小心地將這幾枚尖刺，拔了下來。羅勃楊當然是在一開門時，便被人以尖刺射死的，所以他的屍體，才會壓在門上。

接下來，我便想在羅勃楊的身上，和他的房間中發現些甚麼，但是卻一無所獲。

我不知道害死羅勃楊的人是誰，但是我卻可以肯定，害死羅勃楊的人，和張小龍的失蹤，有著極其密切的關係。

從傑加、羅勃楊這一條路，追尋張小龍下落的線索，已經斷了，但是我卻並不感到灰心，因爲我還有劉森，他可以供給我更多的線索。

我想就此退出，但是一轉念間，我便改變了主意。我至少要讓殺死羅勃楊的兇手，吃上一驚才行！

因此，我拖著羅勃楊的屍體，走進了暗門，又將暗門小心合上，一直將羅勃楊拖到了廚房，將他的面部，壓在煤氣灶上面，打開了煤氣，關上了廚房門，這才由大門退了出去，上了車，回到了家中。

我知道，明天或者後天，當兇手由報上看到羅勃楊死在廚房中，而且是由於煤氣中毒而死，那麼兇手一定會大大地吃上一驚的！

雖然，這可能對我，沒有甚麼好處，但能夠擾亂一下敵人的心神，總是不錯的。

我到了家中，已經五點多了，忙了將近一夜，仍然說不上有甚麼收穫來。我專心一意，等著劉森來到之後再說，可是，第二天早上，當我看到早報上的消息之際，我不禁呆了。

羅勃楊的死訊，還未曾登出來。但是，劉森的死訊，卻已在報上了，劉森的身份「××行高級職員」，這家「××行」，就是那位走私專家的大本營，他是死於「被人狙擊」，「警方正嚴密注視」云云。

我頹然地放下了早報，又死了一個！

我想起，如果昨天，我和劉森一起到頓士潑道去的話，那麼劉森可能不會死了，我又想起，如果昨晚，我能及早發現那扇暗門的話，那麼，羅勃楊也可能不會死了！

羅勃楊和劉森之死，自然不會給我以甚麼負疚，但是，剛有了一點頭緒的事，又墮入五里霧中，陷於一片黑暗的境地之中了！

我放下報紙，呆了許久，才又拿起了報紙來，細細地讀著那段新聞。

報上的記載，非常空泛，但是有一點，卻引起了我的懷疑，那便是劉森死亡的地點。

劉森死在一家著名的大酒店旁邊的一條冷巷之中，死亡的時間，是在和我分手後的半小時，而劉森必曾在和我分手之後，一刻不停，還要以極快的速度，方始能趕到那地方去。由此可知，他到那地方去，一定是有目的的。因爲劉森之死，曾有人目擊，兇手在逃，屍體並沒有被移動過。由此，更可知道兇手知道劉森一定會到那地方去的。

我憑著這一點，想了半晌，忽然跳了起來！那間著名的大酒店——那是國際富豪遊客的憩息之地，我想起了大隻古對胖子覺度士的評價，覺度士已成富豪，他會不會住在那家酒店中呢？劉森又會不會是趕去會他，而覺度士因爲劉森知道得太多，所以才殺他滅口呢？

我一躍而起，匆匆地洗了臉，喝了一杯牛奶，便衝出門去。

但是，我剛一出門，一輛跑車，便在我家的門口，停了下來。車中下來了一個穿著織錦棉襖的女郎，正是張小娟。

張小娟見了我，秀眉一揚，道：「要出門麼？」

我連忙道：「正是，你可以和我一起去，我們一面走，一面說，本來，我已經很有了一點頭緒，但是如今，卻又斷去了線索，我正在努力想續回斷去的線索！」

我一面說，一面已經跨進了她跑車的車廂，她上了司機位，道：「到哪兒去？」我道：「到××酒店。」張小娟以奇怪的眼色看著我，道：「到那裏去幹甚麼？」我道：「等一會再說，說來話長著呢！」

張小娟不再多問，駛車前去，轉過了街角，她道：「我也有一點收穫，我在警局的一個朋友處，查出了那個死在實驗室門口那人的姓名，叫作勞倫斯•傑加。」

這一點，我早就在胖子覺度士的口中知道了。但是我不願太傷害她的自尊心，因此道：「好啊，這是一個很重要的發現。」

張小娟一面駕車，一面道：「這個人，以前曾經領導過一個奴隸販賣集團，那一集團中的人，都叫他傑加船長，而因爲幾次遭到圍捕，他都能安然無事，所以又有不死的傑加船長之稱，他是極端危險的犯罪分子，化名來到此地的。」

我忙問道：「他來此地的目的是甚麼？」

張小娟道：「警方沒有查出來。但是警方相信他來此，一定另有目的，所以，便暫時沒有發表他的身份。」我「嗯」地一聲，心中暗忖，這件事本來已經夠複雜的了。如今，警方一插足，自然更複雜了。

我至少知道，勞倫斯·傑加和羅勃楊是一伙，但如今他們兩人都死了。傑加船長是不是還有第三個合伙人呢？到目前爲止，還不得而知！

我正在思索間，車子已到酒店門前，停了下來，我吩咐張小娟，將車子再駛到轉角處停著，注意著出入的人客，如果見到一個胖子出來，便緊緊地跟著他，別讓他走脫，也別讓他發現。

張小娟點頭答應，我相信她一定可以勝任的。

我則走進了酒店，並不用化費多大的麻煩，我便看到了酒店住客的登記簿（我所用的辦法，讀者大可自己去猜度，包括出點錢，冒充警方人員等等多種，這裏不便說明我究竟用的是哪一種辦法）。

在住客登記簿上，有五名住客，是由南美洲來的，但是其中，卻並沒有一個叫作「覺度士」的。我又用得到登記簿的同樣的方法，得知了住在六〇二套房的那位森美爾先生，就是我所要找的覺度士！

這半個小時中，我的收穫極大。我出了門口，向張小娟招了招手，張小娟走了過來，我道：「張小姐，我已發現了一個非常危險，但是又十分重要的人物，就住在這家酒店的六〇三室，我如今要去見他──」

我才講到這裏，張小娟便道：「我也要去。」

我連忙道：「張小姐，這太不適宜了，這個人，是嗜殺狂者，去與他會面，是極度危險的事情……」張小娟只是重覆著四個字，道：「我也要去。」

我斷然地道：「不行！」

張小娟冷冷地道：「你憑甚麼來管我的行動？」我早就知道張小娟是性格十分倔強的人，但是在這樣的情形之下，我卻絕不能放棄自己的主張。

覺度士是一個靠走私而發達的人，這一種人，是人類中的豺狼，而且覺度士到此地來，又顯然負有十分重要的任務。

在那樣的情形下，我和覺度士一見面，毫無疑問，將會有極其劇烈的鬥爭，而像張小娟那樣的千金小姐，置身於這樣的鬥爭之中，那是無論如何，都不適宜的事。

所以，我立即毫不客氣地道：「我說不行就不行，你再要固執，我就通知令尊，你弟弟失蹤的事情，我袖手不管了！」

我這一句話，果然起了作用，她狠狠地瞪了我一眼，心中顯然十分惱怒，道：「好，你以後再也別想在我口中得到些甚麼！」

我將語氣放得委婉些，道：「張小姐──」

但是，我只叫了一聲，她已經轉過身去，上了那輛跑車，轉動油門，跑車像示威似地，在我的身邊，疾掠了過去！

我望著遠去的車子，聳了聳肩。張小娟的合作，對我工作的進行，有著極大的幫助。但是，我總不能為了找尋張小龍，而將張小娟送入虎口之中，她不瞭解我，一怒而去，對我來說，也是絕無辦法之事。

我並沒有耽擱了多久，便轉身走進酒店去，不到五分鐘，我已在敲打著覺度士的房門了。好一會，裏面傳來了一個粗魯的聲音，講的正是那種不甚流利的英文，道：「甚麼人？」那聲音使我認出正是覺度士。

我道：「先生，你的信。」

覺度士道：「從門縫下塞進來！」我道：「不行，╳先生要我親手交給一位覺度士先生的。」我說的「╳先生」，便是大隻古的名字。

房內傳來了一個自言自語的聲音，說的並不是英語，道：「奇怪，他怎麼知道我在這裏？」一面說，一面門已打了開來。

就在門才打開一條縫之際，我已經伸手，掏出了一柄槍來——附帶說一句，我是不喜歡帶槍的，如今，我掏出來的一柄，只不過是製作得幾可亂真的玩具左輪而已。

我肩頭用力在門上一撞，「砰」地一聲響，和覺度士的一聲怒吼，我已經進了房門，以槍對住了他，並且，關好了房門。

覺度士立即認出了我來，他面上的肥肉，不住地抖動著，面上的神色，難看到了極點，無可奈何地舉起手來，眼睛向四面望了一下，道：「你要甚麼？」

我冷冷一笑，道：「首先，需要你站著不要亂動。」

他立即道：「然後，你要甚麼？」

我道：「和昨天晚上，你對我的要求一樣，我問，你答！」覺度士笑了笑，態度漸漸恢復了鎮定，道：「是你問，還是我問？」

我冷冷地道：「覺度士先生，或許我會以為你的幽默很有趣——」我揚了揚手中的槍，續道：「但是它大約不會感到有趣的！」

我一面說，一面以槍管頂了頂他的肥肚腩，他眼中露出恐懼的神色，看著我手中的槍！

當時，我還十分得意，以為已經嚇倒了覺度士。可是，在十秒鐘之後，我便知道自己任由他看清我手中的槍，乃是一件極大的錯誤，因為，他立即放下了舉起的雙手，哈哈大笑起來！

當時，我實是愕然之極。事後，我才知道，覺度士是世界上有數的槍械收藏和鑒別的專家，他的藏品之豐富，堪稱世界第一，在他的藏品中，有海盜摩根曾用過的手槍，也有中國馬賊用過的步槍，不下千百種，而我卻想以一柄假槍去嚇唬他！

當下，我還不明白他是為甚麼大笑起來的，厲聲喝道：「舉起手來！」

覺度士用他肥短的手指，指著我的槍，道：「就憑這孩子的玩意兒？」

我愣了一愣，覺度士倏地伸手入懷，一柄精巧已極的左輪，在他的手指上，迅速地轉著，槍口又迅速地對著我，道：「我這是真的，現在，你該拋棄你手中的玩意兒了？」我在這時，已經知道自己的把戲，被他揭穿了！

第八部：接連發生的兇殺

我又豈肯甘心，自己送上門來，屈居下風？在那幾秒鐘之時間中，我已有了決定，我雙手一推，道：「想不到你的眼力那麼好，我只好將它拋掉了！」我一面說，一面將假槍拋出。

我的確是假槍拋出，但是，我拋出的假槍，卻是向覺度士的手腕，疾射而出的！在覺度士一愣之間，假槍已經擊中了他的手腕，他按動槍機，一槍射進了牆壁之中。

那柄左輪顯然是特別構造的。槍聲並不響，而且，我十分之一秒的時間，向被子彈擊中的牆壁一瞥間，已可以肯定，他這柄槍所用的，乃是最惡毒的「達姆彈」！自然，就是我一拋出假槍之際，我已一躍向前，一拳向他的肥肚腩擊出。

那一拳，「砰」地擊在他的肚上，這傢伙肥大的身軀，抖動了一下，身子如龍蝦似地曲了起來，我又一招膝蓋，重重地撞在他的下頷之上！

他的身子，咚咚地退出三步，坐倒在沙發之上。

我早已趁他感覺到痛苦不堪之間，趕向前去，不但在他的手中，將那柄槍奪了過來，而且，還以極快的手法，在他的左右雙脅之下，各搜出了一柄小型的「勃朗林」手槍來！

覺度士軟癱在沙發上，喘著氣，用死魚也似的眼珠望著我，我由得他先定下神來。

好一會，覺度士喘定了氣，我道：「覺度士先生，可以開始我們的『問答遊戲』了麼？」

覺度士抹了抹汗，道：「你打贏了，但是，你仍然得不到什麼。」

我冷冷地道：「你在巴西，有著龐大的財產，應該留著性命，去享受那筆財產才好！」

覺度士的面色，變得異常難看，我問道：「你來本地作什麼？」

覺度士又停了半晌，才道：「找一個人。」我道：「什麼人？」他道：「一個中國人，叫張小龍。」我問道：「你找他什麼事？」

他道：「我……我找他……」他顯然是在拖延時間，我冷然道：「覺度士先生，我相信你是再也捱不起我三拳的！」

他苦笑著，流著汗道：「據我所知，張小龍在從事著一項科學研究，這一項研究工作，有著非常大的經驗價值，可以使我在巴西，大有作爲。」

我道：「究竟張小龍在研究的是什麼？」

他攤了攤手，道：「我也不詳細，我先後派了六個手下來這裏，這六個人都死在這裏了，所以，我才親自出馬的。」

我未曾料到，在我能向覺度士盤問的情形下，仍然什麼資料也得不到！

但是，我卻根本不信覺度士的所知，只是這些。因爲，如果只是這些的話，他又何必殺了劉森？

所以，我一聲冷笑，道：「劉森就爲了這樣簡單的事，而死在你的手下，那實在是太可惜了！」我話才一講完，覺度士的面上，便出現了點點汗珠！

我立即想到，事情對我十分有利。

我可以根本不必以手槍對著他。因爲，他在巴西，憑著財雄勢厚，可以任性胡爲，但是在這裏，他如果被證實殺人的話，卻是天大的麻煩。

所以，我收起了槍，道：「好了，真的該輪到你講實話了，劉森的死，我有兩個目擊證人。」覺度士神經質地叫道：「不！」

我笑道：「很容易，你將真相說出來！」

覺度士肥頭之上，汗如雨下，滿面油光，他身子簌簌地抖著，我站了起來，道：「我走了！」覺度士道：「別走，我說了。」

我道：「這才是——」

可是，我只講了那麼幾個字，突然聽得身後套房的房門，「格」地一聲響，我立即回頭看去，只見房門被打開了一道縫，同時，「嗤嗤」之聲，不絕於耳，數十枚小針，一齊向前飛射而至！

我一見這等情形，心中大吃一驚，連忙臥倒在地，迅速地抓住了地毯，著地便滾，以地毯將我的身子，緊緊地裹住。

在我以極快的速度做著這一個保護自己的動作之際，我只聽得一陣腳步聲，有一個人奪門而出。但是那個人顯然不是覺度士，因爲覺度士在叫了一聲之後，便已經沒有了聲息。

我聽得那人已出了門，立即身子一縮，自地毯捲中，滑了出來，也不及去看視覺度士，一躍而到房門之前，拉開門來，左右一看。

可是，走廊上靜悄悄地，卻已一個人也沒有了。

我這才轉過身來，向覺度士望去。意料之中，覺度士面色發青，已經死去。他的手還遮在面上，手背上中了三枚尖刺。

我在室中，不禁呆了半晌。

我並不是怕覺度士之死，會使我遭受到警方的盤問，因爲沒有人會洩露我曾查問覺度士的房間號碼。我感到駭然的，是那種奪命的毒針，已經出現過不止一次了，而且，每次出現，總有人死去，而死去的，又都是和張小龍失蹤事件有關的人。

我已經幸運地（當然也是機警）逃過了兩次毒針的襲擊，一次是在郊區，張海龍的別墅後面，一次是剛才，第一流酒店的第一流地毯，阻住了毒針，救了我的性命。

但是，我能不能逃過毒針的第三次襲擊呢？

在我甚至於還未弄清楚，發射毒針的究竟是何等樣人之際，我真的難以答覆這個問題。發射毒針的那人，行動如此神秘，連我也感到防不勝防。

但如今，至少也給我剝開了一些事實的真相了。我明白，羅勃楊也好，劉森也好，覺度士也好，什麼船長也好，他們全是想要得到張小龍但是卻又得不到的失敗者，他們都死在毒針之下了。

發毒針的人，或是發針的人的主使者，才是和張小龍失蹤，有著直接關係的人。

事情到了這裏，看來似乎已開朗了許多。但實際上，卻仍是一團迷霧！

當下，我出了房門，由樓梯走了下去，悄悄出了酒店。

酒店中的命案，自然會被發現的，但那已和我不發生關係了！

我出了酒店之後，逕自到那家沖洗店去，付了我所答應的價錢，將已經印曬出來的相片取了出來，可是那一些相片，卻一點價值也沒有。它只是我家的外貌而已。

我看了一會，便放入袋中，我感到有必要，再和張小娟見一次面，因此，我截了一輛街車，向張海龍的住所而去。

我知道，在我不准張小娟和我一起見覺度士之後，這位倔強的小姐，對我一定十分惱怒，我見了她的面，一定會有一場難堪的爭論。

我在車中，設想著和張小娟見面之後，應該怎樣措詞，才能夠使得那位高傲的小姐不再生我的氣。

沒有多久，的士就在一幢十分華麗的大洋房前面，停了下來。

我下了車，抬頭望去，那幢華麗的大洋房，和張海龍的身份，十分吻合，我走到門前，剛待按鈴，大鐵門便打了開來，一輛汽車，幾乎是疾衝而出，如果不是我身手敏捷，只怕來不及閃避，就要給那輛車子撞倒在地了！

我向旁一躍而出，只聽得那輛車子在衝出了十來碼之後，突然又傳來了一陣極其難聽的緊急煞車聲。我連忙回頭看去，只見那輛車子，正是張海龍所有的那一輛勞司萊司。

而這時候，車門開處，張海龍幾乎是從車中跌出來一樣，連站也沒有站穩，便向我奔了過來。

他的這種舉動，和他的年齡、身份，都不相配到了極點！

我下意識地感到，在張海龍身上，又有了什麼重大的變故。因此，我不等他來到了我的面前，就迎了上去，一把將他扶住。

只見張海龍面色灰白，不住地在喘著氣，顯然他是在神經上，遭受了極大的打擊！

我將他扶住之後，連忙道：「張先生，你鎮定一些，慢慢來，事情總是有辦法的。」

其實，我根本不知道在張海龍的身上，發生了一些什麼事情。但是我的話，對任何因神經緊張而舉止失措的人，總可以起一些慰撫作用。

張海龍喘氣不像剛才那樣急促了，但他的面色，仍然灰白得很。

我柔聲道：「張老先生，什麼事情？」

他直到那時，才講得出話來，道：「衛先生，我正要找你，這可好了，糟得很，小娟……小娟……」他講到這裏，竟落下了淚來！

而他所遭到的打擊之大，也可以從他語無倫次這一點中看出來。他說「可好了」，即是因爲遇到了我。他說「糟得很」，那自然是指他遇到的事情而論，而事情，可能和張小娟有關。因爲我和張小娟分手，並沒有多久，所以一時間，我還體會不到事情的嚴重性，忙道：「張老先生，我們進去再說吧。」

張海龍卻道：「不，衛先生，小娟她落在歹徒的手中了！」我不禁猛地一愣，道：「不會吧！」張海龍急得頓足，道：「你看這個，我剛收到。」

他的手顫顫地抖著，從口袋中取出了一封信來。

這時候，我開始感到事態的嚴重性了。我接過了那封信，信封上只用打字機打著張海龍的名字，信是英文寫的，也是用打字機打出的，措詞十分客氣，但在那種客氣的措詞後面，卻是兇惡的威脅。

這封信，譯成中文，是這樣的：

「張海龍先生，閣下德高望重，令人欽仰，由於閣下一生，不斷的努力，所以才在社會上取得如此之成就，閣下的生活，當為全世界人所羨慕，我們實不願意在閣下為人欽羨的生活中，為閣下添麻煩，但我們卻不得不如此做，實屬抱歉。

令嫒小娟小姐，已為我們請到，我們並不藉此向閣下作任何有關金錢之要求，我們只希望閣下將令郎的去蹤，告知我們，那麼，令嫒便會安全地歸來。不要報警，否則，會替閣下，帶來更大的不便。」

信末，並沒有署名。我反覆地看了兩三遍，張海龍一直在我身旁抹著汗。

我看完了信，簡單地道：「張老先生，應該報警！」

張海龍指著那最後的一行字，道：「不！不能，小娟在他們的手中！」

我嘆了一口氣，道：「張老先生，這幾天來，我發覺令郎失蹤一事，牽涉之廣，是我從來也未曾遇到過的。到如今爲止，我還是茫無頭緒，但是我可以告訴你的，則是至少已有四個人，因之死亡了，其中包括因走私致富的巴西豪富和一個販賣人口的危險犯罪份子！」

張海龍的面色變得更其蒼白，道：「會不會，會不會小龍和小娟……」老人堅強的神經，這時候顯然也有點受不住打擊了！

我並沒有向他說出前兩天，張小娟那突如其來的心靈感應，感到張小龍正在一個十分痛苦的境地之中。我只是含糊地道：「怕不會吧。」

他握住了我的手，道：「衛先生，我做人第一次自己沒有了主意，我……將一切希望，都放在你的身上了，你……幫我的忙！」

我知道，這是一副沈重已極的擔子。

但是我也知道，如果，我為張海龍解決了這件事，那麼，不但對我本人，而且。對我想做的許多事（這些事，我是沒有能力去做到），也可以藉張海龍的力量而完成了。

所以，我明知任務艱鉅，還是點了點頭。

張海龍對我十分信任，一見我點頭，他心中便鬆了一口氣。

我彈了彈那張信紙，道：「看樣子，寫這封信的人，還不知道小龍失蹤已經三年了。我首先，要去見那發信的人，但是，他卻又沒有留下聯絡的方法。」

張海龍道：「有，信是門房收下的，送信來的人說，如果有回信的話，可以送到山頂茶室去。」

我心中不禁奇怪了一下，道：「山頂茶室？那是什麼意思？」張海龍道：「我也不知道。」

我將信紙放入了信封之中，道：「我有辦法了，事不宜遲，我這就到山頂茶室去，張老先生，你最好不要驚惶失措！」

張海龍苦笑道：「一切都全靠你了！」

我也不多說什麼，上了張海龍的車子，吩咐司機，駛向山頂。不到十分鐘，我已在山頂茶座的籐椅上，坐了下來。

我要了一杯咖啡，將那封信放在桌上。信封上的張海龍的姓名向上，那表示我是張海龍派來的代表，如果送信的人，來聽取回音的話，一看就可以知道了。

我慢慢喝著咖啡，俯視著山腳下的城市。

從山頂上望下去，大輪船也成了玩具模型，自然更看不到行人，但是，城市的繁華，卻還是可以感覺得出來的。

真是難以想像，在表面上如此繁華，寧靜的都市中，暗底裏卻蘊藏著那麼多驚心動魄，各式各樣的鬥爭！

茶室中連我在內，只有四個客人。有兩個，一望而知是一雙情侶，正頭並頭，唧唧噥噥地在大談情話。那位小姐的年紀很輕，但是卻心急拼命模仿著大人，指甲著油、口紅、畫目，穿著金光閃閃的鞋子，她的身上，就是一間化裝品舖子。女人就是那麼奇怪，十五歲到十八歲，硬要說自己二十歲了，但到了三十歲，卻反倒要說自己是十九歲了。

還有一個，是一個大鬍子的外國人，他正在看一本厚厚的小說。山頂的氣氛這樣寧靜，倒的確是讀書的好環境。

我也裝出十分悠閒的樣子，慢慢地喝著咖啡。不一會，只見一個體格十分強壯，年紀很輕，面目也十分清秀的外國人，走進了茶室，他四面瀏覽了一下，眼睛停在我放在桌面的那隻信封上面。

我心中立即緊張了起來，他卻面上帶著笑容，一直來到了我的面前，老實不客氣，一拉椅子，坐了下來，道：「你好！」

他講的卻是十分純正的國語！

我欠了欠身，也道：「你好。」他向侍者一招手，道：「檸檬茶。」這一次，說的卻又是十分純正的英語。我一時之間，還猜不透他的來路，只得順手拿起那封信，在桌上敲了敲。

他卻笑了起來，道：「信是我發的，我叫霍華德。」

霍華德的直認不諱，和他面上那種看來毫無畏懼的微笑，使我覺得和他交手，要比和覺度士還要兇險，我淡然一笑，道：「我是張海龍派來的。」

霍華德點頭道：「我知道，張先生的身份，是不方便來見我的，你——」我道：「我叫衛斯理。」我曾經好幾次企圖隱瞞姓名，但結果都未能達到目的，所以，這一次，我不再隱藏自己的身份。

霍華德一聽，不禁愣了一愣，道：「你……你就是衛斯理？」他一面說，一面面上，露出了不信任的神色。我則冷笑著，道：「如果你認為我是假冒的話，那是你的自由。」

霍華德笑了起來，雖然他竭力使自己笑得自然，但我仍可以聽出他笑聲中勉強的成份。他道：「原來衛先生是為張先生服務的！」

我道：「可以那麼說。」霍華德口中「唔唔」地答應著，看他的神情，像是正在思索著什麼，隔了一分鐘，他才欠了欠身，道：「衛先生，信中所說的，你一定也已看到了？」

我面現怒容，道：「不錯，給你用卑劣手段綁的張小娟，如今在什麼地方？」霍華德道：「她很好，很好，衛先生大可不必擔心。」

我冷冷地笑道：「你爲什麼要知道張小龍的下落，你究竟是什麼人？」

霍華德的面上，又再度出現猶豫的神色，像是正在考慮應不應該講出他自己的身份一樣。他並沒有考慮多久，便道：「衛先生，你沒有必要瞭解這一點，你只要告訴我，張小龍的下落，及你受人所託的任務，就算完成了！」

我冷笑道：「你以爲這樣？」霍華德攪弄著茶杯中的檸檬，道：「正是如此。」

我一面在和他對答，一面心中，也在竭力思索著霍華德的來歷。

而我只能得出一個結論，那便是，霍華德又是注意張小龍下落的一個新的方面，本來，至少已有四方面在注意張小龍的下落，那包括了我、羅勃楊、覺度士，和那射毒針的人。

如今，又增加了霍華德。而這幾方面人的真正身份，我一無所知。覺度士、羅勃楊等人，已經死了。那放毒針殺人的人，自然是最兇惡的敵人，但是我連他的影子也捕捉不到。

只有我面對著的霍華德，他在我的面前，我要弄明白他的身份，不但可以藉此弄清，注意張小龍的下落的人，究竟是爲了什麼，而且，也可以早些將張小娟從他的手中救出來。

我和他互望著，像是兩頭開始撲鬥之前，互相望著旋轉著身子的猛虎一樣。

好一會，我才道：「事情不像你所想的那樣簡單，霍華德先生！」

霍華德道：「複雜在什麼地方呢？」我冷冷地道：「首先，我不願和一個卑劣到去綁架一個毫無反抗能力的女子的人打交道，去換一個人來，換你們的首領來見我！」

霍華德面上一紅，道：「不錯，我所採取的手段，可以用卑劣兩個字來形容，但你說這位小姐沒有反抗，那倒未必！」

他一面說，一面捋起衣袖，露出小臂來，道：「你看！」我向他小臂看去，只見臂上有兩排紅印，那顯然是被咬起的，而且咬起不久。

我想像著張小娟發狠咬人的情形，心中不禁好笑。霍華德又道：「而且，在這裏，我就是首領。」

我冷笑道：「那是你們組織的大不幸！」

霍華德面上，十分慍怒，道：「你這話是什麼意思？」我欠了欠身子，將身子儘量地靠在椅背上，道：「原來西方的道德，竟然淪落到了這種程度，扣留了一個弱女子，便是求勝的手段嗎？」

霍華德面上的怒容，已到了不可遏制的階段。

我正準備著他發作，但是刹那之間，他面上的怒容，卻完全消失，而換上一副十分陰沈的面色。

我的心中，不禁爲之一凜，我是存心激怒霍華德的，但是霍華德卻能夠控制自己的情緒，到如此圓熟的地步！

一個人既然能夠這樣控制自己的情緒，那麼，可以斷定，他也必然是一個極其深謀遠慮，極具精細的人，也就是說，是一個十分棘手的對手。

怒容在他面上消失之後，他向我笑了一笑，道：「我幾乎被你激怒了。」我道：「可是你沒有！」他忽然以異樣的眼光看著我，隔了一會，又忽然道：「你真是衛斯理？真的？」

我不禁苦笑了一下。因爲我曾經想隱瞞過自己的姓名，但是卻被人一見面就叫了出來。如今，我一見面就講出了自己的姓名，卻又有人不信！

我冷冷地道：「你要我呈驗身份證麼？」

霍華德「哈哈」一笑，道：「不必了，但是據我知道，衛斯理是一個傳奇性的人物，他的名字，是不可能和億萬富翁連在一起的。」

我不知道霍華德是什麼來歷，更不知道他採取這樣的方式恭維我是什麼意思，所以，我保持著十二萬分的警惕，只是冷冷地笑著。

霍華德將雙手按在桌上，道：「好，我們該言歸正傳了，張小龍先生的下落怎樣？」我道：「我已經說過了，如果你不立即釋放張小姐的話，我們只有報警處理！」霍華德突然揚起右手來！

他一揚起右手，我便陡地吃了一驚。

我立即想有所動作，但是他已經沈聲道：「別動！」

我只得聽他的話，乖乖地坐著不動。因爲，霍華德的掌心，正捏著一柄十分精巧的手槍。那種手槍，只不過兩寸來長，只可以放一發子彈，而子彈也只不過一公分長。我相信，他在將手放在桌上的時候，已經將這柄手槍，壓在手掌下了，我一時不察，竟被他將槍口對準了我！

那種槍，是專爲暗殺而設計的，近距離放射，可以立即制人死命，而我如今和霍華德，只不過隔著一張桌子，因此我當然不敢亂動！

我心中一面在暗自思念著脫身之法，一面卻也暗自慶欣。霍華德用這樣的手槍作武器，那麼，他和連三接二施放毒針的人，一定沒有什麼關係了。那施放毒針的人，手段十分狠辣，我可能沒有逃生的機會，但如今，霍華德卻未必會有放槍的勇氣。

他又道：「面上維持笑容，不要有恐懼的樣子。」

他一面說，一面又將小槍，壓在掌下，手掌則平放在桌上。

我知道只要他掌心略加壓力的話，子彈便可以發射，所以我仍然不動，而且，面上也依他所言，發出了笑容，道：「好了，你要什麼？」

霍華德道：「你是什麼人，真正的姓名？」

我一聽得霍華德這樣問我，不禁倒抽了一口冷氣，原來說了半天，他仍然不相信我是衛斯理！我同時，心中也呆了一呆，暗忖他何以不信我是衛斯理？但是，我卻得不到要領。

當下，我改口道：「我姓李，叫李四，是張海龍銀行中的職員。」

霍華德的國語雖然說得十分流利，但是「張三李四」乃是實際上中國人所不會取的名字這一點，他卻不知道，竟然點了點頭，道：「這樣好多了，你回去，告訴張海龍，隱瞞他兒子的下落，對他一點好處也沒有！」

霍華德的話，如果給張海龍聽到了，他一定會大發脾氣，因爲實際上，張海龍對於他兒子的失蹤，三年來可能寢食難安！

但是，卻有人以爲他隱瞞了張小龍的失蹤。

霍華德又道：「你要告訴他知道，張小龍是一個十分危險的人物！」

我冷冷地道：「據我所知，張小龍是一個埋頭於科學研究的科學家。」霍華德道：「問題就在他從事的科學研究上，他發明了——」

他講到這裏，忽然停住，不再講下去。

我本是在全神貫注地聽著他講的，見他忽然住口，心中不禁大是懊喪。但是我面上卻裝著對他的談話，絲毫不感興趣的樣子。

他停止了講話之後，對我笑了一笑，道：「所以，你要告訴張海龍和我會面的經過，叫他和我聯絡，我明日再在這裏等你！」

我在思想怎樣回答他才好，但就在這時，我見霍華德的面色，忽然一變，眼睛向一旁，望了過去，我循他所望看去，只見一個印度人，正施施然地走入茶室中來。那印度人並沒有注意霍華德，但霍華德卻轉頭去，以免被那印度人看到。

我注意了這情形，心中覺得十分奇怪，但是我卻並不出聲，只是道：「我怕你料錯了，張老先生實際上並不知道他兒子的下落。」

霍華德低聲道：「你照我的話去做就是了！」他一面說，一面站了起來，我立即用力將攪咖啡的銅匙一推，銅匙在桌上疾滑而過，「卜」地一聲，正撞在霍華德右手的手背之上！

那一下撞擊，不能說不重，霍華德五指一鬆，他握在手中的那柄槍，便「拍」地落到了地上，他連忙俯身去拾，但是我卻比他快一步！

他剛一俯身，我已經將槍搶到了手中，我手指一推，卸出了子彈，順手向外拋去，跌入了花叢之中，然後將槍還了給他，道：「先生，你跌了東西了！」

霍華德不得不伸手接過那柄手槍之際，他面上神色尷尬，實是任何文字，難以形容於萬一。他接過了手槍，好一會，才道：「好！好！」

我笑道：「不壞。不壞就是好。」

霍華德怒瞪了我一眼，匆匆離去。我本來想跟蹤他的，但是我向那印度人望了一眼之後，也便放棄了跟蹤他的念頭。

因爲那印度人，望著霍華德的背影，面上露出了可怖的神色來。

當那印度人進茶室時，霍華德避不與他打照面，如今，那印度人面上，又有這樣怪異的神色，這使我毫無疑問地相信，霍華德是和那印度人相識的。

而且，看神色，他們兩人，似乎有著什麼過不去的地方，我大可以在那印度人的口中，探聽霍華德的來歷。

我目送著霍華德上了車子，疾馳而去，才走到那印度人的面前，老實不客氣地坐了下來。那印度人愣了一愣，但隨即堆下了笑容，道：「哪一個走私者又要倒楣了？和我可沒有關係了！」

那印度人的話，來得沒頭沒腦，更聽得我莫名其妙！霎時之間，我幾乎疑心那印度人神經錯亂，在發著囈語哩！

但是，我轉念一想，卻覺得那印度人的話中，似乎隱藏著什麼事實，因此便沈聲道：「和你無關？」那印度人忙道：「自然，我現在是正當的商人，開設一間綢緞舖！」

我冷笑道：「以前呢？」那印度人尷尬地笑了一下，道：「以前，你自然是知道的了，我曾參加運黃金到印度的工作……」

我心中不禁暗暗好笑，想不到我在無意中，遇到了一個黃金私梟。走私黃金到印度，是走私業中，僅次於走私海洛英進美國的好買賣。

可是，我心中不禁又產生了疑問。眼前的印度人曾是黃金私梟，那麼，霍華德是什麼人呢？

我正在思索著，那印度人已經道：「如今我不幹了，我要是再幹，霍華德先生，他肯放過我麼？」我俯身向前，低聲道：「他是什麼人？」印度人面上，露出了極其訝異的神色說：「早一年，他是國際緝私部隊的一個負責人，如今，聽說他已調任國際警方擔任一個——」

那印度人講到此處，猛地醒悟，立即住口，道：「你和他在一起如何不知道他的身份？」

我向之一笑，道：「如今我知道了，謝謝你！」

第九部：明白事情的嚴重性

那印度人目瞪口呆，而我已離了開去，會了賬之後，先和張海龍通了一個電話。在電話中，我向張海龍鄭重保證，他的女兒，絕對不會有什麼意外！

霍華德原來是國際警方的高級人員，剛才，我和他相會的那一幕，簡直像是在做戲一樣。看情形，他來這裏，是準備來找我的，因爲他一聽得我的名字，就奇怪一下。而他不相信我自報的姓名，那也是情有可原之事，說不定他心中還在暗笑我冒他人之名，被他一識就穿哩。

我又打了一個電話到家中，問老蔡是不是有人來找過我。老蔡的回答，在我意料之中，我一離家，霍華德便找過我，約定下午四時再來。

我離開了山頂回家去。

在回家途中，我更感到這件事情的嚴重性。因爲，如果不是事情嚴重，怎會使國際警方，派出了曾經破獲印度黃金大走私的幹員，來到這裏？

而霍華德扣留張小娟，當然是一個錯誤，他爲什麼會犯這個錯誤的，我不詳細，但是他既然來找過我，當然是要我和他合作，我和他在另一個方式下面見面之後，我儘可以問他的。

我到了家，看看時間，是三點五十分。我在書房中坐了下來。吩咐有客人來，帶他進來。

三點五十九分，我聽到門鈴聲，兩分鐘後，老蔡推開了書房的門，霍華德站在門口。

我轉過身去，和他打了個照面，霍華德的面色，陡地一變，但是他立即恢復鎮定，道：「衛斯理先生？」我道：「是的，你現在相信了麼？」

他道：「相信了，請原諒我打擾，我要走了。」

我連忙站了起來，道：「你來這裏，沒有事麼？」

他攤了攤手，道：「有事？」我哈哈一笑，道：「關於小龍失蹤的事，你要來找我，和我合作，是不是？」霍華德對於我知道他來此的目的這一點，毫不掩飾地表示了他的訝異。他道：「本來是，但現在不了。」

我笑了一笑，道：「你且坐下，你的身份，我已經知道了。」

霍華德聳肩道：「那沒有甚麼秘密。」

我笑道：「但是你卻不想被別人知道，因爲你的任務，十分秘密。」霍華德揚了揚手，道：「再見了。」我立即道：「大可不必，這其間，有著誤會。」

霍華德道：「並沒有甚麼誤會，你在爲張海龍辦事，不是麼？」

我道：「是，但是你可知道，我是在代張海龍尋找他已經失蹤了三年的兒子？」

霍華德猛地一愣，面上露出了不信的神色。我立即伸手，在他肩頭上，拍了兩下，道：「你不必再隱瞞，我幾乎甚麼都知道了，你在國際警察部隊中服務，奉派來此地，是爲了調查張小龍失蹤的事，在你出發之前，你一定會得到上峰的指示，來到此地之後，前來找我協助，是也不是？」

霍華德的面色，十分難看，道：「你說得對，但是我卻發現，我的上司錯了，你和張海龍站在一起，因此不能予我們以任何協助！」

我立即道：「這就是誤會了——爲甚麼國際警方，對張海龍這樣厭惡？」

霍華德冷笑一聲，道：「你想從我的口中，套出國際警察部隊所掌握的最機密的資料麼？」

一聽得霍華德如此說法，我不禁呆了一呆。

刹那之間，在我心頭，又問起無數問題來：張海龍爲甚麼會引起國際警方對他的厭惡？國際警方掌握了他的甚麼資料？會不會張海龍委託我尋找他的兒子，只是在利用我？張海龍在這件事中，究竟是在扮演著甚麼樣的角色？

種種問題，在我腦中盤旋著，令得我一時之間，拿不定主意。

霍華德面對著我，向後退去，道：「衛先生，我會將我們相會的經過情形，詳細報告我的上司的——我相信你知道他是誰的。」

我點頭道：「不錯，我認識他，我和他合作過。」

霍華德道：「這就是了，再見！」

我連忙站了起來，道：「慢！」霍華德站定在門口，一隻手插在褲袋之中，道：「還有甚麼事？」我手指輕輕地敲著書桌，在尋思著應該怎樣地措詞。霍華德是一個十分精明能幹的人，我如果能和他合作，一定對事情的進行，大有幫助。

但是他卻和所有精明能幹的人一樣，有一個通病：不相信別人，只相信自己。霍華德既然認定了我對他含有敵意，要使他改變這個觀念，那絕不是容易的事！

我想了想，儘量將語氣放得友好，道：「如果我們能攜手合作，那麼一定會早日使得事情水落石出的。」

霍華德斬釘截鐵地道：「不能！」

他一面說，一面退出了門口，像是怕我追截他一樣，手一出門，立即用力一帶門，想將門關上，但就在門迅速地合著，尚未關上之際，我已一個箭步，躍了上去，將門把握住，站在他的面前，道：「那麼，張小娟呢？」霍華德沈聲道：「只要張海龍肯將兒子的下落說出來，張小娟便可自由，你要知道，國際警方有時不能公開地執行任務，因此逼得要施用特殊的手段！」

他大概爲了怕我再罵他，所以將這件事自己解釋了一番。

我既已知道張小娟是爲霍華德所扣留，便知道她的安危，絕無問題，讓這位倔強的小姐，失去了幾天自由，只怕也未嘗不是好事。

但是，我對於霍華德固執地認為張海龍知道他兒子的下落這一點，卻覺得十分生氣，因此便道：「那麼，只怕張小娟要在國際警察總部結婚生子，以至於終生了！這是漫長的等待！」

霍華德不理會我的諷刺，向後退去，甚至在下樓梯的時候，他也是面對著我，他的身手也十分矯捷，倒退著走路，就像是背後生著眼睛一樣，十分迅速，顯然是曾經受過嚴格的訓練之故，不一會他便出了大門。

我嘆了一口氣，回到了房中，坐了下來。

事情不但沒有解決，而且越來越複雜。因為本來，至少張海龍本身，是絕對不用在被考慮之列的，但如今，卻連張海龍也難以相信了。

這位銀行家，實業家，在社會上如此有地位的人，他究竟有甚麼秘密，為國際警方所掌握了呢？這件事，要從國際警方方面查知，幾乎是沒有可能的，因為，要盜竊國際警方的秘密檔案，那比盜竊美國的國家金庫還要難得多！

當然最簡捷的方法，是向張海龍本人直言詢問，如果他當真有著甚麼不可告人的秘密的話，那我必須弄明白，我不能因為好奇，同情，而結果卻被人利用！

我又將我和張海龍結識的全部經過，仔細地回想了一遍。我得出了一個結論，如果張海龍是知道他兒子的下落，而故意利用我的話，那麼，他堪稱是世界上最好的演員了！

因為，在每提及他兒子失蹤的事情時，他的激動、傷悲，全是那麼地自然和真摯！

我相信國際警方，一定對他有著甚麼誤會。所以，我只是打了一個電話去，再次告訴他，張小娟一定可以平安歸來。

張海龍的話，仍然顯得他心中十分不安，對於這樣一個已深受打擊的老人，我實是不忍再去追問他有著甚麼秘密！

這一天的其餘時間，我並沒有再出去，只是在沈思著，尋找著甚麼可供追尋的線索，我想到了那兩個特瓦族人，準備到張海龍的別墅的附近去尋找他們。

我一直想到晚上十一時，電話響了起來，我抓起了話筒，耳機中傳來了許多莫名其妙的聲音之後，忽然傳出了紅紅的聲音，叫道：「表哥！表哥！」

我連忙道：「是，紅紅，你可是接到我的電報了麼？」

我不得不驚嘆這個世界的科學成就，我和紅紅兩人，遠隔重洋，她那邊是白天，我這裏是黑夜，但是我們，卻可以通話！

紅紅道：「是啊，而且，我去調查過了！」

我十分興奮，道：「調查的結果怎麼樣，快說！」

紅紅的聲音模糊了片刻，我未曾聽清楚其中的一兩句，但在我的一再詢問下，我明白了經過：張小龍在他的畢業論文中，提出了一個生物學上前所未有的理論，但被視爲荒謬。最要緊的，自然是張小龍提出來的理論，究竟是甚麼。

但在這一點上，我卻失望了。因爲，紅紅告訴我，審閱畢業論文，只是幾個教授的事，而且，畢業論文在未公開發表之前，是被保守秘密的。

而張小龍在撰寫畢業論文之際，又絕不肯讓任何人知道內容，所以，當畢業論文沒有發表之前，只有七個教授，知道張小龍所提出的新理論。

更不幸的是：這七位生物學教授，在三年來，都陸續死於意外了！七個人一起「死於意外」，這自然不免太巧。這使我相信，一定有一個極有力量的組織，在竭力地使張小龍的理論，不爲世人所知。

這個組織之有力量，是可想而知的，因爲它不但能使覺度士等人，在這裏「意外死亡」，也可以使知道內容的教授。在美國「意外死亡」！

如今，我所面對著的，就是這樣一個以恐怖手段爲家常便飯的組織。

而更要命的是：這個組織之龐大，該是意料中的事，可是我直到如今，竟連這個龐大組織的邊緣，都未曾碰到過！我在黑暗中摸索，但敵人的探照燈，卻隨時隨地地照射著我，這實在是力量懸殊，太不公正的鬥爭了！

我聽完了紅紅的電話，回到了臥室中，破天荒第一次，我小心地關了所有的窗戶，又檢點了房間中一切可以隱藏人的地方，直到我認爲安全了，才懷著極大的警覺心而睡去。

一夜中，倒並沒有發生甚麼變故。早上，我一早就起了身。

我在曬臺上，作例行的功夫練習之際，看到一輛汽車，在我家的門口，停了下來，而從車子上跨下來的人，卻是霍華德。

我居高臨下地看著他進了我的家門，心中不禁十分奇怪，因爲從霍華德昨天離去時候的神情來看，他似乎是不會再來的。

我連忙披上晨褸，走下了曬臺，只見霍華德已經站在客廳中了。

他的神情十分憔悴，顯見他昨天晚上，並沒有好睡。我一直下了樓梯，道：「歡迎你再來。」

霍華德仍然站著，道：「我接到了一個命令，但是我卻考慮，是不是應該接受。」

我笑了笑，道：「考慮了一夜？你其實早該來找我了！」

霍華德直視著我，雖然他的眼中有著紅絲，但仍然十分有神，他望了我片刻，才道：「我的上司，給了我一個指示，叫我要不顧一切，拋棄一切成見相信你，邀得你的合作。」

我也直視著他道：「我不敢爲自己吹噓，但是我相信，這是一個十分英明的指令。」

他聳了聳肩，伸出了手來，道：「好吧。」

我也伸出了手，但是卻不去握他的手，而是攤開了手掌，道：「拿來！」霍華德大是愕然，道：「拿甚麼來？」

我笑道：「你的證件，直到如今，我還只是從他人的口中，知道你的身份的，我相信事情十分重大，因此不得不小心些！」

他也笑了出來，將他的證件遞了給我。國際警方人員的證件，從表面上看來，和普通證件沒有甚麼不同，但是其中有幾處地方，卻是一個秘密，而且是絕對沒有法子仿製的。我看了看，證明他的確是國際警方的要員之後，才將證件，還了給他。我將證件還了給他之後，便和他握手，第一句話便道：「你既然為張小龍的事情而來，那你就要時刻小心你的性命！」霍華德似乎不信，我一面吩咐老蔡煮咖啡，一面邀他到樓上我的書房中，將我從年三十晚，遇到張海龍起，直到今日為止，這四五天中的情形，向霍華德詳詳細細地說了一遍。因為我看出，霍華德對於和我合作一事，多少還有點勉強，因此，我在說著我自己的經歷之際，毫無保留，不但將事實的經過說出，而且，還提出了我自己的種種看法來。

霍華德在我敘述的整個過程中，都聚精會神地聽著，兩個多小時的談話，他只講了兩句話。一句是當我說到我進了張小龍的實驗室，看到有一頭美洲黑豹，正在津津有味地嚼著乾草時，霍華德用力一拍大腿，道：「他竟成功了！」

第二次，是當我說到，我曾親眼看到「妖火」之際，他：「你會不會眼花？」

在我肯定了我絕不是眼花之後，他也沒有再向下問下去。

我講完之後，他再一次和我握手。上一次，他握手握得不大起勁，但這一次，他卻緊緊地握著我的手，道：「真不錯，的確應該和你合作，我先叫他們恢復張小娟的自由。」

我道：「對的，但是切莫讓張小娟知道你們的身份。」霍華德打了一個電話之後，坐了下來，道：「你分析得不錯，不但知道張小龍新理論的秘密的人，會神秘的喪生，便是想知道秘密的人，也往往得不到好結果！」

我道：「那麼，國際警方是不是掌握了這個秘密了呢？」

霍華德站了起來，向窗口看去，窗外並沒有什麼可疑的人，霍華德道：「不知道，國際警方一直在設法探索這一個秘密。」可是，他一面口中如此說著，一面卻在一張白紙上寫著。

霍華德這樣寫道：「國際警方知道這個秘密，是因為有一位生物教授，在一次人為的汽車失事之後，仍活了半小時，在這半個小時中說出來的！」

我見霍華德的行動，如此小心，也不免大為緊張起來。

霍華德的小心，絕不算過份，因為竊聽器的進展，已使到偷聽的人，只要持有最新的竊聽器，便可以在三十公尺之外，偷聽到他所要聽的話！

因此我立即道：「那麼，國際警方的工作，未免做得太差了！」

我也是一面說，一面寫道：「究竟是什麼？」

霍華德道：「你要知道，歹徒的方法，是越來越精明了！」

他一面說，一面則在紙上寫道：「這是幾乎令人難以相信的事，一個中國留學生，在他的研究中，提出了一種可以改造全部動物的新理論，他認爲人類目前，對動物內分泌的研究，還是一片空白。」

他寫到這裏，抬頭向我望了一望，又講了幾句不相干的話。

然後，他繼續寫道：「而他又認爲，內分泌是可以控制的，而控制了內分泌，便可以去改變一切動物的遺傳習性！」

我也一樣講著不相干的話，寫道：「那麼，這又代表了什麼呢？」

霍華德繼續寫道：「這關係實在太大了，如果張小龍的理論，只是幻想的話，那還不成問題，但是，他的理論，經過實驗之後，卻已成功了！」

我仍然不十分明白，寫道：「那又怎麼樣？」

霍華德寫道：「你難道不明白，這件事可以使得整個人類的歷史起改變麼？」

我心中一動，望著霍華德，霍華德寫道：「你已經看到，他可以使最殘忍的美洲黑豹，變成馴服的食草獸——」

他才寫到這裏，我已經失聲驚呼起來，道：「你是說，他的發明，也可以改變人？」

霍華德「噓」地一聲，又向窗外看了看。

我明知自己的行動是太不小心，但是，我實在是沒有法子掩飾我心中的驚駭，我要大叫大嚷，逢人便說，才能使我駭然的心情，稍爲平靜下來。

如今，我已經明白整個事情的嚴重性了。的確如霍華德所說，張小龍的發明，如果爲野心家所掌握的話，那麼，人類發展的歷史，從此以後，的確會不同了！

因爲，張小龍既然能將美洲豹改爲食草獸，將幾萬年來，動物的遺傳習慣改變，那麼，自然也可以使人的性格，大大地改變，可以使人成爲具有美洲豹般的殘忍性格，也可以使人像牛一樣，爲另一些人所役使。

這簡直是不可想像的事情！

當我初受張海龍委託，尋找他兒子的下落之際，我實是萬萬未曾想到事情竟是那樣的重大！而我一生之中，實是從來也未曾面對過這樣的大事！

我呆了很久，和霍華德默默相對。

好一會，霍華德才低聲道：「你明白了麼？」

我點了點頭，舒了一口氣，道：「我明白了。」

霍華德將聲音壓得最低最低，道：「我們如今掌握的資料還十分少，但我們知道張小龍已在一批人的掌握之中。」

我想了一想，道：「那麼，你們爲什麼會對張海龍懷疑呢？」

霍華德又繼續拿起筆來，寫道：「這個大陰謀發動的地方，最適宜的是巴西，巴西地大，沒有人注意，可以將大批人，變成和野獸一樣，供一批野心家來用，作爲併吞世界之用。」

我道：「那麼張海龍——」

霍華德寫道：「張海龍在巴西最荒蕪的地區，擁有大批地產，這些地方，甚至在地圖上，也還是空白的，他以極低廉的代價，向巴西政府購得這批地產的。」

我又呆了半晌，道：「那也不一定能證明張海龍是這批野心家的主使人。」

霍華德道：「不錯，但我們也是懷疑他。如今，知道這件事的人，已經頗爲不少了。但是幾年來，我們留心注意的結果，凡是知道這件事的人，幾乎都死亡殆盡了！」

他講到此處，頓了一頓，道：「而且，這些人都死得十分神秘，是週密的謀殺，國際警方一點線索也沒有。」

我道：「所以，我和你，都十分危險！」霍華德道：「是的。神秘的謀殺，起先是在美國展開的，後來，移到了南美，最近，已轉移到這裏來了。」

我道：「別的，我也所得不多，但是我卻幾乎可以肯定地說，張海龍不會是我們想像的野心家之首，他只是一個失去了兒子的老人。我相信如今，他寧願自己兒子是一個庸人，而不願意他自己兒子是一個可以改變人類歷史的科學家！」

霍華德嘆了一口氣，道：「衛先生，國際警方擔心，如果野心家能以不爲人知的方法，使得幾個大國的高級軍事人員，或是原子科學家，變得供他們役使的話，那麼，你想世界上將要出現什麼樣的情形！」

我面上不禁變色，道：「只怕不能吧！」

霍華德道：「能的。張小龍在學校時，已經將一頭小虎的內分泌液，注入一頭小兔的身中，而令得那頭小兔，具有虎的性格。你知道，動物之中，有一些是特別馴服的，是有供人役使的天性的，如象、牛、駱駝等等，你想，這是完全沒有可能的事麼？」

我又呆了半晌，在這樣的情形下，我實在是一句話也說不上來！

這實是太可怕了，人類的科學，發展到這樣一個程度，以致使科學可以毀滅人類！

人們常常譏笑蠶兒作繭自縛。但蠶兒作繭之後，還能破繭而出，使生命得到延續，而人類在探索科學的真諦之後，卻發展成爲徹底的將自己毀滅。

誰說人是萬物之靈呢？

霍華德見我半晌不出聲，像是也知道我在想些什麼一樣，他也輕輕地嘆著氣，好一會，他才握住了我的手，道：「我們必須阻止這件事！」

我搖了搖頭，道：「只怕我們兩個人，並沒有這樣的力量。」

霍華德道：「不，不僅是我們兩個人，也不但是國際警方，幾個大國的最高當局，也已經知道了這件事，都向國際警方保證全力協助。」

我仍搖著頭，道：「問題不在這一方面。我是說，這件事的唯一線索，要在本地尋找，找到了一個頭之後，我們便可以一路追循下去，但是如今，我們卻根本找不到這個頭！」

霍華德望著我，面上露出茫然的神色。

我續道：「我相信，事實是直到如今，才到了最嚴重的階段。因爲張小龍失蹤三年，野心家可能什麼也沒有得到，我相信，野心家甚至沒有向張小龍露出他們的本來面目，張小龍也一直以爲自己是在一個平靜的環境中工作而已。」

霍華德反問道：「你有什麼根據？」

我道：「我根據他姊姊的心靈感應。」

霍華德點了點頭。我又道：「但是最近，他姊姊有了不同的心理感應，而且，我相信，我在他實驗室中找到的那一批文件，正是張小龍的心血結晶。是野心家所一直未曾尋獲的——」

霍華德面色劇變，道：「你是說，這批文件已落到了野心家的手中？」

我道：「大有可能，而且更有可能，野心家在掌握了這一批文件之後，已經害了張小龍，因爲張小龍的全部工作，都記錄在這批文件上了！」

霍華德默默半晌，道：「衛先生，我們無論如何，要追出一個頭緒來。」

我拿起筆來，寫道：「我們唯一的辦法，便是將自己作餌。」

霍華德以懷疑的目光望著我，我續寫道：「野心家要害死所有知道這件事的人，以便他們的陰謀，在最秘密的情形下，得以完成，我們兩個人知道這個秘密，他們一定不會放過我們

——」

我只寫到這裏，霍華德便點了點頭，表示他心中已明白了。

我的意思是，他們既然會來害我們，那我們就在有人來害的時候，捉住活口，以追查線索。

霍華德並不再停留下去，道：「我們再通消息。」我握了握他的手，道：「祝你平安！」他苦笑了一下，道：「希望你也是。」

我們兩個人。都明白自己此際的處境，所以才會相互這樣地祝福對方！

霍華德走了之後，我仍將自己關在書房中。

如今，我已明白，所有已死的人，都只不過是因爲知道了這個秘密的犧牲者。兇手、野心家，自然是放毒針的人了。

霍華德懷疑野心家以巴西爲基地，這並不是沒有可能的事。

至少，我們可以肯定地說，基地在南美。

我和霍華德，像是兩個在等死的人，但是我們卻不甘心死，而要在死亡的邊緣，伺機反撲。

如今，我根本沒有辦法訂定行動的方針，因爲我們根本不知會發生什麼事！我在書房中呆坐了很久，才接到張小娟的電話。

張小娟的電話十分簡單，只是一句話，她說：「你在家中等我，我立即就來看你！」她不等我警告她，接近我的住所乃是一件極其危險的事情，便「搭」地一聲，掛斷了電話。

我沒有辦法，只好坐在家中等地。

約莫十五分鐘之後，我聽得門鈴聲，和老蔡的開門聲，同時聽得老蔡問道：「小姐，你找誰。」我將書房門打開了一些，向下面大叫道：「老蔡，請張小姐上來！」

老蔡答應了一聲，接著我便聽得高跟鞋上樓梯的「咯咯」聲。

我並沒有起身，因為我心中正在想，張小娟來得那麼急，不知是為了什麼？

我只是在書房門被推開時，才在轉椅中轉過身來。一轉過身，便有一股濃烈的香味，鑽進了我的鼻孔，我首先為之一愣。

因為我和張小娟在一起許多次，從來也未曾覺察過她曾用過什麼化粧品，如今，她應該從霍華德扣押下釋放，更不應該搽著發出那麼濃香的香水來。

就在那不到半秒鐘的時間內，我已經知道事情有什麼不對頭的地方了！

果然，當我抬起頭來的時候，我看到了兩件意料之外的東西，那兩件東西，一件可愛之極，而另一件，則可怕之極。

那可愛的，乃是一張宜嗔宜喜，吹彈得破，白裏透紅的美人臉龐，當然，不止是臉兒美麗，水蛇般的身材，也使人一見便想入非非。

然而，大煞風景的是，就只那樣一個罕見的美麗的女子，手中卻持著一柄殺傷性能最大德國製點四五口徑的手槍。而且，槍口對準了我！

我猛地一震，但立即恢復鎮靜。

我使自己的眼光，留在她美麗的臉龐上，這的確是一個罕見的美女，我甚至不得不承認，她的美麗，在我所愛著的白素之上。

她看來像東方人，但是卻又有西方人的情調，我肯定她是混血兒。

那女子一進來之後，嘴角還帶著微笑，她雖然穿著高跟鞋，而且，像在邁阿密海灘，競選世界小姐似地站著，但是從她握槍的姿態來看，一望而知，她是受過極其嚴格訓練的人！

第十部：再度失手

我不出聲，只是望著她，她四面一望，以純正的英語道：「遊戲結束了！」

我猛地一愣，面色也不禁為之一變，但是她卻「格格」一笑，道：「原來大名鼎鼎的衛斯理竟經不起一嚇，有人要見你，你跟我走吧。」

我竭力使自己僵硬的面部肌肉，現出一個笑容來。但是我深信，我現出來的那個笑容，一定難看到了極點，因為在那女子的面上，我發現了一個女人看到了死老鼠似的神情。

我吸了一口氣，道：「到甚麼地方去？」

她笑了笑，道：「多嘴的人甚麼也得不到，反倒是沈默可以瞭解一切。」

她說的是一句諺語，我立即想起，這樣的諺語，流行在南美州一帶，難怪這個女子有著東西方混合的美麗，原來她也是來自南美的。

我在槍口的威脅下，不得不站了起來。

而我一站起，她便向後退了開去，和我保持了一定的距離。本來，我的確是想趁站起身來的機會，向她撲了過去的。

但是她的動作，這樣機警，倒也令得我不敢輕易嘗試。那女子吩咐道：「你走在前面，裝出若無其事的樣子來，為了性命，我相信你會成為一個好演員的。」

我轉過身去，走到書房的門口。

在那兩步路中，我心念電轉，不知想了多少念頭，我決定來到樓梯口，便開始逃脫她的掌握。當然，我不會沿著樓梯滾下去那樣笨，因為如果這樣做的話，不等我滾到了一半，我就沒命了。

我之所以有把握一到樓梯口就能逃脫，那是因為我平日的生活，頗多冒險之處，所以，就在樓梯口上，我自己設計，弄了一道活門。

那扇活門上，平時鋪著一小方地氈，根本看不出來，按鈕就在樓梯的扶手上，一按之下，活門打開，我人便可以跌下去，落在地窖中。

當然，跌下四公尺，並不是甚麼好玩的事情，但卻比被一個美麗的女子用槍指住好得多了。

我因為有了逃脫的把握，所以心情也輕鬆了起來，心中暗忖，不知道為甚麼，在驚險偵探小說中，美麗的女子，總和手槍有著不可分隔的關係，如今才知道事實上的確有這樣的情形。

我計劃得很好，如果不是那一陣驚心動魄的門鈴聲，五秒鐘之後，我已經可以置身地窖之中，從後門逃出去了！

那一陣電鈴聲，使得我和那女子，都停了下來，那女子一側身，便到了門後，沈聲道：

「要知道，我仍然在你的背後，別動！」

我心中不禁暗暗叫苦。

因爲這一次在按門鈴的，一定是張小娟了！我只得呆呆地站著不動，老蔡走到了門前，將門打開來，張小娟幾乎是衝了進來。

我連忙道：「張小姐！」張小娟抬起頭來，面上滿是怒容地望著我，道：「好，好！」她一連說了兩個「好」字，也不知道她是甚麼意思，便蹬蹬蹬地走了上來。

我身後的那個女子道：「請她進來，不要讓她知道在你身後有人！」

在那片刻之間，我也沒有善策，只得眼看張小娟來到了我的面前。張小娟在我面前站定，雙手插腰，叫道：「衛斯理！」

我應道：「有！」張小娟「哼」地一聲，道：「我問你，你爲甚麼派人將我押了起來？」

我不禁一愣，道：「小姐，這話從何說起？」

張小娟冷笑道：「若不是你做的好事，何以你在我失蹤期間，敢以如此肯定地向我父親保證，我能夠安全歸來？」我連忙道：「張小姐，這事情說來話長，你還是快回去吧，再遲，便要有麻煩了！」

張小娟面色一沈，道：「我不走，我要你承認，一切壞事，全是你的主使！」

我大聲道：「你再在這兒無理取鬧，我可不客氣了，滾！」

我一面說，一面手向樓梯下一指，我只求張小姐快快離去，免遭毒手，至於會不會因此而得罪她，那我卻也顧不得了！

張小娟冷笑了一聲，道：「你這個無賴——」她罵了我一句，頓了一頓，胸口急速地起伏著，顯得她的心中十分憤怒。

我相信，她罵我是「無賴」，可能是她一生之中所說最粗暴的話了。

頓了一頓之後，她續道：「你想這樣子就將我支走，可沒有那麼容易，我有話要和你說！」我心中實是急到了極點！張小娟不知好歹地在發小姐脾氣，但是在我的書房中，卻有一個最危險的人物，以槍口對準著我。我想了一想，老實不客氣，一伸手，便已經握住了她的手臂。

大概是我當時所現出來的神情，實在太過兇狠了吧，所以張小娟臉都白了，她掙扎著，道：「你……你要幹甚麼？」

事情已到了這一地步，實在已沒有我多作考慮的餘地，我用力一扯，將張小娟扯近我的身子來，張小娟更是大驚失色，但是我隨即一鬆手，向前輕輕地推了一推，張小娟踉蹌跌出，差點滾下樓梯去，我「哈哈」大笑，道：「快滾吧！」

張小娟勉力站定了身子，她面上所現出的那種被侮辱之後的憤怒的神情，表示出她如果有能力的話，簡直會將我活吞下去！

她望了我約有半分鐘，我只覺得這半分鐘不知有多少長，這才聽得她狠狠地道：「好，我們以後，再也不能合作了，你休想得到你想要的東西！」

正當我在想著，張小娟這最後一句話是甚麼意思之際，張小娟已一個轉身，幾乎像衝下去一樣，衝出了我的大門。

我這才鬆了一口氣，立即聽得背後傳來一聲嬌笑，道：「這樣對付一個美麗小姐，不是太過份些了麼？」我回過頭去，先看到那可怕的槍管，再見到那美麗的臉龐，我笑道：「等一會我對付你的時候，你才知道甚麼叫作過份！」

那女子柳眉一揚，作了一個十分調皮的表情，道：「是麼？」

我不再多說甚麼，只是道：「我們怎麼樣。」那女子道：「還是一樣，走。」我聳了聳肩，向前走去，那女子跟在後面。

我來到了樓梯口，略停了一停，伸手按在樓梯的扶手上，轉過頭來。我一轉過頭，那女子便極警覺地向後退出了兩步，我正是要她後退，我右手立即按在那個暗掣上，樓板一鬆，我已向下落去！

在我向下落去之際，我聽到那女子發出一聲驚叫！

我心中暗暗好笑，身子一縮，已經落在一堆不知甚麼雜物上面。那暗門自從做好以來，還是第一次使用，我心中在暗忖，在地窖中應該張一張網，那麼便不會落在雜物的上面，像如今那樣，將自己的背脊碰得十分疼痛了。

我一躍而起，在黑暗中想像著那女子在發現我突然墮下時的驚訝的神態，忍不住笑出聲來。我不是自負，但甚麼人要將我制住，那倒也不是容易的事！

我一面想著，一面走到電燈開關前面，將燈打了開來。我本來是準備打開了燈後，立即從地窖的門，走到街上去，等候那女子出門來，再將那女子制住的。

但是，在電燈一著之後，我不禁倒抽了一口冷氣！只見四個滿面橫肉的漢子，正冷冷地望著我，我立即要有所動作，而其中的一個道：「聰明點，別動！」

我聽了他的話，因爲我不是蠢人，那四個大漢子的手中，都有著殺傷力極強的德國軍用手槍。

那個向我講話的大漢一側頭，向另一個道：「去看看，上面發生了甚麼事？」一個大漢應聲由後門走了出去，不一會，便和那女子一起走了進來。那女子直向我的面，滿面怒容，來到了我的面前，纖手一揚，便向我的面上摑來，我一伸手，握住了她的手腕，但是她的動作極快，左手立即又揚了起來，我連忙一側首，面上仍是被她打了一下。

她厲聲道：「放開我！」

我向那四個虎視眈眈的大漢望了一眼，手一鬆，將那女子放了開來，那女子退後了幾步，惡狠狠地道：「你會嘗到戲弄我的後果的。」

我笑道：「我準備著。」

那女子又惡狠狠地望了我一眼，道：「我們走！」那四個大漢，一齊答應了一聲，都站了起來。那女子喝道：「還不走麼？」

我彎了彎腰，道：「小姐先請！」

那女子揚了揚手槍，道：「你不走麼？」

我儘量地使自己的態度輕鬆，以求尋找機會逃走，可是看來，那沒有甚麼希望，我只好等到了他們要我去的目的地再說了。

我走出了門，那女子和四個大漢，跟在後面，只見後門停著一輛十分華麗的車子，從車上，又躍下了兩個大漢來，一共是七個人，將我擁上了車子，那個女子就緊緊地靠著我而坐，車窗上被拉上了布簾，車子向前，飛馳而去！

我笑道：「小姐，我們這樣坐法，應該是十分親密的朋友了，但是我還不知小姐的名字啦。」

坐在前面的一個大漢冷冷地道：「衛斯理，你如果想多吃苦頭，便多得罪莎芭。要是不想多吃苦頭，還是閉上你的鳥嘴！」

我若無其事，絲毫不理會那大漢的威脅，道：「原來是莎芭小姐，失敬失敬。」我一面說，一面故作輕佻地用手肘去碰碰她柔軟的腰部，她憤怒地轉過頭來望我，我卻以閃電的動作，在她的櫻唇上，「嘖」地一聲，偷吻了一下！

我看到我的動作，令得車中的幾個大漢的面色，爲之大變。莎芭眼中，射出了火一樣的光芒，她望了我一會，才以葡萄牙語道：「你們看到發生了甚麼事情沒有？」那六個大漢齊聲道：「沒有，我們甚麼也沒有看到。」莎芭道：「說得對，這個人，我要留著，慢慢地，由我自己來收拾他。」

她在說那兩句話的時候，面上的神情，像是一條眼鏡蛇在盤旋一樣。我聽得他們以葡萄牙語來交談，便可以肯定，他們是來自巴西的了。

我見到那幾個大漢對待莎芭的那種戰戰兢兢的神色，也知道莎芭不僅是以她的美麗脅服著眾人的，她在她的那個集團中，一定還有著極高的地位。

我仍然保持著輕鬆的態度，不斷地取笑著，大膽地挨靠著莎芭的身子。莎芭則一聲不出。車子駛了約莫半個小時，才停了下來。

莎芭和那幾個大漢，又將我擁出了車子。

我出了車子一看，只見車子是停在一個十分僻靜的海灘上，有一艘快艇，正泊在海邊，莎芭直到這時，才又開口道：「上艇去。」

我笑著道：「要放逐我麼？」莎芭並不出聲，我向艇走去，到了水邊，我一躍上艇，但是我卻並不落腳在艇上，而是落在小艇尾部的馬達上。

在落腳之際，我用力重重地一踏，我聽得馬達的內部，發出了「格」地一聲。我那一踏，力道十分大，那格地一聲，無疑地是說，馬達的內部，已經有了損壞，那也正是我的目的。

我立即身形一縮，到了艇身中。這次，我真的不是自負了，我相信我的破壞行動，未曾為他們發現。

那六個大漢陸續上艇來，小艇擠得很，莎芭則在船首，不再靠著我。一個大漢，用力發動著馬達，但是他足足花了十來分鐘，馬達仍是不動。

莎芭不耐煩道：「蠢才，怎麼回事？」

海邊的風很大，天氣很冷，但是那大漢卻滿面大汗，道：「壞了！」莎芭愣了一愣，立即向我望來，我卻若無其事地望著海面。

我心中十分佩服莎芭立即想到是我破壞了馬達。我在想，我是不是應該趁如今這個機會逃走。馬達不能發動，他們一定會用槳划小艇，那我便可以在划到水深的時候，泅水而逃。

但如果我不逃的話，我便有機會見真正的敵人——我相信，莎芭要帶我去見的，一定便是我面對的真正敵人。

我在思索著的時候，小艇已經離開了海灘，不出我之所料，莎芭下令以船槳替代馬達，我也決定了不逃走，我要擊敗敵人，便絕不能怕危險。

而我既然在霍華德的口中，知道了張小龍的發明如此重要，那我實是非盡我的力量，去鑿毀那些擄劫了張小龍的野心家不可。

在六個大漢輪流划動之下，小艇很快地便划出了兩三浬，莎芭四面望著，沒有多久，便道：「來了！」我循她所望的方向看去，只見一艘白色的遊艇，正破浪而來，速度奇快。

不一會，那遊艇便到了小艇的旁邊，停了下來，我又是第一個踏上遊艇的人，莎芭跟在我的後面，跟著我走進了船艙。

我一進船艙，就看到一個男子，背對著我，獨自在玩著撲克牌。我和莎芭走了進去，他仍然不停止他一個人的牌戲，祇是道：「衛先生來了麼？」

莎芭代我答道：「是，他來了。」

那人道：「請他坐下。」我早已老實不客氣地在他前面的一隻沙發上，坐了下來。

這時候，我已經可以看清他的面容了。

他是一個中年人，面上有著一個疤痕，神情十分冷峻，他看來像是德國人，而且可能還是德國的貴族，因爲他臉上有著那種特徵。

我在他的面前坐了下來之後，他仍然在玩著牌戲，我足足等了五分鐘，他連看都不向我看一眼，我心中不禁大怒，在莎芭的手槍威脅下，我身子不至亂動，但是我也是有辦法懲戒他的，我鼓足了氣，一口氣「呼」地向桌面吹了出去。

我是有著相當深的中國武學根底的人，這一口氣吹出，他面前的紙牌，全部疾揚了起來，向他的面上擊去，那人以出乎我意料之外的身法，向後退去，同時，以更快的手法，拔出了手槍，「砰砰」兩聲過處，我祇覺得兩邊鬢際，一陣灼熱。

我連忙回頭看時，身後的窗玻璃，已經碎裂，我伸手摸了摸鬢際，頭髮都焦了一片。

我不禁呆了半晌，槍法準，我自己也有這個本領，但是在那麼快的拔槍手法之下，幾乎沒有任何瞄準的時間，而射出兩槍，卻能不打死對方，而使子彈在射擊目標的人的髮際擦過，這實是難以想像的絕技！

那人冷冷地望著我，緩緩地吹著從槍口冒出來的濃煙，道：「我不喜歡開玩笑。」

我也冷冷地道：「同樣的，我也不喜歡開玩笑，你請我來這裏作甚麼？」那人以十分優美高傲的姿態，將手槍放回衣袋，道：「有人要見你。」

我本來以爲，那人大約是這個集團的首腦了。但如今聽得他如此說法，他分明還不是。

我立即問道：「甚麼人？甚麼人要見我？」

那人冷冷地道：「大概就是你正在尋找的人。」他一面說，一面揮了揮手，向莎芭道：「開船！」莎芭答應了一聲，向外走去。

不到兩分鐘，遊艇已經疾駛而去，我向窗外望了一眼，遊艇是向南駛出去，速度大約是每小時二十浬，那男子不再和我說甚麼，只是兀然地坐著，我也不和他交談，過了兩個小時，我又聽得一陣「軋軋」的機動聲，自天上傳了下來。

第十一部：海底基地見張小龍

我抬頭看去，心中不禁大吃一驚！

只見一架小型的水上飛機，正越飛越低，不一會，便已經在水面上停了下來，而那艘遊艇，又正是向這架水上飛機駛去的。

遊艇到了水上飛機旁邊，停了下來。那人也站了起來，道：「走吧，要記得，你是沒有逃走的機會的。」我毫不示弱，道：「我根本不想逃走，要不然，根本我不用找甚麼機會！」

那人以冷峻的眼色，又向我望了一眼。

我和他一齊跨出遊艇，從遊艇到水上飛機，已搭了一塊跳板，在跳板上的時候，我又可以有一次逃走的機會的。我相信，如果我潛水而逃，立即潛向海底的話，逃走的可能性，會有百分之八十。

但是我卻只是想了一想，並沒有行動。因為我在這時，絕不想逃走。我要看看這個規模大到擁有水上飛機的集團，究竟是一個怎樣的組織。

我決定要會見這個組織的首腦，從而來尋找張小龍的下落，和消滅野心家的陰謀。所以，我毫無抵抗地上了水上飛機。那人在我身後的座位上坐了下來。莎芭並沒有進機，機艙中，除了原來就在的四個大漢之外，就只有我和那個人了。

我們一上了飛機，飛機便立即發出轟轟的聲音，在水面上滑行了一陣，向天空飛了出去，我好整以暇地抽著煙。飛機是向南飛去的，向上望去，只是一片大海，和幾個點綴在海面的小島。

我索性閉上了眼睛養神，約莫過了一個多小時，我感到飛機在漸漸地下降，我睜開眼來，不禁心中暗暗稱異。

我以為那一架水上飛機，一定會將我帶到一個無人的荒島之上。但實際上卻並不是，飛機已在盤旋下降，但是下面，仍然是一片汪洋。

直到飛機降落到一定程度時，我才看到，在海面上，有一艘長約六十呎的遊艇，正在緩緩地駛著，那艘遊艇全身都是海藍色，簡直難以發現它的存在。

飛機在水面停住，那艘遊艇，迅速地駛向前來，在飛機旁邊停下，飛機和遊艇之間，又搭上了跳板。我不等敵人出身，便自己站了起來。

那四個大漢先走了出去，那面目冷峻的人，仍然跟在我的後面。

我看到那四個大漢，一踏上了遊艇，面上便有戰戰兢兢的神色，筆也似直地站在船舷之上。我和那人也相繼踏上了那遊艇。

我回頭向那人看去，只見那人的面色，雖然沒有多大的變化，但他的眼神之中，卻流露著不可掩飾的妒羨之情。

我看了那人的這種眼神，心中不禁爲之一動。

那毫無疑問，表示這個人的內心，有著非凡的野心，有著要取如今在遊艇上等候我的人的地位而代之的決心。我立即發現這可以供我利用。當然我當時絕不出聲，只是將這件事放在心中。

那人冷冷地道：「向前去。」我「嘖」地一聲，道：「好漂亮的遊艇啊，比你的那艘，可神氣得多了，一看便知道是大人物所用的。」

我一面說，一面又留心著那人面上神情的變化，只見他的面色，變得十分難看。像那人這種高傲、冷血的人，自然是不甘心有人在他之上的，我的話可能已深入他的心頭了。我走到了艙中，艙中的陳設和上等人家的客廳一樣，那人走到一扇門前，停了下來，輕敲了幾下。門內有聲音道：「誰，漢克嗎？」

那人應道：「是，那個中國人，我們已將他帶來了。」直到這時候，我才知道那人叫漢克。這毫無疑問，是一個德國人的名字。

我在沙發上坐下，只見漢克推開門走了進去，不一會，漢克便和一個人，一齊走了出來。我老實不客氣他用銳利的眼光打量著那個人。

那人約莫五十上下年紀，貌相十分平庸，就像是在一家商行中服務了三十年而沒有升級機會的小職員一樣，腰微微地彎著，眼睛向上翻地看著人。

可是，那麼高貴的漢克，雖然神情十分勉強，但卻也不得不對那個中年人，裝出十分尊敬的樣子來。那中年人在我面前，坐了下來，第一句話便道：「你知道我們是甚麼人？」

我身子一仰，道：「不知道。」

那人講的是英語，但是卻帶有愛爾蘭的口音，他對我的回答的反應是「哼」地一聲，立即又道：「那麼我可以告訴你，我們是人類之中最優秀的份子所組成的一個組織。」

我點了點頭，道：「除了一個字外，我同意你所說的全部的話，」那中年人像是微感興趣，道：「哪一個字？」我道：「你說最優秀的，我的意思，應該改爲最卑下的！」

那中年人一聽，「哈哈」大笑起來，笑聲中竟一點怒意也沒有，我對那中年人的涵養功夫，不禁十分佩服。那中年人笑了一會，道：「這是小意思，優秀也好，卑下也好，都不成問題。」

他講到這裏，突然停了下來，望定了我。

我這時才發現，那人的相貌雖然十分普通，但是雙眼之中，卻有著極其決斷的神色，當然他是有過人之處，才成爲這個組織中的首腦的。我想。

他望了我一會，才道：「我奉我們組織最高方面的命令，有一件任務，必要你完成的。」

我聽了之後，不禁吃了一驚。

腦。

原來眼前這個，經歷了那麼多曲折，方能以會見的神秘人物，仍然不是這個野心組織的首腦。

我略想了一想，便說道：「任務？我有義務要去完成麼？」

那中年人笑道：「你必須完成。」

我自然聽得出他話中的威脅之意，我向艇外看了看，仍舊只有四條大漢守著，艙內，就只是那中年人和漢克兩個人。

我聳了聳肩，伸手指向那中年人，道：「你必須明白，你的話，對我沒有絲毫的約束力，也沒有絲毫的威脅力，但是我仍願意聽聽你所說的任務是甚麼？」

那中年人輕輕地撥開了我的手指，道：「你錯了，但我也不必與你爭辯，你既然受了張海龍的託咐，在尋找他的兒子，那我們就可以安排你和他兒子的見面，但是你卻必須說服張小龍，要為我們服務！」

我一聽得那中年人講出了這樣的話來，心中不禁怦怦亂跳。張小龍的下落，直到這時候才弄明白。從那中年人的話中，可以聽得出，張小龍仍在世上。當然是他不肯屈服，所以敵人方面，才會要人來說服他。

我被他們選中為說服他們的原因，自然是因為我是中國人，而且，我是他們的敵人，他們如今將我扣了起來，當然是少了一個敵人了。

我想了片刻，自然不願意放棄和張小龍見面的機會，所以我點了點頭，道：「我可以接受你的任務。」那中年人道：「好，痛快。我最喜歡痛快的人，你可以立即就與他會面。」

我驚訝道：「他也在這遊艇上麼？」

那中年人道：「當然不。漢克，你帶他去見張小龍。」漢克一聽得那中年人叫他的名字，立即站直了身子，等那中年人講完，道：「先生，你忘了我沒有資格進秘密庫的了麼？」

那中年人笑了笑，道：「自然記得，因爲你將衛斯理帶到了此地，我和上峰通電，你已升級了！」漢克的面上露出了一絲笑容，但隨即消逝，又恢復了冷峻。

那中年人在袋中取出了一隻如指甲大小，紅色的襟章，交給了漢克，漢克連忙將他原來扣在襟上的一隻黃色襟章，除了下來。

我這時才注意到，那中年人的襟章，是紫色的。那當然是他們組織中，分別職位高下的標誌。

漢克佩上了紅色的襟章，帶著我向遊艇的中部走去，到了遊艇的中部，漢克一俯身，揭起了一塊圓形的鐵蓋來。那塊鐵蓋一揭了開來，我便爲之一呆。只見有一柄鐵梯，通向下面，漢克命令道：「下去！」我心中充滿了疑惑，漢克冷冷地道：「你想不到吧，剛才你見的，是十分重要的大人物，在遊艇下，有潛艇護航，你如今，是通向潛艇去的。」

我聽了之後，心中也不禁吃驚。

當然，漢克的這番話，竭力地在抬高那中年人的地位，也就等於是爲他自己吹噓一樣。但是那組織如此嚴密，物資如此充沛，又掌握著這樣新的科學技術，如果再加上張小龍的新發明的話，那麼這批人，不難成爲世界的主宰，整個人類的歷史，便會在他們手中轉變了。

我如今所負的責任，是如此重大，令得我一想起來，便不禁心跳氣喘，我只有一個人，就算和張小龍見了面，也不過兩個人，能不能和這樣一個完善的大組織作對抗呢？

我一面想，一面順著鐵梯，向下走，不一會，便到了一個密封的船艙之中，有兩個人迎了上來，以奇怪的眼光望著我，漢克接著下來，道：「我要將這人帶到秘密庫去。」

那兩人立即答應一聲，以手打了打艙壁，發出了「噹噹」的聲音來。

不一會，銅壁上「刷」地一聲，露出一扇門來，伸出了一股鋼軌，在鋼軌上，滑出了一輛猶如最小型的小汽車也似的東西來。那東西，還有一個最好的形容，那就是一看便令人聯想起一隻巨大無比的大甲蟲來。

我的見聞不能說不廣，但那是甚麼玩意兒，我卻也說不上來。漢克像是看出了我面上疑惑的神情，他得意地笑了笑，發出的聲音，猶如狼群在晚膳一樣，道：「想不到吧？」我仍然不知他所指的何事，只是冷冷地道：「想不到甚麼？」

漢克踏前一步，在那個「大甲蟲」上的一個按鈕上一按，只聽得一陣金屬摩擦的「軋軋」聲過處，那「大甲蟲」的蓋，打了開來。

我向「大甲蟲」的內部看去，只見那裏面，有兩個座位，可供人屈膝而坐，在那兩個座位之前，是許多的儀表和操縱的儀器。

我仍然以懷疑的眼光望著漢克和那「大甲蟲」，漢克又狼也似地笑了起來，道：「子母潛艇，你有沒有聽說過？這是德國科學家在二次世界大戰末期最偉大的發明之一，在這艘大潛艇中，可以發射九艘這樣的小型潛艇，而每一艘小潛艇中的固體燃料，可以使小潛艇在海底下遨遊一個月之久！」

我曾聽得人說起過，在第二次世界大戰的末期，德國科學家有許多戰爭工具上的新發明。最著名的自然是「V2」飛彈（這是今日太空科學成就的雛形），而「子母潛艇」，也是其中之一：大潛艇能將小潛艇像魚雷也似地發射出去！

這些新發明，大都未能投入生產，便因柏林失守，希特勒下落不明而告終，我相信，這艘子母潛艇是世上僅有的一艘，極可能是當年德國海軍的試製品。

我在剎那間，心中又感到了新的恐怖。

因為如果我的料斷不錯的話，那麼，在那個野心家集團的高層人物中，可能有著當年的納粹份子！這是一件十分可怕的事！當年，納粹的野心，加上可以改變人類歷史的科學發明，那實是不能想像的恐怖事情。

我心中在發呆，漢克不知我在想甚麼，還以為他的誇耀，使我震驚。

他又以十分狂妄的語意道：「德國的科學家，是第一流的科學家，德國人，是第一流人！」

我厭惡地望了他一眼，這個納粹的餘孽！我老實不客氣地道：「奇怪，我不知道張小龍在甚麼時候，已入了德國籍！」

漢克的面色，一直是十分冷峻，直到他聽得我講出了這樣的一句話來，面上的神色，才為之一變，憤怒得連耳根子都紅了！

我冷冷地道：「我們中國人，認為所有人都是一樣的，沒有甚麼第一流第二流之分。但如果要說第一流的科學家，那麼張小龍當之無愧，他是中國人！」

漢克的面色，更其難看，他想宣揚納粹的那一套，卻在我面前碰了一個大釘子。我為了可能以後還有利用他之處，所以不想令他難堪，話一講完，便道：「我們該走了？」

漢克「哼」地一聲，跨進了那小潛艇，我也跨了進去。

當我們兩個人，坐定之後，那小潛艇又給我以太空艙的感覺。

漢克一按鈕，蓋子便「軋軋」地蓋上。等到蓋子蓋上之後，我才發現，在小潛艇中，我們不是甚麼也看不到的，在前方，有著一塊暗青色的玻璃。

那塊玻璃，從外看來，和鋼板一模一樣，但是由裏向外看去，卻是一塊透明度十分強的玻璃，外面的一切，可以看得清清楚楚。

坐定之後，漢克熟練地按動了幾個掣，著了一盞小紅燈，聽得擴音器中，傳來了一個人的聲音，道：「預備好了？」

漢克回答道：「已預備好了！」

這時候，擴音器中，已經在倒數著數字，從「十」開始，很快地，「四三——二——一——零」，一個「零」字才一入耳，眼前突然一黑，同時，耳際傳來了一種刺耳已極的聲音。

不要說還有伴隨而來的那驚人的震動，便是那刺耳的聲音，神經不正常的人，也是難以禁受！

但是這一切，卻都只是極其短暫的時間內所發生的事。轉眼之間，刺耳聲聽不見了，震蕩也停止了，從面前的玻璃中望出去，只見深藍色的一片，我們已經到了海底了！

我覺出，小潛艇雖然十分平穩，但是前進的速度卻十分快疾。這點我可以從遊魚的迅速倒退上推測出來。

沒有多久，我們已撞到了兩隻大海龜，一被小潛艇撞到，那大海龜便四分五裂，我相信在小潛艇的艇首，還裝置有十分厲害的武器。

我只知道這時候身在海底，至於那是甚麼海域，我卻無法知道。

因爲我來到這個海底之前，經歷了如許的曲折，漢克的那艘遊艇停泊在何處，還可以推想，而經過了水上飛機的載運之後，那中年人的遊艇是停在甚麼地方，我已經無法知道了。

如今，小潛艇以這樣高的速度，在海底前進，我自然更沒有辦法知道身在何處。

我平時也愛潛水打魚，但是卻難以像如今那樣恣意地欣賞深海的那種迷人的景色。只可惜我緊張的心情，使我沒有情趣去欣賞悠哉遊哉的遊魚，和色彩絢麗、搖曳生姿的水藻。

我在過了十五分鐘後，便忍不住道：「我們究竟到甚麼地方去？」

漢克冷冷地道：「到人類科學的最尖端去。」他一講完，便冷笑了幾聲，道：「愚人以爲人類的科學，近二十年來，在陸地上獲得了高度的發展，卻不料所有的尖端科學，全在海底。」

我聽了漢克的話後，心中不禁暗暗吃驚。

確切地說，我是瞭解到他話中的意思，但是卻又無法相信。因爲那只應該是科學幻想小說中的話，實是無法和現實生活連結起來的。

漢克的眼中，又生出了異樣的光采，道：「那一切，全是德國科學家的心血結晶——」他本來可能還要吹噓下去。但在那瞬間，他一定想到了剛才所碰的釘子，所以才立即住口不言。

我從漢克的話中，聽出他心中有著十分抑鬱不平之慨，我試探著道：「但是，德國科學家的心血結晶，卻並不是操縱在德國人手中，是不是？」

我的話才一出口，漢克的雙手，便緊緊地捏成了拳頭，直到指頭發白，他幾乎是在嚷叫，道：「一定會的，一定會由德國人來掌管的。」

我笑道：「照我看來，你倒是一個合適的人才！」

漢克在才一聽得我這句話的時候，眼中光采閃耀，十分興奮，但是轉眼間，他面上卻又現出了十分恐怖的神色，蒼白之極。

他雖然一聲未出，但是他面上的神情，毫無疑問地告訴我，我的話，已說中了他心坎，他心中的確有這樣的企圖。但是他卻立即又感到了害怕，因爲他這時，在這個集團中的地位，並不是太高，他若不是因爲綁到了我的話，甚至卑微到連帶我去見張小龍的資格都不夠，他心中的秘密企圖，如果被上司發覺了，自然只有死無生！所以他十分害怕！

我從他面色變化上，看穿了他的心情之後，心中不禁十分高興。因爲漢克這個人，成事或許不足，敗事倒是有餘的。我不必利用他去成事，我只消利用他去敗事。便大有可圖了！

所以，我當時若無其事地道：「德國人的確有許多值得人欽佩的地方。最特出的，便是德國人有一種堅強的性格，不以目前的卑下爲恥，而誓必達到自己的理想。希特勒如果沒有這種性格的話，他也不會從一個油漆匠而成爲納粹的領袖了！」

我一面說，漢克不由自主地大點其頭。

我心中暗暗好笑，這個頭腦簡單的日爾曼人，這時一定飄飄然地，以爲他自己當真了不起哩！

我適可而止，不再對他恭維，讓他自己的心中，去滋長那種自以為天下第一的情緒。我這時，比較有心情去欣賞海底的奇景了。

沒有多久，我就看到前面，出現了一大堆黑色的物事。那一大堆物事，看來像是海底的暗礁。但是當漢克駕駛著小潛艇，向前疾衝而去之際，我便發現，那一大堆絕不是海底的礁岩。

第一，在那一大堆黑色的物事上，有許多看來像海藻一樣的管狀物，直向海面之上通去，長度十分驚人，那像是一連串龐大的海底建築物的通風管。

第二，當小潛艇駛過之際，在那一大堆黑色的物事中，竟燃起了三盞紅燈。我心知已將到目的地了。

果然，小潛艇的速度，很快就慢了下來。那三盞紅燈，明滅不停，我看到漢克，也在不停地按著一個掣鈕，小潛艇的艇首，也有紅光閃爍。這自然是一種信號。

不一會，小潛艇已來到了那三盞紅燈之前，在水藻掩映中，我看到那三盞燈之下，有一個十分深的洞穴，小潛艇正向洞穴中駛去，眼前又是一片漆黑。接著，潛艇便完全停下來，隨之而來的，又是一陣劇烈的震動，眼前又陡地一亮。

在我還未曾打量自己置身何處之際，只見小潛艇的銅蓋，已打了開來，兩個穿著工程師服裝的人，走了過來，向漢克招了招手，道：「恭喜你升級！」

漢克勉強地笑了笑，道：「我奉命帶這個人來見張小龍！」

那兩個人道：「這不關我們的事，你向前去見主管好了。」

漢克向我一側首，我也自小潛艇中，一躍而出，跟著漢克，自一扇圓門中。走了進去。我知道這時候，我仍然處在海底。

我也想趁此機會，將這個大本營打量清楚。

但是沒有多久，我卻失望了。

我跟著漢克，經過了一扇又一扇的圓形鋼門。每一扇鋼門，都通向一個兩丈方圓的小室。小室中或有人，或是空置的，我只能看到一個又一個的小室，而無法看到這個海底建築物的整個情形，而且，在走了約莫十分鐘之後，我便在這種蜂巢也似的小室之中，迷失了路途，就算沒有人看守著我，我只怕也難以摸索得到出路的了。

而且，即使我找得到出路，出了這個海底建築物，如不能夠浮上海的話，又有甚麼用呢？所以，我首先放棄了逃走的念頭。我只是希望在這裏，會見這個組織的最高級人物，和見到張小龍。至於在見到張小龍和最高級人物之後，本身我會怎樣，我卻連想也不會去想它——因爲若是去想的話，只是導致更多的煩惱，所以不如不想！

十五分鐘後，我結束了在蜂巢式的小屋問的旅行，到了一條長長的走廊之中。

那條走廊的兩旁，有許多關得十分緊實的門，門內有些甚麼，根本看不清楚，但是當我通過這條走廊的時候，卻可以聽到，在有幾扇門中，發出十分奇特的聲音來。有的像是無數藻液在試管中沸騰，有的像是一連串密集的爆炸聲。

至於我可以辨認得出的聲音，則是一些十分精密的機器的發動聲。我在這時候，忽然想起，曾經有人說，世界上常常發生神秘的飛機失蹤案，主要的原因，是有一些人，在使用著不為人知的方法，將那些失蹤的飛機。引到了隱蔽的地方。

而這樣做的目的，是為了要擄到人才。

這種說法，我以前只是嗤之以鼻，但現在想來，卻也不是無可能。試想，這個龐大的海底建築物，當年是費了多少人力物力造起來的，且不去說它，如今，我可以相信，在這裏，一定有著各式各樣科學研究工作在進行著。

當然，這些科學研究工作的前提，都是為了滿足野心家的需要，但是那麼多的人才，當然不會全部是志願的，至少，張小龍便是被綁架來的！

而野心家集團，既然掌握了如此尖端的科學，要導致一兩架飛機失蹤，影跡全無，不是十分容易的事情麼？我一面想著，一面來到了走廊的盡頭。

漢克伸手按在一個鈕上，一扇鐵門打了開來。那是一具升降機。機中的司閘，是一個老者，他翻了翻眼睛，向漢克問了一句甚麼話。

因為他的語言十分模糊，所以我雖然就在他的身邊，也未曾聽清楚。

這並不是我的疏忽，因為這裏，簡直是人種展覽會，甚麼地方的人全有，你不能知道一個人開口會說甚麼話，而預先準備去聽之，所以一句兩句話，便要聽懂，是十分困難的。

漢克答道：「十一樓。」那司閘點了點頭，我在升降機中，仔細地打量著，忽然給我發現升降的頂部，釘著一塊小小的銅牌。

那小小的銅牌上，有兩行德文，譯成中文，則是「連斯兄弟機器鑄造廠造。一九四四年八月。」

一九四四年八月，這個日子，引起了我極大的疑惑。那就是說，這個龐大極不可想像的海底建築物，並不是在大戰之後建築起來的！

本來，我心中就一直在懷疑，甚麼人能在大戰之後，投入那麼多的人力物力，在海底建成了這樣的一座建築物，而竟不為人知。

但如今，「一九四四」這個年份，解決了我心中的疑問。我知道，這裏一定是第二次世界大戰末期，軸心國自知時日不多時所建造的。

升降機在向下降，一直到跳出了「十一」這個數目字，才停了下來。

我無法知道這個建築物向下去，一共有多少層。但是既然是以一個國家的力量來建造的，我相信整個建築物規模之龐大，一定遠在我的想像之中。

我和漢克，在升降機停了之後，便向外走去，走了幾步，轉了一個彎，只見兩盞相對的，發出紅光的燈，設在前面的道旁。

漢克在燈前停了下來，道：「你向前走走試試！」

我冷冷地道：「這並沒有甚麼稀奇，電子控制著光線，我向前去，遮住了光線，就會有警號發出，是不是？」漢克「哈哈」大笑，道：「我知道你一定會那樣說的，是不是？」

我感到十分尷尬，因爲聽漢克的話，我分明是在自作聰明瞭。漢克望著我，感到十分高興，因爲他終於有了一個奚落我的機會，只見他在衣袋中，取出一張紙來，向前揚了出去。

當那紙，揚到那兩盞燈所發出的光線之中時，突然起了一陣輕煙，而當紙片落到了地上之際，已經成了一片輕灰！

我心中陡地吃了一驚，漢克道：「這是自以爲是的美國科學家做夢也想不到的高壓電流，只有利用海底無窮無盡的暗流來發電，才可以得到這樣的高壓電！」

我沒有說甚麼，因爲那張紙，在不到一秒鐘的時間內，便成灰的這一個事實，使我不得不相信漢克的話是真實的。

我和漢克，在那兩盞燈前，站了片刻，只見對面，走過來了一個人。那人身上所穿的一套西裝，還是一九四五年的式子，但是卻熨得貼身。

只見他也是來到了燈旁，便站定了身子，道：「首領已經知道了一切，你可以直接帶他去見張小龍。」漢克答應了一聲，拉著我轉身便走。

我心中暗忖，到如今爲止，我總算有了一點小小的收穫。

因爲我知道，這個野心集團的首領，是在「十一樓」（由上而下樓的十一樓），而如果要見這個領袖的話，必須通過那「死光」（我爲了行文方便起見，姑且這樣稱呼那發出高壓電流的殺人機器，因爲這是世界上沒有的東西，自然也沒有正式的名稱）。

也就是說，雖然我知道了首領的所在，但是我卻不能前去見他。因爲，只要一被那種光芒照射到，我就可能在頃刻之間，成爲焦炭。

漢克拉了我，又來到了升降機的門前，在升降機的門打開之後，我這才聽到，那司閘講的是日本話，道：「幾樓？」漢克道：「十七樓。」

升降機又向下落，等我們再走出升降機的時候，我忍不住問道：「這建築物一共有多少層？」漢克狡猾地笑了笑，並不回答。

我將我自己的揣想，歸納了一下，道：「阿道爾夫想得十分週到，他是準備在柏林失守之後，在這裏繼續指揮征服世界的戰爭的麼？」

漢克一聽我的話，便立即駐足。

他以十分淩厲的神情望著我，好一會，才道：「你是怎麼知道這個秘密的？」我聳聳了肩，道：「有一些事，對於小孩子來說，永遠是秘密，但對於成年人來說，卻像二加二等於四那樣地簡單。」

漢克口角上掛了一個殘酷的微笑，道：「你知道得太多了，這將使你遭殃。」

我立即道：「本來我就沒有抱著渡蜜月的心情到這裏來的。」

漢克不再說甚麼，繼續向著前走去。

我口中絕不認輸，但是我的心情卻是十分沈重。因為我能夠重見天日的機會，實在太少了，我可能就此與世訣別，或是像張小龍那樣，永遠永遠地神秘失蹤，成為警局檔案中的懸案。

沒有多久，漢克又在一扇門前，停了下來，那扇門，竟立即自動地打了開來。漢克道：「張小龍就在裏面，你可以進去了。」

我立即向前跨出了一步。漢克又在後面冷冷地道：「你不妨記得，你在裏面的任何舉動，都瞞不過人的，通過曲光長程放大的觀測器，首領根本可以在他自己的房間中，數清你眼眉毛的數目！」

我並沒有理睬他，只是向前走去。

漢克所說的話，當然是真的，這扇門自動打開，便是這裏的一切，都有著遠程控制的證明。我走進了門，門便立即關上了。

我四面一看，這是一間很大的實驗室。實驗室中的一切，和張海龍別墅後園中那個實驗室大同小異。在左首，有兩扇門，一扇半開半掩，我先來到那一扇門前，向內望去。

只見裏面，是一間十分寬大的臥室，這時，正有一個人，坐在一張安樂椅上，將他的頭，深深地埋在兩手之間，一動也不動。

我看不清那人的臉部，只是從他雙手的膚色看來，那人是黃種人。

我心中暗忖：這人難道就是張小龍？

我伸手在門上，打了幾下，那門發出的是一種塑膠的聲音。用塑膠來作建築物的一部份，現在在地面上，剛有人提出來，但這裏卻早已採用了。

那人對我的叫門聲，並沒有任何反應。我側身走了進去，那人仍是一動不動地坐著。

我在他的前面坐了下來，這時，我已經可以看清他的面容了。而我一看清他的面容，便毫無疑問地可以肯定，他就是張小龍了。

他顯得十分憔悴，目光也相當呆滯，只有他嘴角的線條，可以顯示他是一個具有超人智慧的人。

他的面目，和張小娟十分相像。

我咳嗽了一聲，道：「張先生，我從你父親哪兒來！」他猛地抬起頭來，蓬亂的頭髮，幾乎遮沒了他的視線，他以手掠了一掠，定定地望著我。

我道：「張先生，你必須相信，我們是朋友。」

我絕不能多說甚麼，因爲我知道，如今在表面上看來，祇有我和張小龍兩個人在這間臥室中。但是事實上，卻正如漢克所說，若是有必要的話，人家可以數清我眉毛的數目。

張小龍定定地望了我一會，揚起手來，向門外一指，道：「出去。」

我站了起來，俯身向前，大聲道：「不，我不出去，非但我不出去，而且你必要聽我說。」張小龍沒有再說第三個字，衹是照原來的姿勢坐著。

我重又在他的面前，坐了下來，道：「我的身份，可以說接近一個私家偵探，我是受了你父親的委託找你的，經歷了如許想像不到的困難，終於見到了你，我感到很高興。」

張小龍不但不動，而且默然。

我又道：「令尊和你姊姊，他們都很好，除了想念你之外，他們並沒有甚麼煩惱。你姊姊一直肯定你生活得很愉快。直至最近，她才因爲心靈上奇妙的感應，而知道你遭到了麻煩。」

張小龍仍是不動、不語。

我耐著性子，道：「你知道我和令尊，是怎樣相識的麼？」張小龍自然不會回答我，於是我便自問自答，將大年三十晚上，在那家古董店中的事情，詳細地講給張小龍聽，我特別講得詳細，甚至囉唆得像一個八十歲以上的老年人。

因爲我知道，張小龍是不會聽我的話的，聽我的，另有其人，我要令得他們厭煩。

我足足不停地講了一個小時，才停了下來，拿起一瓶水來，一飲而盡。而在那一小時中，張小龍卻是連動也未曾動過。

我笑了笑，道：「你可知道這裏是甚麼地方？」

張小龍仍然不動。我又問了他許多問題，但張小龍卻祇是一言不發，連看也不向我看一下！

我知道張小龍爲甚麼不理我的原因。

那是因爲張小龍將我當作是這個野心集團的一份子。張小龍可能在最近才知道自己落在野心集團的掌握之中的，我相信張小娟的心口劇痛的那一次，就是張小龍在明白了自己的處境之後，心情極其痛苦的那一刹間。

可是，我又有甚麼法子，向張小龍表明自己的身份呢？我怎麼能向張小龍說真心話呢？因爲我在這裏的一言一動，不但立即有人看到、聽到，而且，說不定還被錄下了音，攝成電影，反覆研究！

我呆了好一會，才道：「好，你不願聽我的話，我也不來勉強你。」

我一面說，一面站了起來，向門口走去！

眞菌之毀滅

序言

校正刪訂完「妖火」的續集之後，相當感慨，在不少處，加了按注，說明當時屬於幻想中的情形，已成了目前日常生活中十分普遍的現象。

冬蟲夏草，真菌繁殖的設想，是第一篇科幻小說的題材，因此自己一直十分喜愛這個設想，讀者諸君如有興趣，不妨弄一枝「蟲草」來仔細觀察一下——模樣殊不可愛，但卻然能引起人的幻想力。

倪匡

第十二部：毀滅全世界的力量

來到了門口，我才停了一停，道：「我可能要回去，你可有甚麼話，要和你父親、姊姊說的？」

張小龍身子，又震了一震，這才抬起頭來，道：「他們怎麼樣了？」

我真想趁這機會，不顧一切，將我的身份，我心中所想的，全都和他一股腦兒，講個清楚。

但是，我卻知道這樣做了之後，反而會對我、對張小龍不利。

所以，我竭力使我的聲音顯得冷酷，道：「他們怎樣，那要靠你來決定了。」我的話中，微有威脅之意，那當然不是我的真心，而是為了滿足偷窺者而已。

張小龍自我進來之後，一直呆在那張椅子上不動，可是，我那句話才一出口，他突然之間，站了起來，抓起一隻杯子，向我擲了過來。

我身子一閃，那隻杯子，「乒」地一聲響，在牆壁上撞得粉碎。

他戳指向我大罵，道：「出去，滾出去，你們這群老鼠，不是人，是老鼠！」

他罵到這裏，面色發青，口唇發白，顯見他的心中，怒到了極點，在喘了幾口氣之後，又

「砰」地一拳，擊在桌上，道：「如果有可能的話，我要將你們，都變成真正的老鼠！」

他目射怒火地望著我。我問心無愧，自然不會感到難堪，我只是迅速地退了出去。

當我來到了實驗室的門口之時，那門自動地打了開來。

我退出了門外，門自動地關上，我聽得漢克的聲音，在我背後響起，道：「你的工作做得不好。」我聳了聳肩，道：「你不能要求一天造羅馬的。」

漢克的面色，十分冷峻，道：「有一位重要的人物，要召見你。」

我心中一凜，道：「是最高領袖？」

漢克一聲冷笑，道：「你別夢想見到最高首領了，他是不會見你的，要見你的，是他四個私人秘書之一，地位也夠高的了。」

我裝著不經意地道：「地位在你之上？」

這一問，實是令得漢克，感到了十二萬分的狼狽。如果他不是高傲成性的人，他可以十分簡單地回答：「是的，他地位在我之上。」

可是，漢克的地位不高，卻又偏偏不願意有人的地位比他高，他高傲的性格，令得他不肯承認地位比人低的這一事實。

但是，他卻又不敢胡說，因爲在這裏說錯了一句話的後果，連我都可以料想得到了，漢克當然不會不明白的。他面色呆了片刻，才含糊地答應了一聲。

我知道我這一問，更可以刺激他向高位爬上去的野心，這是我下的伏筆，可能一點作用也沒有，但也有可能，起意想不到的作用，我心中暗暗高興，跟著漢克，走進了升降機。

沒有多久，我們又站在一扇鋼門之前，門內響起了一個十分嬌柔的聲音，道：「進來。」

漢克推門進去，只見近門處，放著一張桌子，在桌子後面，坐著的一位小姐，竟是美麗的日本小姐，她向我們笑了一笑，道：「甘木先生在等你們。」

漢克板著臉，像是要維持他的尊嚴一樣。

我們又進了另一扇門，那是一個很大的會客室，在我進去的時候，我看到一張單人沙發上，坐著一個人。那人的臉面，我看不清楚，但是我卻看到他在閱讀一份「朝日新聞」。

我向那份「朝日新聞」的日子，看了一看，心中不禁暗暗吃驚，因爲這日子，和我日曆錶上的日子吻合。也就是說，他們雖然在海底，卻可以看到世界各地，當天的報紙！

我們進了會客室，那人放下了報紙來，向我們作了一個官樣文章似的微笑。

我向那人望了一眼，心中又不禁吃驚。

那是一個日本人。而且，他的裝束、神情，都顯出他是一個徹頭徹尾的日本軍人（第二次世界大戰時期的日本軍人）。同時，從他的神情中，我還可以肯定，他過去在日本軍隊中，有著極高的地位。我甚至感到十分面熟，像是曾看到過他的照片一樣。

他向漢克搖了搖手，漢克連忙躬身退了出去。

然後，他以英語向我道：「請坐。」我坐了下來，道：「你祖國有甚麼特別的新聞？」他似笑而非笑地道：「沒有甚麼，無聊的政客，發表著無聊的演說，沒有人檢討失敗的原因，天皇成了平民！」

我倒未曾想到一句話，會引起他那麼多的牢騷，他一定是屬於不甘願於日本在第二次世界大戰中失敗的那種最頑固的軍人了。

他頓了一頓，道：「我叫甘木。」我立即道：「我相信這一定不是你真正的名字。」甘木吃了一驚，神態也不像剛才那麼倨傲了，他身子向前俯了一俯，道：「你認識我麼？」

我其實並不認識他，而且，我感到他臉熟，也只是因爲他面上的那種典型的日本軍人的神情而已。

但是我卻點了點頭，道：「我知道你的時候，你正統率著幾萬人的大軍。」

我的這句話，實在說得滑頭之極。因爲我既然肯定他在軍隊中的地位頗高，當然可能統率過幾萬人的。他聽了之後，將身子靠在沙發背上，道：「那時，你是幹甚麼的？」

我笑了一笑，道：「遊擊隊。」

在日寇佔領下的任何地方，都有遊擊隊的，我講的仍是滑頭語。

甘木道：「馬來亞森林中的滋味不好嚐啊，是不是？」這是他自己透露出來的了。

我知道他曾在馬來亞服過役了。如果我能出去的話，要偵知他的身份，那是十分方便的一件事。我只要查閱日本馬來亞派遣軍的將官名單，對照他的相片，便可以知道他是誰了。

當時，我只是笑了一笑，而在那時，門開處，又有一個日本人走了進來。

我向那人一看之際，心中才真正地感到了吃驚。

因為那個日本人，我是絕對可以叫得出他的名字來的！當然，此際我仍不便寫出他的名字來。

但是，那日本人卻是一個世界知名的新聞人物，他過去是一個政客，曾經在中國活動，而最近，他的「失蹤」，曾使得世界各地的報紙，列為重要的新聞，有的消息，甚至說他在印度支那的叢林中死了，卻想不到他會在這裏出現！

（一九八六年加按：這個日本人神秘失蹤，直至今日仍然成謎。）

他走了進來之後，向甘木點了點頭，在我的斜對面，坐了下來。

甘木又欠了欠身子，道：「衛先生，當你見到他的時候——」甘木伸手向那後進來的人指了指，續道：「你應該知道，你要離開這裏的可能性，已經是很少的了！」我點了點頭道：「我知道，我知道得太多了。」他們兩人，滿意地笑了笑。

甘木一伸手，接連按了幾個掣鈕，嵌在牆上的三隻電視機，同時發出了閃光，不一會，三隻電視機的螢光屏上，出現了不同角度攝取的同一間房間的情形。我望了過去，那正是張小龍的房間。

張小龍正在焦急地踱來踱去，面上現出十分憤怒的神色。我們甚至於可以聽到他的呼吸聲。甘木和那著名的日本人，一齊向那三隻電視機看了一會，又將電視機關掉。

甘木道：「衛先生，你的工作做得不好。」

我立即道：「我沒有法子做得好的，你們不肯給我瞭解張小龍的機會，而且，我還根本不知道，你們要我勸服張小龍，是要張小龍爲你們做些甚麼？」

甘木冷冷地道：「那你不需要知道。」

我道：「那就怪不得我了，你們又要瞞住我，又要我工作做得好，那怎麼有可能？」甘木面色一沈，道：「我要提醒你，這裏的一切，全是以最嚴格的軍事行動來控制的。你既然到了這裏，也必須服從這裏的一切，不能完成指派給你的工作，你會有甚麼結果，你自己是應該知道的，是不是？」

老實說，在這樣的情形下，我當真不知道應該怎樣對付他們才好。

我曾經和國際知名的盜匪、龐大的賊黨，進行過你死我活鬥爭。但是，如今我面對的，卻是這樣一個掌握著尖端科學的野心集團。它的成員，絕不是盜匪，如果撇除了他們的野心不說，這些人，可能都是第一流的軍事家、政治家、組織家和間諜。

在他們面前，我感到我一個人實是無能爲力！

呆了半晌，我才道：「那算甚麼，我已經是你們間的一份子了麼？」

甘木笑了笑，道：「有時候，幸運的到來，是意想不到的。如果你能夠完成交給你的任務的話，你可以負一個相當重大的責任。」

甘木道：「以你過去的記錄來看，我們可以向最高當局，保薦你為遠東的警察力量的首長。」我聽了之後，不禁啼笑皆非，半帶著譏諷地道：「世界政權，已經得到了麼？」

甘木冷冷地道：「只不過是時間問題而已。」

這是一群狂人，但是當狂人已有了發狂的條件之際，那卻也是一件可怕之極的事情。甘木又道：「我獲得批准，讓你看一些東西。」

甘木伸手按了幾個按鈕，正中那架電視機的螢光屏上，突然出現了一片無邊無際的叢林，我根本認不出那是甚麼地方來，不一會，我便看到，在那叢林之中，有著一排一排，許多火箭。

在那些火箭上，都有著一個奇特的標誌，卻不同於美國或蘇聯火箭上的標誌。甘木道：「這是我們武裝力量的一部份。」

我道：「那是在甚麼地方？」

出乎意想之外，甘木竟立即回答我道：「巴西。但是發命令的地方，卻在這裏。這些是定向火箭，定向火箭的飛行方向，是根據地球磁角方向，永恆不變的。這些火箭，有的指向華盛頓，有的指向莫斯科，一聲令下，幾分鐘內，所有的大城市，便化為灰燼了。」

我不知道甘木所說的是不是有誇大之處。但是我卻記起了一件事實，若干年前，有兩個十分優秀的火箭彈道學家，一個被人謀殺，一個神秘失蹤，這件事並沒有弄清楚。

而那兩個科學家，他們曾經提出過，以地球固定的磁角方向，來製造專門對付某一地點的火箭，一旦發生戰事，只要照地名來按鈕，火箭便飛向永恒不變的方向。

我不知道在地面上，其他的國家是不是也已有了這樣的火箭。但我知道，甘木的話，至少不是完全沒有事實根據的。

我默然不出聲，甘木面有得色。

不一會，電視畫面上，又起了變化，林立的火箭消失了，我看到了一塊平地，像是一個飛機場，而在那塊平地之上，則停著許多圓形的東西。那些東西，因為我是在電視機上面看到的，而附近又沒有其他的東西，所以，我無法判斷它們的大小。

只是它們的形狀，十分像是世上所盛傳的飛碟。

我怔了一怔，道：「飛碟？」

甘木突然怪聲大笑了起來，道：「衛先生，至少你比任何地面上的人都先進，你明白了他們一直吵嚷著，所不明白的事情。」

我吸了一口氣，道：「甘木先生，你的意思是，自從第二次世界大戰以來，各地所出現的飛碟，全是……」我才講到這處，甘木又狂笑起來，接下去道：「不錯，全是我們的傑作。」

我心中的吃驚，又到了一個新的程度。

自從第二次世界大戰結束之後，來歷不明，去向不明的「飛碟」，曾經使得幾個大國的國防部傷透腦筋，也是人人皆知的新聞。

可是「飛碟」之爲物，究竟從何而來，有甚麼作用，卻一直沒有人知道。我相信，如果我僥倖能夠離開海底，回到地面去的話，那麼，這世上，怕只有我一個人，可以肯定地說出飛碟的來龍去脈了。

（一九八六年加按：這自然是對飛碟的假設，但二十多年前，飛碟是謎，現在仍然是謎，人類進步，有些地方，也慢得可以。）

我又呆了半晌，道：「這究竟是甚麼東西？」

甘木將背部舒服地倚在沙發背上，道：「很簡單，那就是我們的飛機。但是它的性能，是地面上的飛機設計師所不敢夢想的。」

甘木講到此處，點著了一支煙，吸了幾口，續道：「例如，不久之前，美國人有了U--15型的飛機，可以飛到脫離地心吸力的高度。但是我們的飛碟，早在七八年前，便已可以做到這一點了。」

我專注看電視畫面，只是一隻一隻的飛碟，密密排排，一個眼花，像是一大張蠶卵一樣，不計其數。我心中奇怪，雖然甘木表示看不起地面上的國家，但是，在地面上要闢出那麼大的一個停駐飛碟之所，而不爲各國所偵知，這幾乎是不可能的事。

我指了指，道：「那又在甚麼地方？」

甘木「哈哈」笑道：「那是南太平洋中的一個島，世界上任何地圖——除了我們的——都沒有這個島。」我不服氣道：「難道不會被人發現麼？」甘木道：「巧妙的僞裝，使得地面上落後的科學，難以發現。」

我不再說甚麼，甘木「拍」地一聲，關掉了電視機，道：「就是剛才你看到的那些世所未有的武器，也使你相信我們有足夠的力道征服世界了？」

我幾乎是立即搖了搖頭，道：「不！」

甘木面色一沈，「嗯」地一聲，我立即道：「如果你們已有力量征服世界的話，你們早已發動征服世界的舉動了，而你們如今，還未發動這樣的戰爭，可知你們，還未曾有這個力量。」

我一面說，甘木的神色，一路在轉變。等到我說完，他的面色，難看之極。而那個日本政客，則站了起來，在我肩頭上拍了拍，道：「你分析得不錯。」

那個日本政客的名氣十分響亮，也有人捧之爲「學者」的。但是我對之卻不曾有好感。我厭惡地讓開了身子，道：「請你不要碰我！」

他乾笑了幾聲，並不引以爲忤，道：「起先，我也和你一樣，不認爲這裏的力量可以征服全世界，但是甘木中將——」

甘木糾正他，道：「現在，我不是軍人。」

那政客微笑了一下，道：「甘木先生改變了我的看法。」我冷冷地道：「那是你的事情。」

甘木站了起來，走動了幾步，道：「我願意再進一步告訴你，我們有足夠的力量，去毀滅全世界——」我立即道：「關於這一點，我並不懷疑，你們可以毀滅全人類，你們也可以統治一個大廢墟，但是你們，決不能征服全人類，歷史上有多少狂人，想征服全人類，結果都倒下去了！」

甘木面色鐵青，道：「但我們可以改寫歷史。」

我望了他好一會，才道：「你如果有興趣寫歷史，你大可以關起門來寫，又何必和我來說上那麼多的廢話呢？」

我一面說，一面也站了起來。

甘木面上的怒容，已到了極點，他像一頭惡犬一樣，蹬蹬蹬地衝到了我的面前，兩眼閃著異光望著我，像是要將我吞了下去一樣。

我則若無其事地望著他。

因爲我知道，他們將我弄到這裏來，是有目的的，在目的未曾達到之前，他們絕不會使我受到損傷的，所以我絕不怕得罪甘木。

甘木揮舞著拳頭，像是想向我身上擊來，我冷冷地道：「甘木先生，如果你想動手的話，那麼我可以保證，在一分鐘之後，你將像一隻死蝦！」

甘木喉間「咕咕」有聲，他後退了一步，抓起了一隻電話的聽筒，看他的情形，像是準備吩咐甚麼人來對付我一樣。

但是，就在他拿起那個電話筒之際，旁邊的一隻電話，卻響了起來。我看到甘木面上神色，微微一變，連忙放下了原來取在手中的聽筒，取起了那隻來，聽筒中「嗡嗡」作聲，可以聽得出是一個人在不斷地講著話，但是卻聽不到在講些甚麼。

本來，我有一具十分精巧的竊聽器，可以利用來聽對方的講話的，但因爲我被莎芭綁到這裡來的時候，根本事先一點準備也沒有，所以一些有用的小器械，也根本未曾帶在身上。

我只看到甘木的態度，十分恭謹。

從這一點上，看得出打電話來的，乃是地位比甘木更高的人。我心中不禁怦然而動，因爲據漢克說，甘木在這裏，地位已經極高，乃是最高領袖的四個私人秘書之中的一個。

那麼，能令得他滿口道是，而且又態度如此恭謹的那個人，一定是這裏的最高首腦了！

我心中一面想，一面思忖著用甚麼法子，可以和這個最高領袖接觸。甘木在說了一連串的「是」字之後，已放下了電話。

他揚起頭來，面上的神色，十分尷尬，道：「請跟我來。」我道：「到哪裏去？」

甘木冷冷地道：「我不以爲你在這裏，還有自由選擇去處的可能！」

我聳了聳肩道：「走吧！」

我和甘木，一起出了會客室，那政客卻還留著不走。我們出了會客室，那美麗的日本女郎立即從她的座位上站了起來，爲我們開門。

那日本女郎的一舉一動，完全表現出她曾經過嚴格的儀態訓練。我猜想她原來的職業，大概是空中小姐，在這裏的人爲了搶劫甚麼人而製造的空中失事事件中，她也來到這裏，自然也不得不在這裏居住下來了。

我出了門口，回過頭來，向她一笑，道：「你好，要不要我告訴你的家人，你並沒有在飛機失事中死去？」我這樣說法，原是想證明我的猜想是不是正確而發的。

只見那日本女郎美麗的臉龐，突然成了灰白色，修長的身子，也搖搖欲墜。

我知道我的猜想不錯，同時也感到，我的玩笑有點太殘忍了。

我又沒有法子去安慰她，只得匆匆地跟在甘木的後面，走了出去。

來到了升降機的門前，等了片刻，升降機到了，有兩個人從電梯中走了出來，一見甘木，便立即站住了身子，等在一旁。

甘木只是向他們點了點頭，便跨進了升降機。那兩個人的襟前，都扣著紫色的襟章——和指揮漢克的那中年人一樣。

由此可知，甘木在這裏的地位，的確是非常之高，而且，我也已經料到，如今，他可能是帶我去見比他地位更高的人——這個野心集團的首腦！

果然，升降機在「十一樓」停了下來。我和甘木一齊走出，來到了那「死光燈」的面前。我曾經見過的中年人，及出現在死光燈的那一面，這一次，他手中握著一柄奇形怪狀的武器。

那種武器，看來有點像槍，但是我卻可以肯定，自這種槍射出來的，一定不會是子彈，而是其他我所不知的致命東西。

那中年人以這柄槍對準了我們的身後，事實上，我們的身後，並沒有人。

當時，我不明白他那麼做，是甚麼意思。但是我立即知道，他爲了要放我進去，必須將「死光燈」熄掉極其短暫時間。

而在那短暫的時間中，如果另有他人，想趁隙衝了進來的話，那麼他便可以以手中的武器應付了！

從這一點來看，這裏防衛的嚴密，也真的到了空前絕後的程度！

死光燈熄滅了，我明知在通過之際，絕不會有危害，但是在那十分之一秒時間中，心頭仍不免泛起了十分恐怖的感覺來。

我一經過死光燈，那強烈的光芒，便立即恢復，甘木並沒有進來，當我走出幾步時，回頭看去，他已經向後，退了回去。

這更令得我吃驚，因爲甘木的職位，乃是首領的私人秘書。但是看情形，他和首領，卻也不能隨便會面。那中年人跟在我的後面，道：「向前去，向左轉彎，在亮著紅燈的那扇門中走進去。記住，若是亂走的話，你隨時可在十分之一秒內，化爲灰燼。」

我道：「這樣死法，也沒有甚麼痛苦，是不是？」

那中年人陰森森地望著我，道：「誰知道呢？你要試的話，只管試一試。」

他話一講完，便退了開去。

我當然不想自己變成灰燼，因此我照著他所說的，向前走去，在向左轉了一個彎後，果然看到，在一排七八間房間的門上，有一扇，門楣上懸著紅燈。

我來到那扇門前，尚未曾打門，便聽得門內傳來一個人的聲音，道：「進來。」

我一聽得那人的聲音，心中不禁一驚，因爲那兩個字，乃是十分純正的中國國語！

我一旋門柄，抬起頭來，向內看去。

一看之下，我心中的好奇心，更是到達了沸點。

只見那是一間只有丈許見方的小室，室中只放著一張椅子和一隻茶几。茶几上有煙有茶。而那椅子對著的方向，則是一幅掛著帷幕的牆。

當我一開門之後，帷幕自動向兩旁拉開，我看到牆上，鑲嵌著許多儀表，許多明滅不定的小燈，和許多在轉動著的小輪子，看來像是有一具十分精細的電腦裝在牆上。

而除了這些之外，室內便更無一人。

我正在發呆間，只聽得在牆上的一個擴音器，又發出純正的國語來，道：「請坐，請你原諒，我只能在這樣的情形下，和你交談。」

我走前了幾步，坐了下來，道：「中國人？」

那聲音笑了一下，道：「當然不，這時你面對著的，乃是一具自動的翻譯語言的電腦，可以翻譯世界上三十九種主要的語言。」

我心中不禁苦笑！

因爲，我這時，的確知道這個實力如許雄厚的野心集團的首腦在講話。但是，我不但不能見到這個人，無法看清他是甚麼模樣的人。而且，他是哪一國人，我也是難以弄得明白！

通過了電腦，他的聲音，被譯爲純正的中國國語，他原來是操甚麼語言的呢？俄文？英文？法文？德文？日文？還是他本來就是一個中國人？

這時候，我當然不會去提出這樣的問題的。因爲我明知提出來也是沒有用處的。

那聲音又道：「我知道，你一定渴欲和我作真正的會面，是不是？」

我心中一愣，不明白他是如何會將我的心事知道得那樣清楚。我感到在那樣的情形，我也不必隱瞞，因此我便答道：「是。」

那聲音笑了一下，道：「只要你在這裏有了好的表現之後，我是可以賜給你這個榮耀的，但如今，我們只能以這樣的方式會面。」

我心中雖然十分氣憤，但是卻也無法可想。因爲這間房間中，只有我一個人，我想要發脾氣也無從發起，我總不能將那具電腦打爛的。

那聲音又道：「我剛才，聽到你和甘木的對話。」

我冷冷地道：「那是意料之中的事情。」在那一瞬間，我突然看到電腦上許多紅紅綠綠的指示燈，迅速地一明一暗，顯得電腦的工作，十分忙碌。

我燃著了一枝煙，那聲音又道：「你說，我們並沒有力量征服全世界，我不和你爭辯，只是想叫你看一個事實，我已經命令各地準備執行這一任務給你看了。你應該感到榮幸，因爲這將是震動世界的一件大事，但卻是因爲你不信我們的力量而發生的。」

我心中駭然，道：「你想作甚麼？是要毀滅一個城市，來使我相信你們的力量？」

那聲音道：「那還不致於如此嚴重，請你轉過那邊去。」我坐的那張沙發，本來就是可以轉動的，我向右轉了過去，只聽得「嗤嗤」連聲，整幅牆都向兩旁移去，現出了一幅極大的螢光屏來。

那螢光屏之大，也是使人驚奇的，它足有二公尺高，四公尺寬。

那聲音道：「這可以說是世界上最大的電視機了，而且，它的傳播是依靠世上的科學家，尚未能發現的一種特殊無線電波，所以可以不受距離的限制。你仔細地看看，可惜還不是彩色的，但是再過一兩年，便可以研究成功了——」

（一九八六年加按：這樣的大螢光屏，彩色的，早兩年已經出現。）

他一面說著，我已經看到，螢光屏上，光線閃動，不一會，一片汪洋，便已出現在我的眼前。而轉眼之間，畫面便由海洋之上，而轉到了海底下。

當畫面還停留在海洋之上的時候，我看出那是一個陰天，海洋雖不是波浪滔天，但卻也不十分平靜。然而海底是不受影響的。

我看到畫面上所出現的海底，已是十分深的深海，因為有一些魚類，是絕不能在淺海中看到的。

我到那時為止，仍不明白那是甚麼意思。

只聽得那聲音道：「這是大西洋底，你仔細看，甚麼東西來了？」

我用心凝視著螢光屏，只見遠處，有一條黑色的大魚，向前遊了過來。那條「大魚」的樣子，十分奇特，等到漸漸地近了的時候，我不禁目瞪口呆地從沙發上站了起來，指著螢光屏，想說甚麼，但是，卻又一個字也難以講得出口！

因為出現在畫面上的，並不是一條「大魚」，而是一艘潛艇。

而那艘潛艇，只要是稍為留心國際時事的人，一看便可以看出，那是屬於哪一個國家所有，是用甚麼力量來發動的。

潛艇平穩地迅速地在海底行駛著，我的吃驚，也到了空前未有的程度。因爲那種潛艇，是一個極強盛的國家的王牌力量。但如今，卻這樣赤裸裸地，毫無準備地暴露在人家的面前！

在我駭然之極的時候，只聽得那聲音道：「你看清楚了沒有，這是甚麼？」

我當時看到一個白色光芒，自海底冒出來。我直到此際，才大聲叫道：「停止！停止！我相信你們的力量了！」

但是，那聲音卻顯得十分冷酷，道：「不，衛先生，我很知道你的性格，說是不能服你的，一定要叫你看，現在，就請你看！」

潛艇仍然平穩地駛著，似乎根本未曾覺察到它已在極度的危險之中！而那灼亮的一團光芒，來勢比潛艇迅速得多。

因爲發出的光芒實在太強烈，在電視的畫面上看來，那只是白色的一團，就像以肉眼望向太陽一樣，根本難以看得清那究竟是甚麼東西。

前後還不到半分鐘，只見那灼亮的一團物事，已經貼在那艘形式優美的潛艇底部。

而接下來，百分之一秒之內所發生的事情，令得我緊緊地抓住了沙發的靠手，身子竟不住在微微地發抖！

只見那團灼亮的東西，才一貼了上去，那一艘龐大的潛艇，突然碎裂了開來，而且，立即成了無數的碎片，水花亂轉，畫面之上，成了一片模糊。

那艘世界知名的潛艇，竟這樣地被毀滅了。

直到海水又恢復了平靜，我才恢復呼吸。

畫面上根本已沒有了潛艇的蹤跡。

（這艘潛艇的失蹤經過，我想不必我來詳細地敘述了，因爲第二天，我在海底，看到了全世界的報紙，沒有一份報紙不將這件事列作頭條新聞的，只要是看報紙的人，都可以知道這件事了。潛艇的所有國，揚言要調查失事的原因，和打撈失事的殘骸。但是我知道這是做不到的事情，因爲在潛艇碎裂成那樣的碎片而沈在海底之後，能打撈到甚麼呢？）

（一九八六年加按：這艘潛艇的真正失事原因，一直未曾查出，我對有關人提起過，可是他們不相信。）

當下，我呆呆地站著，直到那聲音又響了起來，道：「你看到了沒有？」

我頹然地在沙發上坐了下來。在那瞬間，我感到前所未有的疲乏，我以一個人將要熟睡時的聲音和語氣，疲倦地道：「看到了。」

當我初入那海底建築物之際，我還想以自己一個人的力量，來摧毀那個野心集團的。但如今看來，我顯然是太天真了。

第十三部：同歸於盡的計劃

因爲，那野心集團的力量，竟是如此強大！要知道，那艘潛艇本身，便是毀滅性的武器，但卻在一秒鐘內，便被毀滅了。

我一個人，雖然有著極其堅強的信心，但是又有甚麼力量來對付這樣的一個掌握著高度科學技術的魔鬼集團呢？

那聲音得意地笑了起來，道：「如今，你已相信我們是有力量征服全世界，而不是沒有力量了？」我的聲音，仍是十分疲倦，道：「不。」

那聲音像是大感意外，道：「我願意聽你的解釋。」

我欠了欠身，道：「當你用到『征服』兩個字時。我表示不同意。但是你如果選用『毀滅』這兩個字，那我就同意了。」

那聲音沈默了好一會，才道：「衛先生，你不但是一個十分勇敢的人，而且具有過人的智慧。」

我對對方的盛讚，一點也提不起興趣來。

那是因爲我目前的處境，如今，對方即使說我是天神，我也依然是他們的俘虜！那聲音續道：「你的想法，和我、以及我的一部份部下相同，我們要征服，而不要毀滅。」

那兩句話，使我知道，原來魔鬼集團之間，也有著意見上的分歧，首領和一部分人，想要征服，但另有一些人，大概是主張毀滅的。

我勉力使自己發出了一下笑聲，道：「那麼，你只怕要失望了，因爲你們所掌握的科學，雖然如此先進，卻還未能做到征服人類的地步。」

我立即發現，那首領的談話藝術，十分高超，因爲在不知不覺中，我已給他引得他所要交談的話題上去了，他道：「不，我們已經有了這一方面的發現了，這也是你爲甚麼來到這裏的原因。」

我猛地一愣，想起了張小龍的發明。

同時，我也想起了霍華德的話來，我的心中又不禁產生一線希望。

因爲霍華德正是無端端損失了一艘如此卓越的潛艇的國家的人。

霍華德擔負的任務，又是維護全世界的安全。雖然未知魔鬼集團的真正實力和詳細的情形，但是，他卻已經料到了魔鬼集團要利用張小龍的發明。

由此可知，這個集團的一切，世上的人並不是一無所知的，或者，幾個大國的最高當局，可能也已掌握了不少的資料了。

我只能這樣地想，因爲唯有這樣想，我的心情才能較爲樂觀些。

我只是「嗯」地一聲，算是回答那聲音。

那聲音又道：「我們又不得不佩服中國人的智慧，因為自從有人類的歷史以來，最偉大的發現是中國人所發現的，張小龍發現了人體的秘密，發現了生物的秘密，我相信你已知道他發明的內容了？」

我是在霍華德處知道張小龍發現的內容的，我這時避而不答，道：「你與其佩服中國人的智慧，還不如佩服中國人的正義感更好些。張小龍的發現，是為了造福人群，而不是供你征服人類的！」

那聲音「哈哈」大笑了起來，道：「你又怎知道在我的治理之下，人類不會比現在幸福呢？難道你以為如今人類是在十分幸福的情形之下麼？」

我不出聲，對他作消極的抗議。

那聲音道：「所以，你必須說服張小龍，叫他大量製造能控制人心靈，改變人性格的內分泌液，作為並不是我們組織中的一份子，你能夠接受這樣的一個任務，是十分光榮的事。」

我笑了，真正地笑了，因為我感到十分好笑，道：「是不是事情成了之後，可以給我當遠東警察力量的首長？」

對方像是也聽出了我語言中的嘲弄。

那聲音轉為憤怒，道：「你必須去做，這對你和張小龍，都有好處。」我心中想了一遍，覺得目前唯一的方法，便是和他們拖下去。

所以我道：「我可以答應，但是那需要時間。」

那聲音道：「我們可以給你時間。」

我又道：「還有，不能有太嚴的監視。」那聲音停了一停，道：「也可以答應。」

我吸了一口氣，道：「有一個問題，如果你不生氣的話，我想提出來向你一問。」

那聲音道：「請問。」

我道：「你們連張小龍一個人都征服不了，卻在妄想征服全世界，你們難道不覺得自己的想法很可笑嗎？」那聲音呆了好一會，才道：「朋友，羅馬不是一天造成的，任何事情，都有它的第一步，也是最困難的一步，我們如今正在努力說服張小龍。」

我本來以爲我的話，可以令得那人十分窘迫的。但是我卻失望了，因爲那人的口才之好，遠出乎我的意料之外！當然，人能夠組織，領導這樣的一個野心集團，不論他的意向如何，他總是一個極其傑出的人才。

我頓了一頓，試探著道：「其實，你們何必強迫張小龍？」

那聲音立即道：「你這話是甚麼意思？是其他人也有了類似的發明麼？我們可以以最高的代價來獲取它。」

我道：「自然不是，我是說，你們掌握了張小龍全部的研究資料，大可以動員其他的生物學家，來幫你們完成這一任務的。」

那聲音道：「我不妨對你坦白說，由於工作上的疏忽，我們並沒有得到張小龍的研究資料！」

我一聽得那人如此說法，心中不禁大吃一驚！

我腦中立即閃過了一幕一幕的往事，那一晚，我在張海龍別墅中的事，先是我發現了張小龍的日記，將在實驗室中取到的一大疊資料，放在枕頭之下，接著，我看到了奇異的「妖火」，接下來便是電燈全熄，毒針襲擊，而當我再回到房間中的時候，那一疊文件不見了。

我如今，已可以確定兩件事：第一、那文件便是張小龍歷年來嘔心瀝血的研究資料。第二、施放毒針，謀殺了許多人的，正是這個野心集團。

照理，順理成章，那一大疊文件，自然也應該落在這個野心集團的手中才是。

但是，那人卻說沒有。

在如今這樣的情形之下，那人沒有理由不對我說真話的，我相信他的話。

那麼，那一大疊文件，又落在甚麼人手中呢？難道，在那天晚上，除了我和野心集團的人物在鬥智鬥力之外，還有第三者麼，這第三者，又是甚麼樣人呢？

在那片刻之間，我心念電轉，不知想起了多少問題來，但是我卻得不到答案。

那聲音像是十分感嘆，續道：「如果不是這個疏忽，我們得到了張小龍的研究資料，如今，也不必要你到這裏來了。」

我聽出那人的語意之中，像是願意和我詳細傾談，我便問道：「是甚麼樣的疏忽？」

那聲音道：「我們用一個巧妙的方法，使得張小龍以為他自己已得了嚴重的神經衰弱症。然後，我們又通過了一個心理醫生，將張小龍輕而易舉地帶到了這裏——」

我插言道：「這一切，看來不都是天衣無縫麼？」

那聲音道：「是的，但是，當張小龍到了此地之後，我們去搜尋他的研究資料，卻是一無結果。」我聽了之後，心中又不禁奇怪之極。

因為，張小龍的研究資料，就放在他實驗室的長檯之上，幾乎是任何人一進實驗室，便可以見到的。他們如何會找不到的？這其中，一定另外還有著我所不知道的曲折。

我沒有和他多說甚麼，只是道：「那當真是太可惜了！」那聲音道：「但是，你要明白，即使我們得到了資料，而沒有張小龍的協助的話。也是沒有用的。這就像一本好的外科學教科書，不能造就一個好的外科醫生一樣，動物的內分泌，是最神秘的東西，我們必須借張小龍的手，才能完成這一切。」

我道：「張小龍在你們這裏幾年了，你們是最近才向他表露了你們的意思的，是不是？」

那聲音道：「你知道的真不少，我不得不佩服你，但是你仍然必須聽從我的指揮。」我想了一想，道：「好，我再去試一試。」

我答應了他，那只是緩兵之計。

因爲我對這裏的一切，實在還太生疏，不知道應該採取甚麼樣的步驟才好。

那聲音道：「好，甘木會帶你到你的住所去，在那裏，你可以詳細地研究張小龍的生活、思想，以決定你的行動。」

我當時，還不能確切地明白那兩句話的意思，直到十分鐘後，我才完全明白。

因爲在十分鐘後，我被甘木引到了一間套房之中。那套房包括一間臥室、一個書房、一個小小的起居室，和一個美麗的女僕。

那女僕因爲太伶俐了，所以我一眼便看出她實則上，是負責監視我的。

而在那書房中，有著一具電視機，張小龍在他自己房中的一舉一動，一言一語，我都可以通過那具電視機，如同在他身邊一樣地看到，感受到，有時，當張小龍揮動拳頭之際，我甚至會產生他會擊中我的錯覺。

我決定甚麼也不做，先以幾天的時間，來看張小龍的生活情形，和儘量瞭解這裏的一切，以便作逃走的準備。

對於後一部份的工作，我幾乎沒有完成，我只是看出，那座設在海底的建築物，有著極其完善的空氣調節系統，令得空氣永遠是那樣地使人感到舒服、思想靈敏和精力旺盛，我相信一定有陰性電子在不斷地放出，使人的情緒開朗，工作能力增加。除了這一點外，我幾乎甚麼新的發現都沒有。因爲，每當我想出去的時候，那女僕便以十分溫柔動人的笑容和堅決的行動，將我擋了回來。使我想發脾氣也發不出來。

但是，在接下來的三天中，我卻不是一點收穫也沒有，至少，我對張小龍有了一定程度的瞭解。

張小龍是一個真正的科學家，耿直、正義，他具有科學家應該具有的一切美德，他在以絕食進行抗議，然而，我看出他的絕食不起作用，因爲每天有人來爲他注射，三天來，他也絲毫未見消瘦。

他曾大聲叫嚷，決不容許他的發明，爲侵略者所利用——從這一點來看，張小龍根本不明白自己是處在甚麼樣的環境之下，他一定以爲自己是在某一個大國的控制之中。然而，張小龍也有著十分真摯的感情，因爲當他喃喃自語，提及老父和他的姊姊時，他又會不由自主的淚水盈眶。

我像是坐在張小龍身邊一樣地看清楚了張小龍的性格，也使我心中下定了決心：我一定要救張小龍出去！我個人的力量，難以和整個野心集團相抗，但是我想，如果盡我所能的話，救張小龍出去，只怕還有一二分的希望。

三天之後，我向甘木提出，我願意再去見張小龍。這一次，甘木派人將我帶到張小龍的房間前面，我在張小龍的房門前，呆了幾分鐘。

我想不出用甚麼話來和張小龍交談，方始能不被人家聽得懂。

我知道這裏的中國人，可能只是我和張小龍兩個，如果我用一種冷僻的中國方言和張小龍交談，那麼，超性能的電腦傳譯機也必然將束手無策。

張小龍是浙江四明山下的人，我決定一進去，便以四明山一帶的土語，與之交談，那是一種十分難懂的方言，即使是在離四明山二百里以外的人聽來，也像是另一國的語言一樣。

我推開門，走了進去。

出乎我意料之外地，張小龍正伏在實驗桌前，正在進行一些甚麼工作，我咳嗽了一聲，就以我想好的那種土語道：「我又來了，你不要激動，聽我詳細地和你說說我們兩人的處境！」

張小龍本來，正全神貫注地在從事著他的工作，我進來的時候，他根本是知道的，但是卻一動也不動，直到我一出聲，他身子才猛地震了一震，轉過身來，以十分奇特的神情望著我。

他望了我足有半分鐘，才道：「出去!出去!快出去！」他用的語言，正是我用的那種，我立即道：「我不出去，因爲你不知道我究竟是甚麼人，而當你知道我是甚麼人的時候，你就不會趕我出去了！」

張小龍的面上神情，十分惶急，他的兩隻手，似乎在發抖，我看到他以一隻塞子，塞住了一根試管，那試管中，約莫有著三CC的無色液體。他將那試管塞住了之後，才鎮定了些，道：「那你快到我的房間去，我立即會來看你的。」

我的鄉談，顯然使得他對我的態度改變了。

我十分高興，逕自走進了他的睡房中，坐了下來。

我坐下不久，便看到張小龍一面抹著汗，一面走了進來。我已經說過，這裏的空氣調節系統，十分完善，正常的人，在適宜的溫度之下，是絕無出汗之理的，但張小龍顯然是有甚麼事，令得他十分緊張。

他一進來，便指著我道：「危險，危險，危險之極！」他一連講了三個「危險」，最後一個，並且還加強了語氣。一時間，我也難以明白他確切的意思是甚麼。

他在我的對面，坐了下來，又望了我一眼，眼前突然現出了懷疑和憤怒的神色，道：「你是甚麼人？你以爲用我故鄉的方言和我交談，便可以取信於我了麼？」

我淡然一笑，道：「你是不是信我，那是你的事情，我用這種方言與你交談，是因爲不想我們的談話內容，給任何第三者知道。」

張小龍仍然以十分懷疑的目光望著我，我不去理會他，開始自我介紹起來，而且，立即開始敘述和他父親會面的經過，接著，便以十分簡單的句子。說明了我到這裏來，也是被逼的，但是我卻有信心，和他兩人，一齊逃出去！

同時，我告訴他，這裏是一個野心集團，有著征服世界的雄心，他們並不屬於如今世上的任何一個國家。

我在講的時候，故意講得十分快，而且，語言也非常含糊。

我和張小龍的講話，當然會被錄下音，但由於我講得又快又含糊，所以，除非他們能夠找到一個四明山下的人，要不然，任何電腦，都將難以弄得明白我和張小龍在說些甚麼。

張小龍等我講完，又望了我半晌，才道：「我憑甚麼要相信你的話？」

我不禁倒抽了一口冷氣，我將有關張小龍性格的一切因素都作了估計，但是我卻忽略了一樣：他那份科學家特有的固執！

我只得道：「沒有辦法，你必須相信我。」

張小龍道：「事情到如今爲止，我不能相信任何人了。就算我相信你的話，我也不能同意你的辦法，你身手矯捷，行動靈敏，你可以設法一個人逃出去，我自有我的辦法對付他們的。」

張小龍在講那幾句話的時候，態度十分嚴肅，而且，神情也十分激動。

這使人看得出，他講那幾句話，並不是講著來玩的，而是有爲而說的。但是我實難想像張小龍會有甚麼辦法來對付他們。

我道：「你不必固執了，你能夠對付他們的，只不過是沈默或是絕食，那是毫無用處的事情。」張小龍昂起頭來，道：「我沒有必要向你說明我的辦法，我看你如果一個人要走的話，要快點走才行，最好是在五天之內。」我又高聲道：「我一個人不走，我要和你一起走。」

張小龍「砰」地在桌上拍了一下，喝道：「我不走，我要留在這裏，對付那些人面獸心的東西！」

張小龍在講那幾句話的時候，神情更是激昂，像是他手中持著一柄寶劍，一劍橫掃，便可以將所有的敵人，盡皆掃倒一樣。

我嘆了一口氣，道：「你不走，令尊一定會十分失望，十分傷心了。」

張小龍呆了一會，道：「不會的，他非但不會難過，而且還會將我引為驕傲。」我聽得他這樣講法，不禁也無話可說了。

我們默默相對了片刻，我道：「那麼，我是否能聽聽你的計劃呢？」張小龍斬釘截鐵地道：「不能，你出去吧，你也不必再來見我了！」

我又呆了一會，才嘆了一口氣，站了起來，道：「張先生，這是十分可惜的事。雖然我連自己，也根本沒有逃出此處的把握，但是我到這裏來，卻是受令尊所託，要將你帶出去的。」

張小龍的面色，顯得十分嚴肅，只聽得他沈聲道：「你還不知我父親的為人。」

我不禁呆了一呆，道：「這是甚麼意思？」

張小龍道：「我父親一生，最注重的，便是他家族的聲譽，如果他知道他的兒子十分光榮地離開了他，他一定會感到高興，更勝於難過的。」

關於張海龍之注重家族聲譽這一點，我自然毫不懷疑地同意張小龍的說法，因為如果不是張海龍過份地注重家聲，那麼張小龍失蹤案件，也早已交給了警方處理，而不會落在我的身上了。

我又呆了片刻，心中迅速地轉著念頭。

我已經聽出，張小龍像是準備和這個魔鬼集團同歸於盡。當然，野心集團的觸鬚，可能遍佈全世界各地，但是，只要這個海底建築物一毀滅，那麼，蛇無頭不行，這個野心集團，也會自然而然解散的。

然而，張小龍只是一個「文弱書生」，又毫無對付敵人的經驗，他落到了野心集團的手中，似乎命定了只有被犧牲的份，怎能談得上和敵人同歸於盡？

我一面想，一面望著他，只見他面上的神態，十分堅決，像是對他心中所想的，十分有把握一樣。

我又試探著道：「和敵人同歸於盡，是逼不得已的辦法，我們如果有可能的話，何不將敵人消滅了，再自己逃生？」

張小龍呆了片刻，道：「多謝你的好意，但我知道沒有這個可能。」我剛才的那幾句話，其試探作用是多方面的。第一、試探張小龍是否真的要與敵人同歸於盡；第二、我試探張小龍是不是真的已經掌握了可以和敵人同歸於盡的方法；當然，如果可能的話，我還想知道，那究竟是甚麼方法？

從張小龍的回答中，我得到了兩個肯定的答案，他的話，很明顯地表示出，他不但有與敵人同歸於盡的決心，而且，已掌握了同歸於盡的方法。

只不過那是甚麼方法，他並沒有說，我自然也不可能知道。

而且，那正是我最百思不得其解的一件事。在這座龐大的海底建築物中，有著至少上千個人，上千個房間，有著最嚴密的守衛，也有著最新式的武器。即使是調動世界上最精銳的軍隊進攻，只怕也不容易將之完全毀滅，而張小龍，他卻那麼肯定……

霎時之間，我心中不禁替張小龍可憐起來。

張小龍顯然是沒有辦法和敵人同歸於盡的，他之所以如此說法，而且態度又這樣的肯定，那可能是因爲他心中太想和敵人同歸於盡了，以致在心理上產生了一種病態的幻覺，認爲他自己的確有力量，來和敵人同歸於盡。這種病態的心理現象，往往是導致一個人神經錯亂的先聲。我一想到這一點，不禁更爲張小龍擔心起來！因爲事情發展的結果，極可能是他自己自殺死了，但是在死前的一剎那，他卻還以爲自己已和敵人同歸於盡，而感到極大的滿足！

我想到此處，心頭更泛起了一股寒意。

我不再想下去，也不再說下去，只是默默地轉過身，向門口走了出去，到了門口，我才道：「我還會再來看你的。」

張小龍道：「你不必再來看我了，而你自己，如果能夠逃出去的話，也最好就在這幾天內逃走，要不然，我的毀滅行動一開始，你就也難免了！」

我心中大是吃驚，當然，我的吃驚，不是因爲張小龍的話，而是因爲他講話時的那種神態。他分明已經有了顛狂的傾向！

我沈聲道：「張先生，你要鎮定些，事情總會有辦法的。」

張小龍的眼中，突然閃耀出智慧、勇敢和堅定交織的光芒來，道：「在你來說：『事情總會有辦法的』這句話，只不過是一句十分空泛的話，但是在我來說，這句話卻是可以實現的。」

我呆了一呆，道：「張先生，這樣說來，你已經有了具體的行動計劃。」

張小龍的回答，十分簡單，只有一個字，道：「是。」我不得不直接地提醒他，道：「張先生，你不覺得這只不過是你心中的空想？」

張小龍迅速地回答道：「在科學家的心中，是沒有空想的，只有計劃，將自己所設想的變成事實。」我道：「你明知道，那是不可能的事！」張小龍倔強地昂著頭，並不理睬我。

我吸了一口氣，道：「好，算你以爲可能，我相信我們兩人的交談，在這裏，不會有第三個人聽得懂的，你的計劃如何，爲甚麼你自己一定不能脫險，你可以和我說上一說。」

張小龍搖頭道：「不，這件事，只允有我一個人知道。」我正在對他的固執，感到毫無辦法之際，忽然心中一亮，想出了一個對策來，立即道：「張先生，你不肯和我講你的計劃，而你又要和所有的敵人，同歸於盡，那麼，令尊怎樣才能夠知道你是如此光榮而死的呢？」

張小龍呆了好一會，道：「我會有辦法的，在我的計劃實施之前，我會將它的內容，簡略地寫在一張紙上，將紙放在一隻空瓶中，浮上海面去，這隻空瓶可能在一個海灘上登陸，那麼，我的行動，便自然也可以爲世人所知了。」

我的「妙計」又落了空。到了這時候，我已真正難以再勸得醒張小龍了。而且，根本連我自己也沒有逃走的把握，就算勸得張小龍肯和我一起走了，那又有甚麼用處呢？

所以，我不再說甚麼，出了張小龍的房間，經過了他的實驗室。剛出實驗室我便不禁一呆。只見兩個持著我曾經見到過的那種似槍非槍的神秘武器的人，正在等著我，我一出去，他們便以槍口對準了我，喝道：「走！」

我陡地一呆，道：「這算甚麼，我不再是受託有重要任務的貴賓，而是囚犯了麼？」

那兩個人道：「我們不知道，我們只是奉命，押你去見首領。」

我聳了聳肩，雖然，那兩人離得我如此之近，我要對付他們，絕不是甚麼難事，但是目前，我卻還沒有這樣的打算。

我被這兩個人押著，向前走去，不一會，來到了一間房間中，我看到了一個我沒有見過的人，那人在我的眼睛上，蒙上了一層厚厚的黑布，使我甚麼都看不到。

我的心中，只是在驚疑他們準備對我怎麼樣，而並不害怕。

因爲我知道，如果他們要殺我的話，那實是最簡單不過的事情，絕不用那麼費周章的。

我被蒙起了雙眼之後，又被人帶著，走出了那間房間，有兩個人，一左一右，扶住了我的手臂，在向何處走去，我並不知道。

我只是計算著時間，幾乎按著自己的脈搏，數到了七百三十次，也就是說，約莫過了十五分鐘光景，便停了下來，我聽得一個聲音道：「將他面上的黑布除下來。」

我一聽得那聲音，心中不禁爲之一愣。

是那純正的國語，是那熟悉的聲音，我不等身旁的兩人動手，兩臂一振，將兩人推了開去，一伸手，扯下了蒙在我面上的黑布。

我以爲我一定可以看到這個野心集團的首腦了，怎知我料錯了，我仍然對著那一副電腦傳譯機，也仍然是在我以前到過的那間房間中！

我難以抑制我心中的怒意，大聲道：「這是甚麼意思，將我這樣子帶到這裏來，是甚麼意思？」

那聲音道：「是懲戒，衛先生，這是最輕的懲戒。」我抗議道：「懲戒我甚麼，是我辦事不力麼？」那聲音道：「你辦事是否出力，我們不知道，因爲你和張小龍之間的談話，我們無法聽得懂。」

我心中暗暗歡喜，道：「我用的是張小龍故鄉的土語，我相信這樣，更可以打動他的心。」

那聲音道：「那完全由得你，你和張小龍的談話，我們已全部錄了音，你回到你的房中之後，我們會開放錄音機給你聽，你要用英文將每一句話，每一個字都翻譯出來，我們不容許你弄甚麼狡獪，你要知道，要找一個聽得懂你所說的那種方言的人，並不是甚麼困難的事，你可知道麼？」

我心中又暗暗吃驚，他們要找一個聽得懂四明山區土語的人，當然不是難事，大約至多只要兩三天，便可以成事了。

而且，即使我照實翻譯了我和張小龍的對話，他們也一定會這樣做的，因爲他們實際上並不相信我。而我卻並不準備照實翻譯，而且準備胡謅一道。

我的胡謅，大約在三天之內，可以不致被揭穿，而張小龍給我離開這裏的限期，也是三天。

也就是說，三天之內，我再不想辦法離開這裏的話，我將永遠沒有機會離開這裏了。

三天，對於焦急地等待甚麼事情來臨的人，可能是一個十分漫長的時間，但是在如今這種情形之下，對我來說，三天的時間，實在是太短促、太短促了。

我心中一面想，一面道：「自然，你不要我翻譯，我也早準備翻譯的了！」那聲音立即道：「這樣說來，你在和張小龍交談之前，便已經知道我們聽不懂這種語言的了？」

我心中一驚，道：「正如你所說，要找一個聽得懂這種方言的人，不是難事。」那聲音道：「自然，我們會找的！」

我站了起來，道：「我可以不蒙上黑布，不由人押解，而回到我自己的房中去了麼？」

那聲音道：「可以了！」

那兩個押我前來的大漢，早已離了開去，這是我已經注意到的了。

因為，雖然我在離開這間房間之後，仍然會不可避免地被監視，但是沒有那兩個虎視眈眈的大漢在旁，我總可以比較自由地觀察我所處的環境，和尋找我逃走的可能性。

所以，我在一聽得那聲音說我不必再由人押解，便可以回到我的房間中時，心中便暗暗高興。我立即站起來，向門外走去。

我剛一到門旁，便聽得那聲音道：「你在回到你房間的途中，最好不要多事，因為我們還不希望你成為一撮灰塵！」

我苦笑道：「你以為我能多事甚麼？」

那聲音冷冷地道：「那就在乎你自己了。」

我不再說甚麼，打開了門，走了出去。沒有多久，我便來到了那放射死光的地方，那中年人持著武器，監視著我，走出了禁區。

我雖然曾兩入禁區，但是這個野心集團的首腦，究竟住在何處，是何等樣人，我卻是一無所知，因爲兩次，我都是對著電腦傳譯來和他交談的。

出了禁區，我來到了升降機的面前，沒有多久，升降機的門，打了開來。

我忽然想起，這個龐大的建築物的每一個角落，都裝有電視傳真器，可以使得那首腦足不出戶，便能知道所有的動態，掌握所有的資料。

但是，在這架升降機，卻不一定也裝置有電視傳真器！

因爲升降機並不大，四壁十分平滑，其間，絕不能藏下電視傳真器的。我心中不禁怦怦亂跳起來。因爲我的設想，如果屬實的話，那麼，在這個建築物中，這升降機，乃是一個死角！

（一九八六年加按：升降機中的閉路電視傳真，如今普遍到了甚麼程度，不必細表了。）

固然，在這座龐大的海底建築物中，可能根本不止一架升降機，然而，這架升降機，卻可以給我利用來做許多事情！

我一面心念急轉，一面跨進了升降機。機內只有我一個人和司機。我打量著那個年老的司機片刻，然後，以日語說出了我所要到達的層數。

司機回望了我一眼，默默地按著鈕，升降機迅速地下降著。

大約過了不到兩分鐘，那司機忽然道：「你是新來的吧！」他講的自然也是日語，但是卻帶有濃厚的北海道口音。

我立即也以帶著和他同樣鄉音的聲音道：「是的，從北海道來。」那司機出神地道：「北海道，北海道，不知怎麼樣了。」我道：「還是那樣，你離開家鄉，已經很久了吧！」

那司機嘆了一口氣，道：「我——」

然而，他只講了一個字，電梯便已經停了下來，他也立即住口不言，我更不再問他，便走了出去，當我跨出升降機之際，我心中高興到了極點！

因爲我的料想，已經得到了證實！如果升降機中，是有電視傳真器，或是傳音器的話，那麼，那老司機是絕不敢和我講話的，這觀乎他在升降機一停之後，便立即住口一事，便可知道了！

我雖然只有兩三天的時間，來準備我的逃亡，但在這兩三天中，我可以有許多次單獨在升降機中的機會，我一想到「單獨」，便不期而然地想起了那個年老的升降機司機來。

我本來是急急地向前走著的，但這時候，我一想到那司機，我的心中，突然閃過了一個十分大膽的計劃，在那一瞬間，我不由自主，停了下來。

當然，我只是停了極其短暫的一瞬間，因爲我不想被任何人知道在忽然之間，我心中有了一個重要的決定。

我回到了自己的房中，剛一坐下，便有人叫門，來人將一具錄音機和一大盤錄音帶交了給我，我一面放著錄音帶，一面捏造著和原來的談話絲毫無關的話，算是我在翻譯我和張小龍談話的內容。

但是同時，我心中卻在思索著，我剛才突然所想到的那個大膽的計劃，是否可行。

這個野心集團所掌握的尖端科學，毫無疑問，超乎如今世界的科學水準至少達三十年之多，但是他們卻還是沒有辦法，窺測一個人的思想，我在想甚麼，他們是不知道的。

我首先想到的，是那個升降機司機的容貌，是最普通的一種，你可能對他凝視大半天，但是當他離去之後，你還是說不出他面上有任何特徵來。

這正是對我最有利的一點。

我剛才，在跨出升降機之際，突然有了這樣一個大膽的計劃，也正是這一點所啓發的。因爲我自信自己的觀察力，並不亞於任何人。但是，在我跨出升降機，想起那司機的時候，我卻無法形容出他的樣子來，只可以說他，滿面皺紋而已！而皺紋，則是可以用最簡單的化裝，加在面上的！

說穿了，也很簡單，我的計劃的第一步，便是將自己化裝爲那個升降機司機！

那個司機，每天和這個龐大建築物中的人會面，但是我想，大約沒有甚麼人去注意他的神態，更沒有甚麼人會去和他交談。每一個人，跨進升降機，總只不過是說出自己所要到的層數就算了。

第十四部：逃亡

當然，我也曾考慮到，如何處置那個司機的問題，那只好暫時委曲他了，因爲我已經注意到，那升降機是多年之前漢堡的出品，式樣十分舊，是頂上有一個洞可開的那種，我可以將那個司機從那洞上塞上去，讓他留在升降機的頂上。

而當我搖身一變，成爲一個司機之後，我便可以有機會自由來去，觀察去路了！

我身邊總帶著一些十分靈巧的化裝工具，要化裝成那個司機的模樣，我相信只要在三分鐘之內，便可以完成了，問題就是我要有三分鐘單獨的時間，不能被人發現。

因爲我心中在竭力地思索著我逃亡計劃的第一步，所以，我口中雖然在不斷地說著，但是說些甚麼，我卻連自己也不知道。

等我將第一步計劃，思索得差不多之際，我便站了起來，自答自問。

我自言自語道：「噢，有一件事，我必須去見一見甘木先生。」

我自然知道，我在這間房間之中所發出的每一個字，立即便有人會聽到的。當監視我的人，聽到我要去找甘木，他自然不會去阻攔了。

所以，我一面說，一面便向門外走去，出了門，我直向升降機走去，同時，我伸手入西裝上衣的一個秘密口袋中，略爲摸索了一下，我所需要的化裝品全在，我可以利用那些化裝品，完全變成另外一個人！

當我等著升降機到來之際，我的心情，也不免十分地緊張。

沒有多久，升降機的門打了開來，裏面只有那司機一個人。我心中暗暗慶欣，連忙跨了進去，直到門關上，我突然一伸手，已經拿住了那司機的腰眼，緊跟著，我左掌輕輕地在他的頭際一砍，他整個人，便已經軟癱了下來，倒在一角。

我連氣都不透，按了最下層的按鈕，讓升降機向下落去，然後，我以快到不能再快的動作，將自己的衣服，和司機的衣服對換。

令得我十分欣慰的是，那司機的身材，和我差不多，我一和他換完衣服之後，便踮起腳來，頂開了升降機頂上的那個小門。

從那個洞望上去，可以看到升降機的頂上，有一盞紅燈，粗大的鐵纜，正像怪蛇一樣地在蠕蠕而動，我將司機自那洞中，塞了上去，又將小門關上。

這一切，化了我兩分鐘。

而升降機早已到了底層，門自動打了開來！我是還未曾化裝的，因此門一打開，我便變得隨時隨地，可以被人發現的目標了！

我連忙一側身，幸而，那一條走廊上沒有人，升降機門的一開一台，只不過十秒鐘。然而那十秒鐘，卻長得令人感到是整整一世紀！

我連忙又按了最頂層的按鈕，令得升降機向上升去，然後，我開始化裝。

又過了兩分鐘，我就成了一個滿面皺皮的老人。

當我化裝完成之後，如果令那個司機，站在我的旁邊，可能任何人都可以一眼便分出我和他原人的不同之處來的。

但是，當我一個人，穿著司機的衣服的時候，我相信，我就是那個不能給人以任何深刻印象的老司機了，沒有人會注意我和他之間，有甚麼不同之處。

我才在面上，劃完了最後一道皺紋之際，升降機突然響起了鈴聲，那是有人要使用升降機了，我連忙將升降機開到有人召喚的那一層。機門打了開來，我抬頭一看間，心頭的緊張，不禁又到了極點！

站在門口的，不是別人，正是甘木！

我的計劃，已經面臨了一個嚴重的考驗。甘木和那司機，同是日本人，如果甘木也不能認出我來的話，那麼，我的計劃，總算已成功了第一步。但如果給甘木認出的話，那就完了。

門開後，甘木立即問道：「剛才是不是有人進來過？」

我知道他問的是我。這證明他沒有認出我。

同時，我也知道，我在房間中的自言自語，已給監視我的人聽到，並且立即轉告甘木，說我要去找他。但是五分鐘後，當甘木發現我還沒有到，他便立即在搜尋我了！

從這一點上，也可以看出這個野心集團組織之嚴密，和辦事效率之高，也是到了空前的地步！

我低著頭，道：「有，不久前，就在這一層走了出去。」

甘木和我講的是日語，我也以日語回答他，當然，我的聲音十分蒼老，而且帶著濃厚的北海道口音。如果說我的化裝不是天衣無縫的話，那麼我的聲音，卻是已摹仿到了維妙維肖的地步。

甘木根本連看都不看我一眼，因爲他是首腦的私人秘書，地位極高，但是我，卻只不過是一個卑不足道的升降機司機而已！他只聽到了我的聲音，便再也不會懷疑我的身份了。

甘木「嗯」地一聲，轉過身來。只見一個人匆匆地走了過來，道：「沒有發現，不知他到甚麼地方去了。」甘木又呆了半晌，道：「難道他誤推了有藍點的門？」那人道：「不會的，如果是這樣的話，他固然化灰了，我們也一定可以收到警號的。」

甘木向我揮了揮手，我連忙彎腰。又有人在召喚升降機了，我便將升降機開了上去。

我心中的高興，實是難以形容！

因爲我不但過了第一關，而且，我還知道，有著藍點的門是危險的，是不可推動的。

我完全擔任司機的任務，達三小時之久。在那三小時中，在升降機上出入的人，都顯得十分匆忙，我見了甘木不下五六次之多，他的面色，一次比一次來得焦急。

我曾聽得他對他人說：「一個人在這裏消失，而不爲人所知，是不可能的事。」當他講這句話的時候，老天，我就在他身後半步處！

三個小時之後，升降機停在底層，一個和我穿著同樣衣服的人，走進了升降機，在我肩頭上拍了一下，道：「該你休息了！」

我含糊地應了一聲，便走了出來。

我計劃的第一步完成了，現在開始第二部份，但是一開始，便遭到困難。

我如今是一個休班的升降機司機，當然要休息。但是，我卻不知道自己，是住在甚麼地方的！我抬頭仔細打量四周圍的情形，只見那是一條極長的走廊。

在走廊的兩旁，全是一扇一扇的門，那情形就有點像如今的大廈一樣，但是每一扇門，全都關著。我當然不能去找人來問，問我自己住在甚麼地方，因爲這樣一來，便露出馬腳來了。

我只好慢慢地走著，用最慢的速度，希望遇到甚麼人，自動和我搭訕，同時，我又仔細地看著每一扇門，希望門上有甚麼標誌。

但是過了很久，我卻未曾遇到甚麼人，也沒有在門上看出甚麼線索來。

當我將要來到了走廊的盡頭之際，我才聽得身後有人叫道：「久繁！久繁！」

我不知道「久繁」是甚麼人，但是我卻聽得出，這是一個日本人的名字，我心中不禁一動，這是不是在叫「我」呢？

因此，我連忙停了下來。

我還未曾轉過身，肩頭上便被一個人，重重地擊了一掌。這一定是一個喜歡惡作劇的傢伙，要不然，他招呼人的時候，絕不會下手如此之重的。我假作一側身，幾乎跌倒，然後口中咕嚕了一聲。

那人道：「久繁，下班了，再去喝一杯吧。」

那人果然是在叫我，我的名字，現在是「久繁」。我點了點頭，道：「好。」那人「格格」笑了起來，道：「甘木，你的同鄉，送了一瓶美酒給你是不是？」

我仍然含糊地道：「是。」那人道：「那麼，今天在你那裏乾杯了？」

他的話，正中我下懷，我立即道：「好！」

那人興高采烈地走在我的前面，我倒反而跟在他的後面。他和我講了許多句話，但是他是甚麼樣人，我也沒有看清楚，這說明他和「我」——久繁，一定是太熟了，熟到根本用不著一面講話一面望著對方的地步，而如今他一定也不知道帶著一個根本不識路途的人，在到久繁的房間中去。

沒有多久，他便在一扇門前，用力一推。

那門竟是開著，被那人應手推了開來，門一開，裏面的燈光，便著了起來。

足。

我看到房中的陳設，十分舒適，我知道在這裏的人，物質生活，一定可以得到高度的滿

一進了房間，我將門順手關上。那人也轉過了身來。

他一轉過身來，便望定了我。

我可以斷定他也是日本人，約莫三十多歲，身上所穿的，是工程人員的衣服，他望著我的面，而他的神色，則怪異到了極點！

我知道那人已經看出了站在面前的人，和真正的久繁的不同之處。

但是我從他的神情上看來，卻又可以知道他心中，並不能肯定我不是久繁。那是因爲久繁的模樣，實在太普通了。普通到了雖然久繁和他極熟，但是卻也不能在他的臉中留下甚麼明確印象的緣故。更何況，我的化裝，至少也有四五分相像。

那人揉了揉眼，以手在額角上拍了拍，道：「老天，你是久繁麼？」

我心中一方面十分緊張，一方面卻暗暗好笑，道：「你以爲我是甚麼人？唉！」我一面說，一面以手去搥自己的腰骨。

我曾經觀察過久繁的許多小動作，而搥腰骨則正是他作得最多的小動作！我才搥了兩下，他便道：「你真是久繁，我們才一天不見，你好像變了！」

我道：「那怕是你對我本來就沒有甚麼印象吧！」那人搖頭道：「不！不！酒在那裏？」

酒在哪裏？這一問可問得不錯，酒在哪裏？我怎知道？我只好在人們習慣放酒的地方去找，不一會，就給我找出一瓶威士卡來。

那人也不等我去拿杯子，一手將酒搶了過來，「嘓嘟」、「嘓嘟」就喝了兩大口，一面喝，一面叫道：「好酒！好酒！」叫完又喝，轉眼之間，一大瓶酒，已喝去了一大半。

我這才想起，我應該止住他了，因為我現在是久繁，久繁一定也是一個酒鬼，焉有酒鬼任人喝酒，而不去搶過來之理？

所以，我立即一伸手，將他推得倒在沙發上，同時，將酒搶了過來，也對住了瓶口喝了兩口。再去看那人時，只見那人躺在沙發上，眼中已有了醉意，講話的舌頭也大了。

只聽得他道：「久繁，只有在你這裏，才可以講幾句話，因為你是電梯司機，所以沒有人注意你，我相信甘木也常來，所以他才送酒給你，是不是？」

我含糊地聽著，那人的話，又給我知道了一個事實，在這個集團之中，除了最高首腦之外，幾乎人人都是被監視著的，連地位高如甘木，都在所不免，由此便可見一斑了！

我又道：「你可別甚麼都說！」

那人道：「自然不會，只要事情成功了，我就可以接管三菱、三井兩大財團的所有工業，我當然要努力工作，但是如今，我卻想家！唉！」

我心中實是又好氣好笑。所謂「可以接管三菱、三井兩大財團管轄下的所有工業」，那當然是野心集團對那個人的許諾。由此可知道這個人的地位並不高，因爲野心集團對我的許諾，是遠東地區警察的力量首長，那當然比他的地位高得多了！

我也跟著嘆了一口氣，道：「誰不想家？」那人忽然欠身坐了起來，道：「久繁，拿酒來！」我將酒交了給他，他又猛喝三口，涎沫和酒，一齊從他的口角處流了下來，他也不去抹拭。

他將三口酒吞下之後，才道：「久繁，你可想得到，我今天幾乎離開這裏了！」

我聽了之後，心中不禁猛地一動，道：「甚麼？」

他又搖了搖頭道：「我幾乎離開了，如果我已經有了決定的話，現在，彌子已經在我的懷抱之中了！」彌子一定是他的妻子或者情人，我想。我立即道：「那你爲甚麼不走。」

他抬起頭來，道：「久繁，如果你走，我也走！」

那人講的雖然是醉話，但是我卻看出他想念彌子的力量，可以令得他做出任何事情來的。我說道：「你怎麼能走？告訴我，我年紀比你大，一定可以給你下定奪的。」

那人又再飲了幾口酒，晃著酒瓶，道：「總工程師最近發明了一種東西，叫做『魚囊』，是塑膠製造的，樣子像一條大魚似的膠套，人們在那膠套中，操縱控制桿，便可以達到每小時八十浬的速度，像魚一樣在海中遊行。」

我越聽，心中便越是歡喜！

但是我卻故作鎮靜，打了一個哈欠，道：「那也不行，你有這種『魚囊』，你也出不了這裏啊！」

那人突然一伸手，握住了我的手腕，道：「久綮，我告訴你，製造『魚囊』的最後一道工序，是由我負責的，而且，每一具『魚囊』，在經過最後一道工序之後，要在海底試用，這也是我負責的，我已經計算過，只要七小時，我就可以見到彌子了！七小時！彌子！七小時！」他講到這裏，突然唱起一首古老的日本情歌來。

那首日本情歌，是說有一雙情侶，一個在海的一端，一個在另一端，為大海所阻，日日相思，不能得見。音調十分滄涼。

他唱了幾句，我就和著他唱。等到唱完，我拍了拍他的肩頭，道：「彌子不知是不是也在唱同樣的歌，或許她以為你已經死了，正在唱另一種歌呢！」我一面說，一面哼了幾句日本哀歌。那日本人的感情衝動，顯然到了極點！

他搖搖晃晃地站了起來，雙臂張開，叫道：「彌子，五郎來了，彌子，五郎來了！」我見時機已快成熟，立即走了上去，大姆指在他的「太陽穴」上，輕輕地按了一下。

那一按的力量，如果恰到好處的話，可以令得醉酒的人，頭腦略為清醒些，但是卻又不會酒醒。我一按之後，他打了一個冷震，忽然「嗚嗚」哭了起來。

我沈聲道：「五郎，你是不能離開彌子的，彌子對你來說，比一切都重要！」我在講那幾句話的時候，雙眼直視著他，同時，我所用的聲調，也十分低沈。五郎立即重覆我的話，道：「彌子比一切都重要。」

老實說，我對於催眠術，並沒有甚麼了不得的心得。但這時，五郎的精神狀態，顯然已處於一種十分激動，任人擺佈的情形之下，我修養並不高的催眠術，在他的身上，也立即起了作用！

我心中大喜，又道：「她比一切都重要，比三菱三井財團還重要。」五郎一面流著淚，一面重覆著我所說的話。我又道：「你要用一切辦法，離開這裏去見她！」五郎立即道：「是。」

我又道：「那魚囊，你是知道操縱方法的，爲甚麼你不利用它去見彌子？你已經不愛彌子了？」五郎歇斯底里地叫了起來，道：「不！不！我愛她！」

我唯恐他的叫聲，被外面的人聽到，忙道：「低聲！那你就應該去找她，我是久繁，你最好的朋友，我願意和你一起走，魚囊是你掌管的，你可以順利地離開，七小時之後，你便能見到彌子了，你知道了麼？」

五郎止住了哭聲，道：「知道了。」

我又加強心理上的堅定，道：「你必須這樣做，只有得到了彌子，你今後才幸福！」他點了點頭，表示同意。我道：「事不宜遲，我們該走了。」

他向門口走去，開始幾步，步法十分踉蹌，但是到了將門打開之後，他的步法，已經十分堅定了，我跟在他的後面，一直到了升降機旁。

五郎按了鈴，等升降機的門打開之後，接我班的那人，以奇怪的眼光望著我們，五郎道：「頂層！」

升降機向上升去，我縮在升降機的一角，只見五郎的胸脯起伏，顯見他心中十分緊張。一個人在接受催眠的狀態下，去進行平時他所不敢進行的事，心情的確會激動的，也就是說，到目前爲止，一切進行得十分順利。如果我能就此離開這裏的話，那麼一切都進行得太順利了！

不一會，升降機便停了下來，我和五郎跨出了升降機，不一會，他已停在一扇圓形的鋼門之前。

在那扇門之旁，有一個刻著數字的刻度盤，五郎轉動著那刻度盤，我注意他轉動的次數，發現那是一個七組三位數字組成，共達二十一個數字之多的密碼。也就是說，如果不是知道這個密碼的人，即使活上一千年，也是無法打得開那扇門的。

五郎當然是熟悉那號碼的，但是他也足化了近三分鐘的時間！

在那三分鐘中，我的心跳聲，甚至比五郎撥動刻度盤時所發出來的「格格」聲更響。

因爲那是最緊張的一剎那，只要有人看見，我和五郎全都完了，而我也永遠不能再找一個這樣逃走的機會了。也就是說，我將永遠和可愛的世界隔絕了！

好不容易，像過了整整十年一樣，才聽得「卡」地一聲，五郎停了手，我和他一齊推開了那扇圓門。

圓門之內，一片漆黑，只見五郎伸手，在牆上摸索了一會。電燈便著了。

我看到在我們的前面，有一條寬可三尺的傳動帶，當五郎按動了一個鈕掣之後，那條傳動帶向前移動起來，五郎拉著我，站了上去，我們兩人便一齊向前移去。我四面看看，全是一些我叫不出名字來的儀器和工具，那裏顯然是一個工作室。

我心中的緊張仍然絲毫未懈，在傳動帶上，約莫又過了三分鐘，我們便在另一間工作室中了。

那間工作室的一幅牆上，有著五個徑可兩尺的大圓洞，也不知是通向何處的。而在地上的三個木架上，則放著三件我從來也沒有見過的東西。

那東西，長約兩公尺，形狀像一條被齊中剖開的大魚，但是那「魚皮」卻有五公分厚，我伸手去摸了一摸，好像是橡皮，但是卻柔軟得像棉花一樣，那顯然不是橡皮，而是一種新的聚氯乙稀的合成物，是陸地上所沒有的一種新東西。

在「魚皮」裏面，像是一個十分舒服的軟墊，按照人的曲線而造的，人可以十分舒服地睡在裏面，而我可以看得懂的，是一個氧氣面罩，還有許多儀器，我卻完全不懂。

五郎仍然被催眠的狀態之中，他站在那三具物事面前，道：「久繁，這就是可以使我們離開這裏的『魚囊』了！」他一面說，一面爬進了那東西之中，只聽得十分輕微的「拍」地一聲過處，那東西便合了起來，十足像一條大魚。

這時候，我已經知道這具所謂「魚囊」，實際上就是一艘性能極佳，極其輕巧的單人小潛艇！我心中的高興，實是無以復加。

我從魚體頭部的透明部份望進去，只見五郎正舒服地睡在「魚囊」中。

我拍了拍「魚囊」，道：「五郎，你出來。」

「魚囊」又從中分了開來，五郎翻身坐起，道：「這魚囊的動力，是最新的一種固體燃料，從硼砂中提煉出來的。任何人均可以十分簡單地操縱它。」

我忙道：「你儘快地教一教我。」

五郎以十分明簡的語言，告訴了我幾個按鈕的用途，又向牆壁的幾個大洞指了一指，道：「只要推進這五個大洞中的任何一個，按動魚囊的機鈕，就可以像魚雷一樣地射出去的了！」

我沈聲道：「他們不會發覺的麼？」

的郎道：「當然會，但是這魚囊是最新的設計，速度最快，當他們發覺的時候，已經沒有甚麼東西可以追得上我們了。」

我又四面看了一眼，道：「如今我們在這裏，難道不會被人發覺麼？」

五郎道：「我想他們想不到在下班的時間，我還會到這裏來，所以沒有注視我，當然，我們仍可能爲他們發現的，只要監視室的人，忽然心血來潮，按動其中的一個鈕掣的話！」

我一聽，不禁更其緊張起來，道：「那麼我們——」

我本來想說的是「我們快走吧。」但是我話才說了一半，便突然停住了口。

五郎本是在被我催眠的情形之下，他的一切思惟活動，均是根據我的暗示在進行著的，我突然地停了口，他便以充滿著猶豫的眼光，望定了我。

我心中猛地想起了一件事，所以才使我的話，講到一半，便不由自主地停了口。

但是，我所想起的那件事，對我和五郎來說，都帶有極度的危險性，因此令得我心中猶豫不已！

催眠術之能成功，完全是因爲一種心靈影響的力量，當你的意志力強過對方的時候，你就可能令得對方的思想，受你的控制。

但是，當你自己猶豫不決之際，你就失去了控制對方的力量了。

這種心靈影響，心靈控制，究竟是來自一種甚麼樣的力量，這件事，至今還是一個謎，就像外太空的情形究竟如何一樣，人類目前的科學水準根本無法測出正確的結論來。

當時，我心中在猶豫不決，而且，我對催眠術的修養，本來就十分膚淺。因此，我根本未曾注意到五郎的面上神情，出現了甚麼變化。

直到五郎突然發出了一聲尖叫，我才陡地吃了一驚，我連忙抬頭向五郎看去，只見五郎面上，那種迷茫的神情，已經消失，而代之以一種兇神惡煞的神態。

只聽得他怒叫道：「久繁，你在搞甚麼鬼？是我帶你來的麼？」

我一聽得他忽然講出了這樣的話來，便知道我對他的催眠控制已經失靈了！

我心中不禁怦怦亂跳，因爲如果五郎的態度如果改變的話，那麼我的逃亡，也就爲山九仞，功虧一簣了！我一面暗作準備，一面道：「五郎，你怎麼啦？我和你一齊走，你去看彌子！」

從五郎的口中，爆出了一連串最粗的下流話來，他一個轉身，撲向一張裝有許多按鈕的桌子。

我不知道他此舉的具體目的是甚麼，但是我卻可以肯定，他在脫離了我的催眠力量控制之後，又感到三菱三井屬下的全部工業，重要過彌子，因此將對我有不利的行動了！

所以，他只向前撲出了一步，離那張桌子還有一步距離之際，我立即撲了上去，我只是一掌輕輕地砍在他的後頸之上，他的身子便軟癱了下來，跌倒在地上了。

我知道我那一掌的力道，雖然不大，但五郎本就受了太多酒精的刺激，他這一暈，在三小時之內，是不會醒過來的。

我吸了一口氣，站定了身子。我知道我將五郎留在此處，可能不十分「人道」，因爲五郎被這個集團中人發現之後，一定會受到極其嚴厲的懲處。但是我轉念一想，卻又心安理得，因為五郎並不是甚麼好人，而且，他如夠狡獪的話，一定會為他自己辯護的。

如今，我剩下來的事，似乎就只是跨進「魚囊」，移動身子，將魚囊置於發射的彈道中，離開這裏就可以了，

然而，事實卻並不是那樣簡單。

如果事情是那樣簡單的話，我這時，早已和五郎一齊置身於大海之中，而不會有如今那樣的局面了。剛才，五郎之所以能夠擺脫我對他意志的控制，是因為我心中突然產生之猶豫之故。

而當時，我心中之所以突然猶豫起來，是因為我想到了我已有了逃走的可能，是不是應該邀請張小龍和我一起走呢？

當時，我想到這一點的時候，不僅考慮到我自己，而且也考慮五郎的安危。如今，我當然不會再去顧及五郎了，然而我卻不得不為自己考慮。

我絕不是自私的人，但是，如果犧牲了我自己，而於事無補的話，這種盲目的犧牲，我卻是不肯作的。

我知道我如今，是處在生或死的邊緣，死亡可能隨時來臨，因為正如五郎所說，監視室的人，隨時可以發現這裏的情形的。

但是，我仍要抽出兩分鐘的時間來，全面地考慮一下，因為，事情關係著一個全人類最傑

出的科學家。

我知道自己還有機會走出去，到張小龍住處的門口，在那一段時間中，我就算被人發現，也不要緊，因爲我是久繁——一個卑不足道的升降機司機。

但是，如果我進入張小龍室中的話，那我便非受人注意不可了。

因爲，這野心集團對張小龍的監視，不可能是間歇的，而一定是日以繼夜的。只要他們一注意到了我，自然便可以發現我是喬裝的久繁。

自然，接之而來的是：一切皆被揭穿，非但是張小龍走不了，我也走不了。

而如果我不顧張小龍的話，只要我爬進「魚囊」，我就可以藉著最新的科學發明，在海底疾航，五郎告訴我，在魚囊中有著自動導航儀的設備，那麼，全速前進的話，四小時之間，我就又可以和霍華德，和張海龍見面了！

無論從哪一個角度看來，我都應該立即離去，而不應該去找張小龍的。

但是，我卻是一個倔強的人，有時，倔強到不可理喻的地步，像那時候，我便以爲，只要有逃走的可能，我就不應該拋棄張小龍，獨自離去，我要去碰碰運氣，雖然這看來，是毫無希望而且極度危險的，但是，我還是要去試一試！

或許，我就是俗語所謂「不到黃河心不死」的人吧。

我向倒在地上的五郎看了一眼，又向張開著，可以立即送我到自由天地的「魚囊」看了一眼。然後，我一個轉身，便向外走去。

在門前，我站了一會，將開門的密碼，記在心中，小心地續述了一遍。然後，我拉開了門，立即又將門關上，一躍身，我已離開了那扇門有三四步的距離了。

現在我是安全的，因爲沒有人看到我從那扇門中出來，我又以久繁的步法，來到了升降機之前，不一會，升降機的門打開，我走了進去，向那司機，說了張小龍所住的層數。那司機咕噥著道：「你還不休息嗎？」我只得含糊地應著他。

升降機上升著，但是，未到張小龍所住的那一層之間，突然又停了下來。

我心中猛然一凜，連忙側身而立。

只見門開處，甘木和另一個人，跨了進來！

在那片刻之間，我的心跳得像打鼓一樣，甘木一進升降機，便厲聲道：「久繁，你已經下了班，還不休息麼？」

我將頭低得最低，道：「是！是！」

甘木又道：「衛斯理突然失蹤，如果不是我向你一力擔保，你要受嚴厲的盤問！」

我心中暗忖，這時在升降機頂上的久繁，如果聽得到甘木的話，那他一定會十分感激甘木的了。而我當然也一樣地感激甘木，因爲我如果遭受到嚴厲的盤問的話，我一定也會露出馬腳來的。

我又道：「是！多謝甘木先生！」

甘木「哼」地一聲，轉過頭去，和他同來的那人道：「張小龍總算識趣，已答應和我們合作了！」那人道：「是啊，我們派駐在各地的人員，也已接到訓令，要他們儘量接近各國的政治首腦、軍事首腦和科學首腦！」

甘木搓了搓手道：「只等張小龍將大量的黑海豚的內分泌液，離析出來後，我們征服世界的目的，便可以達到了！」

那人「哈哈」地笑了起來，道：「張小龍接受了世界最高榮譽公民的稱號，便心滿意足了，他當真是傻瓜，哪像你那樣，可以得到整個亞洲！」

甘木在那人的肩頭上一拍，道：「你呢，整個歐洲！」

那人發出了一下愉快的口哨聲。

從甘木的這句話聽來，那人一定是和甘木同樣地位的野心集團首腦的四個秘書之一。

而且，我更知道，原來他們是準備以海豚的內分泌液來改變他們要操縱的人。海豚本來是智力十分高的動物，也是最容易接受訓練的動物，的確是最理想的動物之選了。

同時，我的心中，也不禁陣陣發涼。

因爲，我冒著那麼大的危險，想去邀請張小龍一齊離開這裏。但是，張小龍卻在最後關頭，願意和這個野心集團合作了！

幸而我在升降機中，聽到了甘木和那人的對話，要不然，我冒著生命危險去找張小龍，不是變成了自投羅網麼？

但是，在剎那間，我的心中，卻一點也沒有慶欣之感，我反而感到十分痛心，十分難過，因爲張小龍這一答應和野心集團合作，不但人類將要遭受到一個極大的危險，而且，這是一個個人尊嚴的崩潰。我對張小龍，本來是有著極度的信任的，但是如今，他卻在強者的面前屈服了。

在甘木和那人得意忘形的笑聲之中，我頭脹欲裂，幾乎忍不住要出手將他們兩人，一齊殺死。

但是我卻竭力地控制著自己的感情，不讓自己那麼做，因爲我要活著離開這裏——我已經有了離開這裏的可能性了。

而且我離開這裏之後，我將是第一個知道人類已面臨著一個大危機的人。

幸而甘木和那人先離開了升降機，才使我的忍耐力，不至於到達頂點！

我連忙吩咐那升降機司機，再到最頂層去，那司機叫道：「老天，久繁，你究竟在搞甚麼鬼？可是喝得太多了麼？」

我忙道：「幫幫忙吧，我要去找五郎！」

那司機搖了搖頭，顯然是他心中雖然感到奇怪，但是卻並不懷疑我，我不斷地伸手搥著自己的腰際，不一會，升降機又到了頂層。

我緊張得屏住了氣息，跨出了升降機，等到升降機的門關上，我才如一陣風也似，掠到了那扇鋼門的門口，根據我的記憶，轉動那個刻度盤。

我已經說過，那是一組由廿一個數字組成的密碼，即使是五郎，也是要化三分鐘的時間。

我手心冒汗，儘量使自己的手不要震。

我曾經經過不少驚險的場面，但是卻沒有一次像如今那樣吃驚的。那是因爲，如今的成敗，不僅關係著我一個人，而且，關係著整個人類今後的命運！

我轉動了約莫兩分鐘，才轉到了第十六個號碼上。也就在此際，我的身後，傳來一陣「閣閣」的皮靴聲，那聲音自遠而近，來得十分快。

在聲音剛一傳入我耳中之際，我便想躲避。

但是，在我一個轉身之間，我發覺已經遲了。

一個人已經轉過了牆角，離我雖然還有十公尺左右，但是他毫無疑問地可以看到我了。我連忙又轉過身去，停頓了幾秒鐘。

在那幾秒鐘之中，我全身肌肉僵硬，幾乎連心臟也停止了跳動。

只有我的大腦，還在拚命地活動著，思索著對策。

第十五部：雙重性格人

來的是什麼人，我不知道，但是我卻已經被他發現了！他會對我怎樣呢。當他來到我的身邊之際，我又應該怎樣呢？

在那幾秒鐘之內，我想了不知多少事，然後我才繼續轉動刻度盤。轉動刻度盤的「格格」聲，和來人皮鞋的「閣閣」聲，交織成爲最恐怖最恐怖的聲音。又過了一分鐘，二十一個數碼都已轉完，那扇門也已經可以打開來了。

就在這個時候，我覺得出，那人也在我的身後，停了下來。

只聽得有人以十分冷酷的聲音道：「五郎，開夜工麼？」我含糊地應道：「是。」那人又道：「有上峰的夜工許可麼？」我心中猛地吃了一驚，但是我仍然十分鎭定（連我自己心中也在奇怪，何以我會那樣鎭定的）我道：「有的！」

那人道：「公事公辦，五郎，將許可證我看看。」

我道：「好！」我一面說，一面伸手入袋。

也就在那一瞬間，我膝頭抬起，頂在門上，將那扇鋼門，頂了開來，幾乎且在同時，我轉過身去，看到了一張十分陰險的臉。

然而，那張臉卻絕對沒有機會看到我，因為我才一轉過身去，手揚處，一掌已經劈向那人的頭旁，我聽得那人頸骨斷折的「格」地一聲，我立即拖住了他，進了鋼門，將鋼門關上。

我一將門關上，立即便將那人的身子，放在地上。

然而也就在此際，我卻又陡地呆了一呆！

只聽得在那人所戴的一隻「手錶」之上，傳出了一個十分清晰的聲音，道：「二十六號巡邏員，五郎怎樣了？二十六號巡邏員，五郎怎樣了！」

我根本不及去模仿那人的聲音回答詢問，我只是在一呆之後，身形展動，飛掠而出，掠過了傳動帶，來到了一具魚囊的旁邊。

當我到達魚囊旁邊的時候，我聽得走廊上，叫起了一陣驚心動魄的尖嘯聲，同時，突然有擴音器的聲音，傳了過來，聲音十分宏亮驚人，道：「衛斯理，快停止，你不會有機會的！」

如果我是心理不健全的人，給擴音器中的聲音一嚇，猶豫了半分鐘或是一分鐘的話，那麼，我可能真的沒有機會了。但現在，我仍是有機會的。

所以，我對那警告，根本不加理會，抱著「魚囊」來到發射管前。

我的動作十分迅速，大約只有十五秒到二十秒的時間，我已經進了五個發射管中的一個，我進入魚囊，同時，紅燈亮處，我可以十分清楚地看到我面前的各種儀表和按鈕。

我立即根據五郎所說，按下了一個金色的鈕掣。

在我剛一按下那鈕掣之際，我還聽得擴音機叫「衛斯理」，同時，聽得那扇鋼門，被「砰」地撞了開來的聲音。

按鈕一被按下，魚囊在發射彈道之中，迅速地向前滑出。起先，還覺得有極其輕微的震蕩，六七秒鐘之後，明滅的黃燈，告訴我「魚囊」——這最新設計的單人潛艇，已經在海底航行了。

我從前面的不碎而且可以抵抗海底高壓玻璃片中，向外望去，外面已是黑沈沈的海底，魚囊以極高的速度，在海底飛掠而出。

大約過了兩分鐘，面前猶如明信片大小的電視機，忽然又亮起了綠燈，我打開了電視機，只見在海底，有接連不斷的爆炸，水泡不斷地上昇，看情形，那爆炸就在我那具魚囊之後不遠處發生。

我當然知道，那是野心集團研發，企圖將我和魚囊一齊炸毀的魚雷。但是我記得五郎的話：這是最新的設計，沒有什麼東西，在海中可以達到那麼高的速度。也就是說，我所在魚囊之中，一從彈道中彈入了海中，我便是安全的了，沒有什麼魚雷，可以追得上我！

我操縱著這具奇異的「魚囊」，一直向前駛著，直到半小時之後，我才開始使用它的自動導航系統，我知道要回家，大約只要六小時就夠了。

連日來，我異常緊張的心神，到這時候，這才略為鬆了一鬆。

我已經想好了一切的步驟，一上岸，我就找霍華德，立即將我的經歷告訴他，報告國際警方的最高首腦，然後，才轉告各國的首腦。以後的情形如何，那就不是我的能力所及的了！

我想起張小龍終於和野心集團合作一事，心中仍是不絕地痛心。

同時，我感到十分為難，因為，在我上岸之後，我將不知如何將這件事和張海龍說好！張海龍是那麼相信他自已的兒子，威武不屈之際，他心中縱使傷心，但是老懷亦堪安慰。但是，當他聽到他兒子竟甘心將他的驚天動地的新發明，供野心集團利用之際，那麼，他又會感到怎樣呢？可憐的老人！

二小時的時間，在我煩亂的思考之中，很快地便溜了過去。

在升出海面，利用潛望鏡的原理，攝取海面上的情形的電視機的螢光屏上，已出現了我所熟悉的海岸，我不敢令得「魚囊」浮出海面，以免驚人耳目，我在一個深約十公尺的海底，停下了「魚囊」，同時按動鈕掣，「魚囊」裂了開來，成為兩半。

我在水中，向上浮了起來，遊上了岸。

我又看到了青天，看到了白雲，呼吸到了一口自然的空氣，我忍不住大聲怪叫了起來。

這裏是一個小島的背面，在夏天，或許會有些遊艇來，但現在卻冷僻得可以。

但是我知道，只要繞到了島正面，便可以有渡船，送我回家去。所以，我將外衣脫了下來擰乾，重又穿上。自從我那天離家被綁，直到今日脫險，那幾天的時間，簡直像做夢一樣。我相信，如果我不是有一具「魚囊」，可以爲我作證，我是來自一個具有陸地上所沒有的，高度文明的地方的話，那麼，我將我的經歷講出來，人家一定以爲我在夢囈了！

我向那小島的正面走去。然而，我才走了幾步，便聽得海面之上，傳來了一陣急驟的馬達聲。

我心中一凜，連忙回頭去看，只見三艘快艇，濺起老高的水花，向岸上直衝了過來，同時，頭頂上，也傳來了軋軋的機聲，我再抬頭看去，一架直昇機，已在我頭頂徘徊，而有四個人，正跳傘而下！

在那片刻之間，我心中當真是驚駭莫名！

我連忙不顧一切，向前掠去，但是「格格格格」一陣響處，一排機槍子彈，自天而降，順著我掠出的方向，竟達十呎之長，子彈激起的塵土比人還高！

我知道我是沒有辦法逃得過去的了。我只站定了身子，只見四個自天而降，手持手提機槍的男子，首先落地，將我圍住。

我發現他們身上的降落傘，並不需要棄去，而且是發出「嗤嗤」之聲，自動縮小，縮進了背囊之中。

我本來還在僥倖希望，正好是警力在捉私梟，而我不巧遇上。但是我一見那自動可以縮小的降落傘，便知道他們來自何方的了。

因爲那種在降落之後，可以自動縮小的降落傘，正是幾個大國的國防部，出了鉅額獎金在徵求科學家發明的東西。那幾個人已經在使用這種降落傘，毫無疑問，他們一定是野心集團的人了。

我吸了一口氣，站立不動，而在這時候，快艇也已趕到，又有四個人，飛步向我奔來，我看到，奔在最前面的一個，長髮披散，就像是一頭最兇惡的雌豹一樣，不是別人，正是莎芭！

轉眼之間，莎芭和那三人，也到了我的跟前。

在莎芭美麗之極的臉容之上，現出了一個極其得意，極其殘酷的微笑，她挺了挺本來已是十分高聳的胸脯，道：「衛斯理，你白費心機了！」

我苦笑了一下，道：「是麼？」

在那樣的情形下，我除了那兩個字以外，實在也沒有別的話可以說了。

莎芭格格地笑了起來，露出了她整齊而又潔白的牙齒，那是十分迷人美麗的牙齒，但那時，我卻覺得和嚙人鯊的牙齒一樣。

她笑了片刻，道：「總部的長距離跟蹤雷達，可以跟蹤蘇聯和美國的人造衛星！衛斯理，即使你逃到北極海下，一樣會被我們的人攔截到的，但是我喜歡你落在我的手中，你知道嗎？」

我看到莎芭的美麗，和她的反常心理，恰好成正比，都到了極點。

只聽得她身邊的一個人道：「莎芭，總部命令，就地將他解決，又將魚囊炸沈的！」

我一聽得那人如此說法，心頭不禁狂跳起來！

但是莎芭卻斜著眼睛望著我，道：「你們先將魚囊毀去了再說，這個人，我要慢慢地處置他。」那人道：「這……和命令有違！」

沙芭反手一個巴掌，打得那人後退了一步，道：「一切由我負責！」

那人撫著臉，一聲不出，退了回去，道：「是！是！」他和其餘兩人，一齊返到了岸邊，莎芭和四個自天而降的人，則仍然將我圍住。

我心中在急速地想著脫身之法。

雖然我身具過人之能，在中國武術上，有著相當高深的造詣，但是要在四柄機槍的指嚇下求生，倒也不是容易的事。

莎芭不住地望著我冷笑，我不去看她，只見那三人，駛著一艘小艇，離岸十來碼，停了下來，一個人躍下海去，不一會，那人又浮了上來，攀上了快艇，快艇又向外駛去。

不到兩分鐘，海面之上，冒起了一股水柱，那股水柱，又迅速消失。幾乎沒有聲音，那一具「魚囊」，便已經被消滅了。

同時，我看到一艘遊艇，正駛了過來。等那艘遊艇泊岸之後，莎芭才開口道：「上遊艇去！」

我知道莎芭正在實行她的諾言，她要對我折磨個夠，然後才執行總部的命令，將我殺死！我在向海邊走去之際，沈聲道：「我要和甘木先生通話。」

莎芭回頭，同我作美麗的一笑，道：「我不知道什麼甘木先生，你也不必再存什麼幻想了。」我知道這野心集團對我利用，已經完畢，而且，認爲我是危險人物，下定決心，要將我除去了！

我的心中，不禁泛起了一股寒意。

如今，我的處境，看來雖然比在海底建築物時好更多，但實際上卻是更其危險！因爲，當我在那海底建築物中的時候，野心集團要利用我，他們至多不令我離開，卻不會害我的性命。

然而如今的情形不同了，野心集團所在各地的爪牙，全是窮兇極惡的人，要暗殺一個人，而又不留下若干痕跡，那是家常便飯。

而且我相信，如果不是莎芭想要先折磨我一番的話，我現在，早已陳屍海灘了！

我殫智竭力地思索著，終於，在我和莎芭先後踏上跳板的時候，我冷冷地道：「小姐，你不必神氣，我相信你絕未有到過總部的榮譽。」莎芭狠狠地道：「我會有的。」

我「哈哈」一笑，道：「如果你知道你們的最高首腦和我曾經講過一些什麼的話，你就不會有那樣的自信了！」

這時候，我和她已一起跨上了遊艇的甲板，莎芭來到了我的面前，揚起手，就向我面上摑來，一伸手，便握住了她的手腕。

但是，我才一握住她的手腕，腰際便有硬物，頂了上來，一個人道：「放手！」手提機槍的槍彈，如果在那麼貼近的距離，射進我的身中，我可能不會再像是一個人了。所以我不得不放開了莎芭。

莎芭不敢再來摑我，後退了兩步。那個以槍管抵住我腰際的人又道：「莎芭，總部說得非常明白，這人是危險分子，絕不可留！」

莎芭道：「我也說得十分明白，在這裏，由我作主！」我看到了幾個大漢面上不以爲然的神色。但是，莎芭立即發出了一個媚惑的微笑來，道：「你們不會反對的，是麼？」那幾個大漢無可奈何地嘆了一口氣，並不出聲。莎芭的美麗，征服了他們，使他們大著膽子一起違反上峰的命令。

這時我是有利的，因爲我至少有了可供利用的時間。莎芭得意地笑了起來，道：「先將他押到黑艙中去！」那幾個人答應了一聲，向我喝道：「走！」

我不知道所謂「黑艙」是什麼意思，但是在機槍的指嚇下，即使那是地獄的代名詞，我也只好去。我躬身走進了船艙。只見一個大漢，搶先一步，拉開了掛在艙壁上的一幅油畫，露出了一道暗門來。他用槍口，頂開了那道暗門，喝道：「進去！」

我慢吞吞地跨了進去，我才一跨進，「砰」地一聲，那扇暗門已經關上，眼前一片漆黑，閉上了眼睛片刻，再睜了開來。

從一道隙縫之上，有一點點光線，通了進來。那是一個十分潮濕，四英呎見方的一個「籠子」。我看到底下是木板，便立即在我的皮帶中，抽出了一柄四寸長短，極其鋒利的小刀來。

這柄小刀的柄，就是皮帶的扣子，而以皮帶為刀鞘，可以派極大的用處。

我以小刀，在底上挖著，但是只挖深了半寸，我便碰到了金屬。我又蹲在暗門之前，在那道隙縫之中，將小刀插了進去，攪了半晌，卻一無成就。

我只得放好了小刀，將身子縮成一團，緊緊地貼在那扇暗門的旁邊。平常人是不能將自己的身子，縮得如此之小的，但是我能夠，因為我在中國武術上，有著相當深湛的造詣。

我等著，等著機會。

約莫過了半小時，才聽得外面的艙中，響起了腳步聲，接著，便聽得一個人道：「莎芭，不要太任性了！」莎芭的笑聲，和著「霍」地一下，像是揮鞭之聲，一齊傳入我的耳中。

接著，便聽得她的命令，道：「叫他出來。」

我聽得油畫向旁移開的聲音，便將身子，縮得更緊，但是右手，卻微微向外伸著。

暗門打了開來，有人喝道：「出來！」

我一聲不出，那人又喝道：「出來！」他一面喝，一面便伸進機槍來搗我，這正是我等待著的機會，我一伸手，抓住了機槍，就勢向前一撞，機槍柄撞在那人的肋骨上，我聽得了肋骨斷折的聲音，幾乎是同時，一陣驚心動魄的槍聲，響了起來，如雨的子彈從暗門中飛了進來。

但因爲我將身子，縮得如此之緊，因此子彈在我身旁飛過。而我不等他們射出第二輪子彈，便已掉轉槍柄，扳動了槍機。

槍機的反挫力，令得我的身子，隨著「達達達」的槍聲，而震動起來，震耳欲聾的槍聲，約莫持續了一分鐘，子彈已經射完了。

我又呆了大約十秒鐘。

這十秒鐘，是決定我生死的十秒鐘！

因爲如果還有人未死的話，他一定會向我作瘋狂的掃射的。但是，那十秒鐘，卻是十分寂靜。我探頭出去，只見艙中橫著七八具屍體。

莎芭的身子最遠，她穿著一套馴獸師的衣服，手中握著一根電鞭，看來是準備打我的。

我已沒有法子知道她死前的神情是怎樣的，因爲她已沒有了頭顱，至少有十顆子彈，恰好擊中了她的頭部，令得她的屍體，使人一看便想作嘔。

我吸了一口氣，轉過頭來，出了艇艙，躍上了一艘快艇，發動了馬達，向那離島的正面駛去。莎芭想令我死前多受痛苦，結果，卻反而變成救了我。

我操縱著快艇，想起我損失了那具「魚囊」，我的話便少了證明，但是，國際警方，總不至於不相信我的話吧。我化了大半小時，已經又上了岸，又步行了五分鐘，我便截到了一輛街車。

當車停在我家門口的時候，已經是萬家燈火了！

我居然仍有機會，能夠活來看到我自己的家門口，這連我自己也感到奇怪。我取出了鑰匙，打開了大門，走了進去，竟發現沙發上睡了一個人。只看他的背影，我就知道是霍華德。

我並不奇怪霍華德如何會出現在我的家中，並且睡在沙發上。因爲我的失蹤，霍華德心中的焦急程度，是可想而知的，他一定日日到我家來，等候我的歸來，倦極而睡，也是意料中的事情。

我心中略爲感到奇怪的，是他睡在沙發上的那種姿勢，他將頭深埋在臂彎中，照那樣子睡法，該是沒有法子透氣的。

我帶著微笑，向前走去。然而，當我的手，放在霍華德的肩頭，想將霍華德推醒之際，我面上的微笑，卻凍結在我的面上了。

我看到了霍華德耳後的針孔，也看到了霍華德發青的面色。我大叫一聲：「霍華德！」然後，我扳動他的肩。

霍華德當然不會回答我了。

代替他的回答的，是他的身子，重重地摔在地上的聲音。

他早已死了，他是死於那種毒針的。

「老蔡！」我大聲地叫道：「老蔡！」並沒有人回答我，我向後衝去，然而，一個冷冷的聲音，止住了我，道：「站住！」我立即站住，並且轉過身來。在沙發後面，站起了一個人。那人戴著十分可怕、七彩繽紛的一張面具，令得人一看之後，便自爲之一愣。而就在我一愣之際，我聽得「嗤」地一聲響，我連忙伏地打滾，抓起一張茶几，向他拋了過去，但是，我只聽得茶几落地的巨響，等我再一躍而起之際，那個人卻已經不在了。

我並沒有尋找，但是我卻可以肯定，在客廳中，有一枚或者一枚以上，射不中我的毒刺。

我不知老蔡怎樣了。我獨自站在客廳中，對著由沙發上滾下來的屍體。在我的心中，卻起了一個極大的疑問。本來，我認爲施放毒針的，一定是野心集團中的人，但如今看來，卻又未必是。

除了那個野心集團之外，一定另有人在暗中，進行著一切。

最明顯的是：我失去的那一大疊資料，並未落在野心集團的手中。

霍華德已經死了，我仍然要立即和國際警方聯絡，而且我發現我自己，是處在危險之極的境地中，如果不立即和國際警方聯絡，我可能永遠沒有機會了。

我叫了老蔡幾聲，得不到回答，我不再去找他，立即轉身，向門外走去，連衣服也不換，我準備到電報局去，以無線電話，和國際警方聯絡的。

但是，我還沒有來到門口，便突然聽得一陣腳步聲，傳了過來。

爲了小心，我立即停了下來。

因爲如今，我是這世上唯一確知有這個野心集團存在，而且知道他們將要做些甚麼的人。當然，如果我死了，國際警方仍會不斷地偵查，但是當國際警方發現真相的時候，可能一切都已遲了！

所以，必須保持極度的小心，絲毫也不容大意！

我一停在門口，便聽得那腳步聲，已經停在我家門前了。

我猛地吃了一驚，慶欣自己的機警，我連忙身形閃動，躲到了一幅落地窗簾的後面，只聽得電鈴響著，一下，兩下，三下……

我當然不會去開門，而且，我也不想到門前望人鏡去張望來的是什麼人。因爲我家的大門上並沒有裝著避彈鋼板，只要來人有著潛聽器，聽出我的腳步聲，隔著門給我一槍的話，我是絕對無法防避的。

我只是在等著，等那人無人應門，自動離去。

電鈴仍是持續不斷地響著，在這空蕩而躺著國際警察部隊要員的屍體的客廳中聽來，格外有驚心動魄的感覺。在最後一次，連續不斷地響了一分鐘之後，電鈴聲便靜了下來。

我心中鬆了一口氣，以爲來人一定會離去的。

但是，我卻聽不到來人離去的腳步聲，非但聽不到腳步聲，而且，我還聽到了另一種奇怪的聲音。辨別各種古怪的聲音是因何而生，也是一種特殊的本領，而當時，我一聽得那「克勒」的一聲，我便不禁毛髮直豎起來，因爲我一聽便聽到，那正似是有一柄鑰匙插入鎖孔所發出來的聲音！

當然，剛才按電鈴的，和如今以鑰匙插入鎖孔中的，是同一個人。

而此人明明有鑰匙，卻又在拼命按鈴，當然他的用意，是先試探一下屋中是否有人，由此可知，這人的來意，一定不善了！我不知我自已住所的大門鑰匙，怎麼會給人弄去的，但想來也不是什麼玄妙的事，因爲老蔡已不在屋內，而老蔡的身上，正是有著大門鑰匙的！

我一面心頭大是緊張，一面心中，暗暗爲老蔡的命運而悲哀。

我在窗簾縫中張望出去，只見鎖在緩緩地轉動著，然後，「拍」地一聲，門被打開了！

我緊緊地屏住了氣息，進來的甚麼人，在五秒鐘之內，便可揭曉了。門被緩緩地推了開來，我的心情，也格外地緊張。

但是，門卻是被推開了半寸！

我無法在那半寸的門縫中看清外面的是什麼人。但是在外面的那人，卻已足可以在那半寸的門縫之中，看清大廳中的一切了。

我心中暗忖，如果來的是我的敵人的話，那麼這個敵人的心地，一定十分精細，也十分難以應付，我仍是屏氣靜息地等著。

如果那人一看到了大廳中的情形，便感到滿足，關門而去的話，那我便沒有可能知道他是什麼人了。但是也有可能，他看到屋內無人，會走進來的。

我等著，門外的那人顯然也在考慮著是不是應該進來，因爲他既不關門，也不再將門打得更大。

這是一場耐心的比賽，我心中暗忖。

我看看手錶，足足過了四分鐘。四分鐘的時間，放在這樣的情形下，實在是太長了。我幾乎不耐煩，要衝出去看看門外的是什麼人！

但是就在此際，大門卻終於被推開，一個人輕輕地向內走來。

我和那人正面相對，我自然可以極其清楚地看清那人的面孔。

我不用看多第二眼，只要一眼，我便知道那是誰了，而在那一剎間，我整個人，像是在冰箱中凍了十來個小時一樣，全身發涼，一動也不能動！

我可以設想進來的是三頭六臂，眼若銅鈴，口如血盆的怪物，但是我卻絕想不到，用這種方法，在這樣的情形下，侵入我屋中的會是這個人！

在那瞬間，我幾乎連腦細胞也停止了活動，而當我腦子再能開始思索時，她已經來到了離我更近的地方，也就是霍華德屍體之旁。

來的人，是一個身材頎長窈窕的女子，年輕、美貌，面上的神氣，永遠是那麼地驕傲，以顯示她高貴的身份。那不是別人，正是張小娟。

她站在霍華德的屍體之旁，面上現出了十分奇訝的神情來。

我可以看到，她右手還握著鑰匙，從鑰匙的新舊程度來看，可以看得出那是新配的。她穿著一件連衫裙，是藍色的。

我屏住了氣息，張小娟顯然不以為大廳之中，還有別的人在。她蹲了下來，以手指在霍華德的手背，大拇指和食指間的肌肉上，按了兩下。

她的這種舉動，頓時使我極其懷疑。

因為這正是檢查一具屍體的肌肉，是否已經僵硬，也就是死亡已經多久的最簡便的方法。

這個方法，出於一個熟練的警探之手，自然不足為奇，但卻絕不是億萬富翁之女，學音樂的人所應該懂得的！

然而張小娟卻用這種方法，在試著霍華德死去了多少時候。那時，我心中的第一個問題便是：她究竟是哪一種人呢？

事實上是難怪我心中有此一問的，因為她的行動，她此際的一切，和她的身份，都太不相稱了！

我自然要盡我的能力尋找答案的。但是在這個時候，我卻先不想追究，我要儘快地設法到電報局去，和國際警察部隊的高級首長納爾遜先生聯絡。

當然，最簡捷的方法，是衝出大門口去。

但是這一來，張小娟便知道我已偵知她的反常行動了，這對於我想要進一步瞭解她，是十分不利的。我慢慢地轉過身來，看看身後的窗子是不是開著，我可以跳出去，但是每一扇窗子都關著，如果我打開窗子的話，那麼不可避免地要被張小娟聽到聲響的。

正當我心中，在想著怎樣才能不爲張小娟所知，而又立即離開之際，忽然聽得張小娟提高了聲音，叫道：「衛斯理！」

我嚇了一跳，在刹那間，我當真以爲藏身之處，已經給她發覺了！

我幾乎立即應出聲來，但當我轉回頭去之際，我才知道不是那麼一回事，只見張小娟並不是望向我，而是抬頭望著樓上，同時，她的手中，也已多了一柄十分精巧的手槍！

那柄手槍，更證明了她是一個雙重身份的人！

因爲，我雖然曾和她意見不合，拌過嘴，但是無論如何，她絕沒有和我以槍相見的必要，我知道她此來，一定有著極其重大的目的。

只聽得她繼續叫道：「衛斯理，你可在樓上，爲什麼你不下來？我來了，你知不知道？」

我直到此時，才知道張小娟剛才叫我，是想試探我是不是在樓上。

我仍然不出聲，因爲我知道她下一步的動作，一定是上樓去。我心中是多麼地想知道她上樓之後，幹一些什麼事啊！

但在同時，我心中卻決定，她一上樓，我便立即向門外掠去，而將偵查張小娟離奇的行動一事，放慢一步。

果然不出我所料，張小娟叫了兩遍，聽不到有人回答，便向上走去，但是，她才走了兩級樓梯，要命的電話聲，卻像鬼叫似地響了起來。

張小娟立即轉過身，三步併作二步，來到了電話幾旁，拿起了聽筒。因爲電話幾就在窗簾的旁邊，所以在那時，她離開我極近，我一伸手就可以碰到她的，我們之間，只隔著一層窗簾布而已！

我只聽得她「喂」地一聲之後，便問道：「找誰？找霍華德先生麼？他不在這兒，已經離開了……我想是兩小時之前離開的……大約不會再回來了……好的……我是衛斯理的朋友。」

她講到此處，我聽得「卡」地一聲，對方已經收了線。張小娟十分幽默，她說霍華德是在兩小時以前「離開」的，而且，「不會再回來了」。我同時想到奇怪的是，她對霍華德死亡的時間，判斷得十分正確，霍華德死亡到現在，據我的判斷，也正在兩小時左右。

張小娟放好了聽筒，又繼續向樓上走去。

這個電話是什麼人打來的，我不知道，可能是霍華德的同行，也可能正是謀害霍華德的人，我那時也根本沒有時間和心緒去多作考慮，我只是向上望著，一等張小娟的身形，在樓梯轉角處隱沒，我便立即閃出了窗簾，以最輕最快的腳步，向門外掠去。

到了門外，我背門而立，先打量四周圍可有值得令我注意的事發生。

街上仍是和往常一樣，一點也沒有什麼特殊的情形，我快步地來到了大街上，招來了一輛街車，吩咐司機駛向電報局。

到了電報局，三步併作兩步地跑上樓，捨電梯而不搭，我看了看手錶，在離開我的住所以後二十四分鐘，我便已坐在無線電話的個人通話室中了。這種個人通話室的四壁，全有極佳的隔音設備，可以大聲講話，而不被人聽到。

（一九八六年加按：當時，國際直撥電話，是連幻想小說中都不常見的。）等到我接通我在國際警方總部的朋友納爾遜先生的電話號碼之際，又化了七八分鐘，然後，我在電話中，聽到了納爾遜先生低沈而堅定的聲音。

我連忙道：「我是衛斯理，電話是從遠東打來的，你派來的霍華德，已經死了。」

納爾遜先生的聲音，一點也不驚訝，他只是問道：「幾天的失蹤，使你得到了什麼？」

他雖然遠在國際警察部隊的總部，但是卻知道了我失蹤一事，那當然是霍華德報告上去的，我連忙道：「我有極其重要的發現，是世界上任何想像力豐富的人，所不能設想的事，我到過——」

我只當納爾遜先生一定會急於要聽取我的報告的。但是，出乎我的意料之外，我話未曾講完，納爾遜先生深沈堅定的聲音，又將我的話頭打斷。

他道：「不要在電話中對我說，我們早就發現，凡是通向國際警方的無線電話，皆被一種具有超特性能的無線電波接收器所偷聽，而我們用盡方法，竟沒有法子預防，如果你的發現是機密的話，不要在電話中說。」

我發覺自己握住聽筒的手，手心上已經有濕膩膩的汗水滲出。

我可以肯定，使得國際警方無法預防的偷聽，也是野心集團的傑作！

我忙道：「納爾遜先生，你必須聽我說，我是這世上知道真情的唯一人，而且，霍華德死了，我的生命，也如風中殘燭一樣——」

納爾遜先生肯定地道：「不行，絕不能在電話中說，我就近派人來和你聯絡，你要儘量設法保護你自己，使你自己能夠活著看見到我派來和你聯絡的人！」

我急得額上也滲出了汗珠，幾乎是在叫嚷，大聲道：「不行！不行！時間已不允許這樣做了，我必須立即向你們說明事實真相，你也必須立即會同各國首腦，來進行預防，這是人類的大禍！」

納爾遜仍然道：「不能在電話中作報告，你如今是在什麼地方？」

我頹然講出了我的所在。納爾遜道：「好，你在原地，等候十分鐘，十分鐘後你走出電報局的大門，就會有一個穿花格呢上裝，身材高大的英國人，叫作白勒克的，來和你聯絡，你將你的所知，全部告訴他，他就會用最快，最安全的方法，轉告我的。」

我嘆了一口氣，道：「也好。」

納爾遜先生已將電話掛斷了，我抓著聽筒，好一會，才將聽筒放回去。

納爾遜先生的小心，是不是太過份了一些呢？我心中感到十分的疑惑，事情是如此緊急，何以他不聽我的直接的報告呢？

如果說，我和納爾遜的通話，在海底的那個野心集團，都可以聽得到的話，那麼，他們豈不是知道我還活著，正準備大力揭穿他們的陰謀麼？如果他們的行動，夠得上敏捷的話，那麼他們應該在白勒克未和我見面之前，便將我殺害了！

我仍然躲在個人通話室中，並不出去。

第十六部：荒郊異事

目前，這裏似乎比較安全，當然，這因爲是個人通話室，故面積十分小而起的一種安全感。實際上，隔音板可能給我甚麼保護呢？九分鐘後，我走出了個人通話室，付清了通話費。

那已經是十四分鐘了。

我故意遲延四分鐘，是因爲我不想先白勒克而出現，我低著頭，走出電報局的大門，同時，以迅速的手法，在面上戴起了一個尼龍纖維製造的面具，這個面具，使我在進入電報局和出電報局之際，便成兩個不同的人。

出了門口，我迅速地步下石階，天色很黑，起先，我幾乎看不到門口的馬路上有甚麼人。我放慢了腳步，四面留心看去。

我已經慢了四分鐘，納爾遜先生派來和我聯絡的白勒克，不應該比我更遲的。

我只是慢慢地向前走出了四五步，就看到一個穿著花格呢上裝，身形高大的金髮男子，但是那男子卻不是站著，而是一隻手臂靠在電燈柱上，而又將頭，枕在手臂之上。

看他的情形，像是一個酩酊大醉的醉漢一樣。

那人自然是白勒克了！

我一看四面並沒有別人，便連忙快步，向他走了過去，來到了他的身邊，道：「白勒克先生麼？我遲出來了幾分鐘。」

那人慢慢地轉過頭來，我和他打了一個照面。

我一看清他的臉面之後，我的心臟，幾乎停止了跳動！在街燈下面看人，人的面色，本來就會失去原來的色澤的。

但是卻也無論如何，不應該恐怖到這種程度。

那人的面上，已全然沒有了血色，在街燈的燈光照映下，他整張臉，就如同是一張慘綠色的紙一樣。

我立即覺出了不對，他已經嘴唇掀動，發出了極低的聲音道：「我是白勒克，我……遇害了……你不能再和納爾遜先生通電話，你快……到……福豪路……一號去……快……可以發現……」

他只講到「可以發現」，面上便起了一陣異樣的抽搐，那種抽搐，令得他的眼珠，幾乎也凸了出來，緊接著，還來不及等我去扶他，他身子一軟，便已向下倒去，我連忙俯身去看他，他面上的肌肉，已經僵硬了。

而他死的這種情形，我已見過不止一次了。和以往我所見的一樣，白勒克是死於毒針的！

我連忙站起身來，海傍的風很大，在這種情形下，更使我覺到了極度的寒意。

我不再去理會白勒克的屍體，事實上，我也沒有法子去理會。

我當時只感到自己是一個靶子，敵人的毒針，隨時隨地可能向我射來的。

我更相信，因為我遲了四分鐘出來，所以我如今能站在寒風之中，思索著怎樣才能安全，而未曾像白勒克那樣，屍橫就地。

我轉過身，開始向橫巷中穿了出去，路上的行人很少，我聽得到自己的腳步聲。穿出了橫巷，我迅速地趕上了一輛公共汽車。

車內的人也很少，我找了一個靠窗的座位，坐了下來。開始靜靜地思索。

許多不可思議的事，許多謀殺，在我身入海底，野心集團總部之際，一切不可思議的事，看來好像應該有一個總結了。

然而，當我僥倖地能夠逃出生天之後，不可思議的事和謀殺，仍然是接連而來！

我感到了極度的孤單，因為沒有人可以幫助我，而我找不到可以幫助我的人。驀地，我想起了白勒克臨死時的話來。

他叫我切不可再和納爾遜先生通話，而要我立刻到「福豪路一號」去，又說我如果到了那裏，我就可以有所發現，但是我可以發現甚麼，他卻又未曾講出來。

「福豪路」，「福豪路」，隨著巴士的顛簸，我不斷地想著這條路，這條路給我的印象十分陌生，但是卻在我的腦中，又有一定的印象，我像是在甚麼地方，看到過有寫著福豪路三個字的路牌一樣！

巴士快到總站，搭客也越來越少，驀地，我跳了起來！我想起我在甚麼地方，見過「福豪路」這三個字了，那是在我遇到張海龍的第一晚，張海龍用他那輛豪華的「勞司來司」汽車，將我載到他郊外的別墅去的那個晚上。當車子在通向別墅的那條私家路口，停著等開大鐵門的時候，我看到過「福豪路」三個字，而這條路，只通向張海龍的別墅。

那麼，白勒克臨死之前，所說的「福豪路一號」，難道就是指張海龍的別墅而言的麼？如果是的話，那麼我到張海龍郊外的別墅去，又可以發現甚麼呢？

我知道，憑想像的話，我是不可能得到答案的，我必須親自去！

但是首先，我卻要證明，張海龍的別墅，是不是「福豪路一號」！

我在終點之前的一個站下了車，確定了身後並沒有人跟蹤之後，我在一個公共電話亭中，打了一個電話給張海龍。

但是，那面的回答卻是，張海龍到郊外的別墅去了！我呆了一呆，又找張小娟聽電話，但是那面告訴我，「小姐傍晚出去，一直到現在還未曾回來。」

我的心中，不禁一動，因爲張小娟在我住所出現的時候正是傍晚時分，難道她在我的住所，一直逗留到現在，抑或是她已在我的住所，或是在離開我的住所之際，遭到了不測。

對方早已收線，我則還呆想了幾分鐘。

我只得相信對方的記憶了，那麼，如今我可以做的，而且應該立即做的事，便是到「福豪路一號」去！

我出了電話亭，沿著馬路走著，一面不斷地看著停在馬路邊上的各種汽車。要到郊外去，當然不能沒有車子，而我又不準備回家去取車子，所以只好用不正當的法子取得交通工具了。

不到三分鐘，我便看中了一輛具有跑車性能的轎車，我對這種車具有特別的好感（那輛車的車主，在失車之後，曾大怒報警，但是後來，他知道我是因為喜歡他選中車子牌子而「偷」車之後，我們又成了十分要好的朋友）。

我一掌擊在車窗玻璃上，並沒有發出多大的聲音，窗子便破碎了。

我伸手進去，打開了車門，用百合匙打開電門，大模大樣地駕著我偷來的車，向郊外馳去。

寒夜的郊外，更是顯得十分冷清，我將車子駛得飛快，四隻輪胎發出「吱吱」聲，在路面上滑過，從破窗中，寒風如利刃一般地切割著我的面，我只是想快一點趕到，快一點趕到！

大約四十分鐘，我已漸漸接近了張海龍的別墅。

我在轉上斜路的彎角上，棄車而下，將身子隱在路旁的草叢之中，向斜路上掠去，沒有多久，我便到了那扇鐵門的前面。

我仰頭向大鐵門旁邊的石柱上看去，果然，在一塊十分殘舊的路牌上，寫著「福豪路」三個紅字。

我吸了一口氣，連爬帶躍，翻過了鐵門，向前無聲地奔去。沒有多久，在黑暗之中，我已經可以看到張海龍的別墅了。

同時，我也可以看到，別墅之中，有燈光透出。

我心中在暗自詢問，到了別墅之後，我可能發現甚麼呢？張海龍正在別墅中，難道一切的事情，正是因他而起的？難道國際警方對張海龍的懷疑，並不是全然沒有根據的？

我腳步越來越快，不一會，已離得別墅很近了。

直到這時，我才發覺，那天晚上，和我第一次來到，以及在別墅中獨宿的那一晚一樣，霧很濃。我越是接近別墅，心情越是緊張。

我在這時，突然之間，眼前陡地一亮！

在我的眼神經一覺出眼前有亮光之際，我腦中的第一個反應便是：我被人發現了，有人在以電筒照射我！所以，我立即向地上一滾。

但是我剛一滾到地上，便發覺我的判斷不對。

因爲當我抬起頭來之際，我看到了那光亮的來源。

光亮來自張海龍別墅的後院，停留在半空，光爍奪目，像是一大團在燃燒著的火燄，但是卻又靜止不動，令人產生一種十分特異的感覺。

「妖火」！

那是我第二次看到這種奇異的現象了。

我連忙站了起來。然而，就在那不到一秒鐘的時間內，眼前重又一片黑暗！像我第一次看到「妖火」的時候一樣，不等你去探索它的來源，它便已經消失了。

或許形成「妖火」的原因十分簡單，但是在那樣的情形下，卻是神秘之極！

我呆了一呆，繼續向別墅走去，我用更輕的腳步和更小心的行動接近別墅，因爲白勒克曾說我可以在這裏發現東西的，而我又再一次地見到了「妖火」，張海龍又在別墅中。

我決定偷偷地接近別墅，以利於我的「發現」。我以最輕的步法，向前走去，在我攀過了圍牆之際，我更清楚地看到，別墅中的燈光，是從樓下的客廳射出來的。

除了遠遠傳來一兩下犬吠聲之外，四周圍靜到了極點，我唯恐身形被人發現，幾乎是滾向牆腳邊上的。在牆腳邊上，我又停了片刻，等並無動靜時，我才慢慢地直起身子來。

我向著一扇落地長窗走出了一步，從玻璃中向大廳內望去。

一支落地燈，使得整個大廳，籠罩在十分柔和的光線之中，我立即看到，有一個人，以手支額，肘部則靠在沙發的靠手上，背我而坐。

雖然我只看得清那人的背影，但是我卻只看一眼，便可以肯定那人是張海龍。

別墅中只有張海龍一人在，那倒是我始料未及的事情，只有張海龍一個人，我能夠發現甚麼呢？白勒克臨死之際，掙扎著向我說出的話，又具有甚麼意義呢？這實是令我費解之極了。

雖然我本來也不知道，我到了別墅之後會有甚麼發現，但是在我想像之中，總應該有些事情發生，而絕不應該如現在那樣地冷清清。

我在窗外，站了大約五分鐘，我的視線，也一直未曾離開過張海龍。

張海龍一直以那個姿勢坐著，連動也沒有動過。

一開始，我只是奇怪，張海龍何以竟能坐得那麼定，在他的心中，在想些甚麼？當我將他兒子的事和他講明瞭之後，他不知道會受到甚麼樣的打擊。

可是，五分鐘之後，張海龍仍是未曾動過，我的心中，不禁生出了一股寒意。難道我來遲了一步，張海龍……他……他也遭了毒手，死在毒針之下了？

我一想及此，手已揚起，待要一掌擊破玻璃，破窗而入了！

恰好就在我幾乎貿然行動之際，張海龍的身子動了一動，他放下了手，在沙發的靠手上，重重地一擊，站了起來。我連忙身子一閃，不使他發現，然而我卻仍然可以觀察他的行動。

只見他站了起來之後，背負雙手，在踱來踱去，我心中暗忖剛才還好不曾魯莽行事，進一步的忍耐，往往是成功的秘訣。

我繼續在窗外窺伺著。

張海龍足足踱了半個小時，仍然不停，所不同的只是他間或背負雙手，間或揮手作出各種莫名其妙的手勢而已。我決定不再窺伺下去了。那並不是因爲張海龍踱得太久了，而是我看出張海龍在別墅中，一點作用也沒有，他只不過是想一個人獨處而已！

在這樣的情形下，我就算等到天明，也不見得有甚麼發現的。

我退開了幾步，來到了大門前，按動了電鈴。

不一會，我便聽到腳步聲走了過來，大門打了開來，開門的正是張海龍。

在他開門之際，面上的神情還是那樣地茫然和沮喪。可是當他一看清是我的時候，他面上的神情，是那樣地喜悅，像是一個正在大洋中漂流的人，忽然遇到有救生艇駛來一樣。

張海龍的這種神情，使我又一次肯定霍華德和國際警方，始終只是多疑，張海龍是絕對不可能和我站在敵對地位的。

因爲，他如果和我站在敵對的地位，卻又能作出這樣神情的話，那麼，他不僅是一個成功的銀行家，而且也將是一個曠世的表演家了！

他望著我，面上的肌肉因喜悅而微微地顫動著，好一會，才道：「是你！」

我跨了進去，道：「是我。」

在我走進去之前，我仍然回頭向身後望了一眼。

別墅之外，黑漆漆地，甚麼人也沒有。我走進了客廳，連忙將門關上，不等張海龍向我發問，我便先向他問道：「剛才，你可曾發現甚麼？」

張海龍呆了一呆，反問道：「你是指甚麼而言？」

我是想問他，剛才有沒有發現那「妖火」的，但是看張海龍的神情，卻像是完全不知道一樣，所以我也暫時不說出來，只是道：「你有沒有發現甚麼異樣的光亮？」

張海龍道：「沒有，剛才我完全在沈思之中，甚麼也沒有發現。」

我點了點頭，坐了下來。張海龍就在我的對面坐下，道，「衛先生，聽說你失蹤了！」

我道：「不錯，我曾被綁架——張先生，這裏是不是福豪路一號？」

張海龍失聲道：「綁架——」

可是他只說了兩個字，便又驚奇道：「是啊，你怎麼知道的？事實上，根本沒有『福豪路』這條路，那只不過是我一時興起所取的一個名字，除了我們的家人之外，是沒有人知道的。」

我道：「可是，在大鐵門口，卻有一個路牌！」

張海龍道：「是的，我奇怪的是，你怎麼知道這裏是一號？」

我仍然決定不將白勒克的話向張海龍說，只是聳了聳肩，道：「沒有甚麼，我只不過是隨便猜想罷了！」

我竭力使我自己的語音，聽來若無其事。但是卻顯然不十分成功，因爲張海龍的眼光之中，仍是充滿了狐疑的神色。

我們沈默了一會，張海龍才道：「綁你的是一些甚麼人？」

我深深地吸了．一口氣，伸手放在張海龍的手背之上。張海龍數十年在商場打滾，使他具有極其敏銳的直覺，我才一按住了他的手背，他的面色便已變了，道：「你說吧，我可以忍受任何不幸的消息的。」

張海龍當真是一個十分勇敢的老人。

我謹慎地選擇著字眼，道：「綁架我的，就是使得令郎失蹤的那些人。」我覺出張海龍的手微微發起料來，但是他的眼神卻十分堅定，道：「告訴我，小龍可是已不在人世了！」

我連忙道：「不，他活著，很好。那是一個有著征服世界的野心的魔鬼集團，令郎發明了一種離析動物內分泌的方法，運用這個新法，可以使任何動物改變習性，那就使得人變成容易控制的動物，有助於野心集團的野心計劃。」

我一口氣講到這裏，才鬆開了接住張海龍手背的手，道：「這便是魔鬼集團爲甚麼要使令郎失蹤的原因，他們要威脅他爲之服務！」

張海龍的面色，看來十分蒼白。

但是，在張海龍的面上，卻現出了一個十分驕傲的微笑來，道：「我知道，他不會服從的。」

我望著張海龍驕傲而自信的笑容，心中在考慮著是不是應該將事實的真相說出來。

我和張海龍的相遇，純粹是出於偶然，而當我受張海龍之托，設法找尋他失蹤的兒子之際，我也絕未想到，一件普通的失蹤案，竟會牽連得如此之廣，變成這樣大的一件大事。

如今，張小龍的失蹤這件事的本身，根本是無關緊要的了，要緊的是怎樣制止野心集團的陰謀，但是我卻偏偏無法和國際警方聯絡，無法將我的發現，通過國際警方，而傳達給各國首腦！

我來到這裏，並不是爲了會晤張海龍，而是爲了白勒克的那一句話。

我並沒有回答張海龍的話，而自顧自地沈思起來。我的態度，又顯然地引起了張海龍的懷疑，他望著我，道：「怎麼？我的估計有錯麼？」

在那一刹間，我決定了怎樣回答他了。我站了起來，伸了一個懶腰，道：「沒有錯，令郎拒絕和野心集團合作，野心集團暫時不敢開罪他。你放心，我一和國際警察部隊聯絡之後，立即會將他救出來的。」

張海龍笑了起來，這一次的笑容，顯得十分疲乏，那是在極其緊張的期待之後，精神爲之一鬆的一種笑容，他道：「我只要知道他絕不屈服，絕不爲他人所利用，這已是我最大的安慰了。」

我望著張海龍，心中不知是甚麼滋味，我避不與他的目光相接觸，唯恐給他看出我是在向他說謊。這別墅中顯然平靜無事，白勒克的話未曾兌現，我再在這裏多耽擱也毫無意義了。

所以，我立即道：「我要走了，我還要設法和國際警方去聯絡。」張海龍道：「好，我也要休息一下了。」我道：「你一人，在這裏？」張海龍道：「我不怕。」

我道：「你還是小心一些的好。」

張海龍道：「今天我不想回市區去，除了在這裏過夜之外，還有別的辦法麼？」如果我不是那麼急於和國際警方聯絡，我一定會在這裏，陪伴張海龍的。但是如今我卻不能。

而張海龍又是那樣地固執，我絕不相信自己可以勸得動他。

所以，我只得道：「那麼，我們再見了，再有進一步的好消息之際，我會來通知你的。」張海龍用力地握著我的手，連聲道：「好！好！」

我出了大門，走下了石階，張海龍站在門口送我，我出了圍牆，由於地勢的關係，當我轉過頭來之際，我可以看到整間別墅。

客廳中的燈光仍然亮著，除了客廳中有光芒射出來，整座別墅，都浸在黑暗的濃霧之中，像是一頭碩大無比的怪獸。

在那瞬間，我突然又想起剛才所看到的「妖火」來，在那同時，我的耳際，似乎又聽到了白勒克臨死前的那一句話。

納爾遜在無線電話中，吩咐我和白勒克聯絡，白勒克當然是國際警察部隊十分得力的幹部了。他會不會死前胡言，以致於此呢？

如果他的話，絕不是死前的胡言，而是確有所指的話，那麼，我又何以一無發現呢？

種種疑團，在我心中升起。

我站在那小山崗上，望著濃霧中的那幢別墅，像是對著一整團謎一樣。我想了大約兩分鐘，便決定不知會張海龍，再到那別墅的其他部份，譬如說那實驗室去搜索一番。

或許，白勒克所指的發現，就是說我在這裏可以發現「妖火」的秘密！

我曾兩次見到「妖火」，可以說絕不是我的幻覺，這種奇異的現像是因何而生的呢？它又代表著甚麼呢？那是我必須弄清楚的！

我身子伏了下來，又準備向前竄出。

但是，就在那時候，我突然聽得身後，傳來了悉索聲響。

我連忙轉過身來。

我是受過高度的中國武術訓練的人，動作之快，自然也遠在普通人之上，我一轉過身，便看到圍牆之旁的草叢中，有兩條人影，疾掠而起，向圍牆的一個缺口處，疾掠了出去。

那兩條人影，十分矮小，看來像是小孩一樣。

我幾乎沒有任何停頓，反身一躍，便躍向後去，一個箭步，向前疾追而出。

出了圍牆之後，雖然霧十分濃，但是我還可以看到那兩條人影，在我的面前飛馳，我用盡了生平之能，向前追去。

但是不到三分鐘內，我卻已經失去了他們的蹤跡。

我呆了一呆，卻又聽得不遠處，傳來一了一陣低沈的豹吼聲。

在那樣的濃霧，黑夜之中，聽到那種原始的，異樣的吼聲，實是令人毛髮悚然。我在呆了一呆之後，立即想起我剛才追逐的那兩個是甚麼人了！

那正是張小龍從南美洲帶回來的特瓦族人！

我循著豹吼聲向前走去，不一會，便看到了一點光亮，我漸漸地接近火光，當我在那一堆火之旁，突然現身之際，我看到了兩張驚駭莫名的怪臉，不出我所料，正是那兩個特瓦族人，他們望了我一眼，立即在地上膜拜了起來，叫道：「特武華！特武華！」

我記得，張小娟曾經告訴過我，所謂「特武華」也者，乃是他們所崇拜的一種大力神。

我心中暗忖，如果他們知道我這個「大力神」的處境的話，他們大概也要仰天大笑了。

忽然之間，我又想到，文明的進步，實在並沒有給人類帶來了甚麼好處。

譬如說，在南美洲，特瓦族人在地圖的空白點，在原始森林中過日子，生老病死，聽天由命，有甚麼煩惱憂慮？

而如今，高度的文明，又為人類帶來了甚麼？高度的文明只是使人的野心擴張，以後到了出現匿藏海底的那個野心集團那樣極峰的狀態。

我忽然想到，我是根本不必去挽救全人類的命運的（而且，事實上我根本就沒有這個力量），人類拼命追求文明，卻又不遏制野心，那麼，一切悲慘的後果，實在是人類自己所造成的。

我想起了白素，想起了她到歐洲去，大約也該回來了，野心集團的陰謀既然不可遏止，我和白素又何妨到特瓦族土人的故鄉去，也作一個土人？

我想得實在太遠了，以致那兩個特瓦族人，已經站在我的面前，我仍然不知道。直到其中一個，膽怯地碰了一下我的手，我才抬起頭來，道：「你們是幸福的，你們的族人是幸福的！」

那兩個特瓦族人莫名其妙地望著我，他們當然聽不懂我在講些甚麼的。那個剛才曾經碰過我的特瓦族人，這時又碰了碰我的手，同時，另一個特瓦族人，則向前面黑暗處，指了一指，又作了一個手勢。

那兩個特瓦族人，顯然有著同一個意圖，那便是要帶我到一處地方去。

我不知道他們要帶我到何處去，更決不定是否應該在他們的身上浪費時間。我猶豫了一陣，那兩個特瓦族土人，喉間卻發出了一陣十分焦急的聲音來。

看他們的神情，像是有甚麼事要我代他們解決一樣，我點了點頭，他們跳躍著，向前走去，我便跟在他們的後面。

我們所走的，全是十分荒僻的地方，山路崎嶇，大約走了十來分鐘，那兩個特瓦族人便停了下來，並且伏在地上，又向地上拍了拍，示意我也伏下來。

我向前看去，夜深，霧濃，我看出那是十分荒涼的山地，我完全不知道將會有甚麼事發生，因爲看來這裏甚麼都不會發生。

但是，當我看到了那兩個特瓦族人焦急而迫切的目光之際，我還是伏了下來，我足足伏了半個小時之久，雖然我一再告訴自己，特瓦土人的舉動如此奇異，一定是有原因的，應該再等下去。

但是，在半個小時之中，只是聽露水凝結在樹葉上，又向下滴來的「滴滴」聲，但是耐心再好的人，也會難以再忍耐下去的。

我舒了一口氣，準備站了起來。

然而，那兩個特瓦族人，卻不等我站起，便不約而同地伸手向我背上按來。

當然，以他們兩個人的力道，是絕對按不住我的。但是那卻可以證明他們兩人，要我繼續在地上伏著。我心中暗嘆了一口氣，又伏了下來。

看那兩個特瓦族人全神貫注望著前面的神氣，我知道前面一定會有甚麼特異的事發生，因之我也全神貫注地向前望去。

在我望向前之際，那兩個土人面上現出了欣喜之色，同時，一齊指著一株生在山腳下，一塊大石旁的榕樹。那榕樹，鬚根垂掛，十分繁茂，離我們不遠。

我不知道那是甚麼意思，只有將目光停在那株大榕樹之上。

又過了沒有多久，我突然看到，那株大榕樹，竟在緩緩向旁移動！

在我剛一看到那種情形之間，我根本不相信那會是事實，而只當那是我對其一件物事，注視得太久了而生來的幻覺。

可是，接下來所發生的事，卻證明了那絕不是幻覺，而是事實。

那株大榕樹的確是在移動！

它先是向上升起，連同樹向上升起的，附著在樹根部位的，是一大團泥塊，泥旁有鋼片圍著。

連樹帶泥，重量少說也有幾千斤，我不明白是甚麼力量，可以使得樹向上伸起的。

當樹升高了之後，我看到了一根油晃晃的，粗可徑尺的鋼管。我知道了。那是一種油壓式的起重機，將樹頂了起來。

而這裏，毫無疑問，是甚麼地方的一個秘密入口處了。我向特瓦土人望去，只見他們正以驚駭莫名的神色，望著那棵樹。

當然，對他們來說，一棵能活動的樹，是不可思議的怪事。

我相信他們一定不止一次地見到過這棵樹的升降，所以才在發現了我之後，便一定要拉我到這裏來看這個「奇景」。

榕樹升高了兩公尺，便停了下來。地上出現了一個老大的圓洞，我又看到了一張鋁質椅子，自動升起，椅上坐著一個人，雖在濃黑之中，但是我仍然一眼便可以看出，那個人不是別人，正是漢克，是野心集團中的一份子！

那鋁質的椅子，一出地面，便停了下來，漢克一欠身，走了下來。他才走了一步，我手在地上一按，便已經向他疾撲了過去。

漢克是一個極其機警的人，但是他還不夠機警得能在我撲到他身後之前，起而自衛。我一撲到他的身後，伸手在他的後腦鑿了一下，他便像一個撒嬌的少女，倒向愛人的懷中一樣，向我的身上，倒了下來，我扶住了他的身子，一伸手，在他的衣袋中，摸到了一柄手槍，然後，我一鬆手，任由他的身子，跌倒在地。當我回頭看時，只見那把鋁質椅子，正在緩緩向下降去。

我不便思索，事實上，也不容許我多思索，我一縮身，身子跳躍了起來，已經坐在那柄鋁質的椅子之上。椅子向下沈去，我只聽得下面有人聲傳了過來，道：「漢克，怎麼又回來？」

我只是含糊地應了一聲。我抬頭向上看，只見椅子沈下，那株榕樹，便也向下落了下來，可是我眼前，卻並不黑暗，而是一片光亮。

因爲在我的四周圍，都有著燈光，我是在一個大圓筒形的物事中下降著，我扣住了機槍，緊張地等候著我現身之際的那一刹的搏鬥。

椅子仍向下沈著，我聽得椅子油壓管縮短的「吱吱」聲。終於，椅子停了下來，我立即一躍而起，喝道：「誰都別動！」

驚愕失措，面無人色，慌忙舉起手來的，只有一個人。

那人莫名其妙地望著我，道：「你，你是甚麼人？」我喝道：「你轉過身去！」那人聞言，轉過了身子。我這才仔細打量自己所處的地方。那是一間地下室，除了幾個扳掣之外，幾乎沒有甚麼陳設，但是卻另有一條甬道，通向遠處。

我沈聲道：「這是甚麼地方！」

那人道：「你是得不到任何好處的。」

我冷笑了一聲，以槍管在那人的腰腿之上，頂了兩頂，並且給他聽到我扳開保險掣的「克勒」聲。那人連忙道：「這是一個秘密所在！」

我道：「可是海底總部的分支？」

那人點了點頭，道：「是，總部召集所有的人前去赴會，世界各地分支的人，職位高的都走了，連漢克也要走了，這裏除了我，沒有第二個人，你仍可以有機會逃走的，快逃吧！」他一面叫我「快逃」，但他自己的聲音，卻在發抖！

我冷笑了一聲，道：「我應該怎樣，我自己知道，不用你吩咐。」

那人悶哼了一聲，我又道：「總部召集所有人，是爲了甚麼？」那人道：「秘密，這是極度的秘密！」我又以槍口在那人的腰處頂了一下，道：「是麼？是不可告人的秘密麼？」

那人怪叫了起來，道：「不！」

我不禁爲之失笑，道：「那你告訴我吧！」

那人連連點頭，道：「總部已有了征服全世界的方法，所以才召集世界各地所有我們的人去聽候重要指示的。我職位低，負責看守而已。」

我聽了他的話，不禁感到了一陣昏眩。

張小龍一答應和野心集團合作，野心集團便立即召集所有人，部署征服世界了！

人類的危機來臨了！

我是不是還有力量及時告知我有關方面，挽救這一場大劫數呢？

第十七部：地窖中別有乾坤

我心中一面想，一面搖著頭。

那人道：「是與我作對，沒有好處……」

我不等他講完，便道：「少廢話，你帶我去參觀這個分支所的設備！」那人連耳根都紅了，道：「不能夠的！」我柔聲道：「能夠的！」那人嘆了一口氣，道：「完了！完了！」

我又道：「你還不快走麼？」

那人道：「由這裏通向前去，是張海龍的別墅底下，只不過是一些通訊聯絡設備和儲藏著一些武器，還有一個高壓電站，沒有什麼可看的！」

我一聽得那人如此說法，心中不禁猛地一動！

即使這裏有什麼可看的，我也不應該去看了！

野心集團已開始召集部署在世界各地的集團中人到海底總部去，那麼，他的陰謀，付諸實行，也就是這幾天中的事了！

我怎能再在這裏耽擱時間？我爲什麼還不把將漢克作爲證人，立即和國際警方聯絡？

我一想至此，連忙道：「你快送我出去！」

那人自然不知我是因爲什麼而改變了主意，呆了一呆，顯是求之不得，連聲道：「好！好！」

我知道躺在外面的漢克，暫時不會醒來的，我坐上了那鋁質的椅子，那人扳動了一個掣，椅子開始向上升了上去，我心中在急速地盤算著，如果國際警方，對我的報告有所懷疑的話，那麼漢克便是一個最好的人證了，我必須將他制住，帶入市區。

正當我竭力思索，我離開了這裏之後，以什麼方法再和納爾遜先生聯絡之際，突然，我聽得下面，響起了「拍」地一聲。

那一下聲響，不會比一個人合掌擊蚊來得更大聲，但是那一下聲響卻令得我猛地一震，因爲我一聽便聽出，那是裝上滅音器的槍聲，我根本不知道槍是誰發，也不知道槍射向何處。但是我卻本能地側了一側身子。

那一側，可能救了我的性命。

因爲幾乎是立即，我覺得左肩之上，傳來了一陣灼熱的疼痛，我中槍了！

在那瞬間，我簡直沒有時間去察看自己的傷勢，我只是向下看去，我看到剛才還是一副可憐相的人，這時卻正仰起了頭，以極其獰厲的神色望著我，他手中正握著裝有滅音器的手槍！

他在地上站立的角度，是不可能覺察我只是左肩中槍，而不是胸部要害中槍。

所以，在那電光火石之際，我已經有了決定，我放鬆了肌肉，身子再一側，便向下跌了下去。

當時我除了這樣做之外，絕無他法。

因爲我在上面，若是一被那人覺出一槍未致我死命，他可以補上一槍、兩槍，直到將我打死爲止，我則像一個靶子一樣，毫無還手的餘地。

「叭」地一聲響，我已經直挺挺地跌在地上。我故意面向下臥著，血從傷處流了出來，但是那人卻無法弄清我是什麼地方受了傷。

我立即聽得他的腳步聲，向我走了過來，接著，便在我的腰際，踢了一腳，我立即打了一個滾，當然是放鬆了肌肉來打滾的，看來就像死了一樣。

那人像夜梟似地怪笑了起來，不斷地叫道：「我打死了衛斯理，我可以升級了！」

我將眼睛張開一道縫去看他，只見他手舞足蹈，高興到了極點。

當然，我知道，我殺死莎芭等人的事情，野心集團總部，只怕已經知道了，而且，野心集團的總部，一定出了極高的賞格來使我死亡，所以那個人自以爲將我殺死之際，才會那麼高興。

我左肩雖然已經受傷，但是還完全可以對付像那人這樣的人。

我趁他手舞足蹈之際，一伸手，抓住了那人的足踝，我一抖手間，我淸楚地聽到了那人的足骨斷裂之聲，然後，令得他連再扳動槍機的機會也沒有，他的身子已向後倒去，後腦「砰」

地一聲響，撞在水泥的地面上。

這一撞，他未曾立時腦漿迸裂，當真還得感謝他的父母給了他一個堅固的腦殼。但不論他的腦殼是如何堅固，他翻著白眼，像死魚一樣地躺在地上不動了，而他腿骨斷折之處，立即因皮下出血而腫了起來。

我不怕面對面的決鬥，但是我最恨打冷槍的傢伙，所以我對他的出手才如此之重。

我敢斷言，這傢伙就真醒轉來，他的右腿也必然要動手術切除才行了。

我這時，才俯首察著自己肩頭的傷勢，我咬緊了牙，摸出了一柄小刀，將子彈挖了出來，這確實是十分痛苦的事，使得我在汗如雨下之際，又狠狠地在那傢伙的身上，踢上幾腳。

然而，我脫下了襯衣，扯破了將傷口緊緊地紮好。我動作十分快，因為我不能在漢克醒來之後才出去。而漢克究竟可以昏過去多久，卻是難以有準確預料的事。

我紮好了傷口，按動了一個鈕掣，使得那椅子向下落來，然後，我又按動了使椅子上升的鈕掣，飛身上了椅子，椅子再向上升去。

約莫三分鐘之後，我便在那株榕樹之下的洞中，鑽了出來。然而，當我一出洞之後，只見濃霧已散去，就著星月微光，我首先看到，那兩個特瓦族人，躺在地上，男的壓在女的身上，已經死了。

我吸進了一口涼氣，立即向漢克倒地的地方看去——那實是多此一舉的事情，漢克當然不在了！

在那片刻之間，我心頭感到了一陣難以形容的絞痛。死的雖然是兩個和我絕無關係的特瓦族印第安侏儒，但是，在他們純樸的心靈之中，我卻是「特武華」——他們信奉的大力神。也正因爲如此，所以才將他們的發現告訴了我。但是，我卻對漢克的體格，作了錯誤的估計，在他昏了過去之後，未曾作進一步的措施，便進入了地洞之中。

我的疏忽，使他們喪失了性命！

我嘆了一口氣，回頭看去，只見那株榕樹，又恢復了原狀，實是再精細的人，也難以想像在一株生長得十分茂盛的榕樹之下，會有著地下室和地道的。

我同時聽得警犬的吠聲和電筒光，可以想像，那一定是漢克的槍聲，引來了警察。漢克不止放了兩槍，因爲那兩個特瓦族人身上的傷痕十分多。

我不能再在這裏耽擱下去了，我連忙在草叢之中，向前疾竄而出。不一會，我便繞過了張海龍的別墅，走到接近我停車的地方。

但是我剛一到離我停車還有二十公尺之處，我便呆住了。

在我「借用」來的那輛車之旁，大放光明，一輛警車的車頭燈，正射在車子上，有一個警官，在通無線電話，有一個警官，正在打開車門，檢查車子的內部。

我自然不能再出去了！

我向後退去，不禁猶豫起來：我該如何呢？我總不能步行回去市區去的！

當然我並沒有猶豫了多久，我立即想到，張海龍的別墅，是我最好的藏匿地點。所以，我又向前奔出，翻了過圍牆。在我翻過圍牆，落在地上的那一瞬間，我心中突然閃過了一絲念頭：漢克到那裏去了呢？野心集團既然在張海龍的別墅附近，設下了控制遠東地區的分支，那麼，漢克對張海龍的別墅，一定也十分熟悉了！

在四周圍已全是警察的情形下，他要不給警察發覺，會上哪裏去呢？當然也是躲到別墅中來！而別墅中只有張海龍一個人在！

張海龍是一個固執的老人，而漢克則是一個殺人不眨眼的兇手，我的心中，不禁生出了一股寒意，爲張海龍的處境，擔起心來。

我連忙以最快的身形，來到了大門口，廳堂中的燈光已經熄滅了，張海龍可能是在二樓的臥室中。我抓著牆上的「爬山虎」，那雖然不能承受多重的份量，但是已足夠我迅速地向上爬去。

當我站在二樓窗口凸出的石臺上之際，警犬聲已接近張海龍的別墅，電筒光芒，也迅速地移了近來。

我沒有再多考慮的餘地，反手一掌，擊破了一塊玻璃，伸手摸到了窗栓，拔開了栓，推開了窗，一個倒翻身，翻進了室中。

我到過這別墅的次數雖然不多，但是我在爬上牆時，早已認定了窗戶，我翻進來的時間，是張海龍的臥室。張海龍當然不會在這間房間中的，我一落地，立即便站了起來，準備去找張海龍。但是我剛一站起，在漆黑的房間中，我身後的那個屋角中，傳來了漢克的冷酷的聲音，道：「衛斯理，我等你好久了！」

漢克的聲音，旋地傳出，實在是我的意料之外，我只是料到漢克可能在這裏，卻料不到漢克已經在這裏等著我了！

因爲，我在擊倒漢克的時候，根本未曾想到漢克已看清襲擊他的是我！

當時，我除了立即站定不動之外，絕無其他的事可做。我苦笑了一下，道：「我不相信你能夠在黑暗之下認清目標。」

漢克「桀桀」地怪笑了起來，道：「衛斯理，經過紅外線處理的特種眼鏡，我可以在黑暗之中，數清楚你的頭髮！」

我不再說什麼，漢克的話可能是實在的。人類已經有了在黑暗之中利用紅外線攝影的發明，野心集團自然可以進一步製造出能夠在黑暗中視物的紅外線眼鏡來的。

漢克又怪笑了幾聲，道：「衛斯理，這次你可承認失敗在我手中了？」

漢克道：「我在昏過去之前的一剎間，看到了襲擊者是你，我的意志使我只不過昏迷了五分鐘，槍聲引來警察，我又知道你必然能夠制服那個笨蛋的，你必然會來到這裏，我可以舒舒服服地坐在沙發上等你，朋友，你還不承認失敗？」

我不得不承認漢克的料斷十分正確，但我的確不知道什麼叫失敗，我冷笑了一聲，道：「張海龍呢？」漢克道：「他睡得天翻地覆也不會醒了！」

我不禁吃了一驚，道：「你這是什麼意思？」

漢克笑道：「你以爲我殺了他麼？放心，他是遠東地區著名的銀行家，我們還要利用他的。」

張海龍沒有死，這使我暫時鬆了一口氣。

漢克道：「衛斯理，你知道你可以使我高昇到什麼地位麼？」

我冷冷地道：「昇到什麼地位？」漢克顯是得意之極，大聲道：「使我昇到我們首腦的整個亞洲地區的顧問，你知道麼？」

這時候，在黑暗中久了，室中已不像是我剛進來那時一片漆黑了。我抬頭看去，只見漢克正坐在屋角的一張沙發上。

而我才一轉頭，他便失聲道：「別動！」

這證明他看我要比我看他清楚得多，我不敢再動，道：「我可以坐下來麼？」漢克道：「當然可以。」我向橫走了幾步，在一張椅子上坐了下來。

就在這時，警犬的吠聲已到了大門口，擂門聲，電鈴聲一齊響了起來。漢克低聲警告我：「不要出聲。」我道：「沒有人應門，警察是會破門而入的！」

漢克一笑，道：「你的希望必然要落空了，第一，這所別墅幾乎一直是空置的，警察知道；第二，這是張海龍的別墅，你忘了麼？」

我心中暗嘆了一口氣，這本來是我也料得中的事。

我剛才如此說法，只不過是想嚇漢克一下而已，但是漢克卻不是容易受騙的人。

漢克沈著聲音，道：「老實說，衛斯理，我對你十分佩服，你能在海底總部中逃出，近二十年來，你是第一人，而你又能逃脫了莎芭他們的圍捕，這也是極不容易的事，但是，這次你想要脫身，卻不容易了！」

我問道：「警察一走，你便準備開槍麼？」

漢克奸笑道：「那等警察走了再說吧。」

我探聽不出他的目的，只得背對著他坐著。警察在大門口鬧了十分鐘，便離了開去，等到四周又漸漸恢復寂靜之際，漢克呼令道：「好，你可以站起來，向門外走去了。」

我立即道：「到什麼地方去？」

漢克道：「你走，我自然會指示你的。」

我想過了幾百種脫身的方法，但是卻都給我放棄了，我實是不會有機會的，我走到門口，拉開了門，外面是走廊。

漢克在我背後，道：「下樓梯去。」

我向樓下走去，到了大廳中，漢克又道：「到儲物室去。」

一聽到「儲物室」，我心中不禁一動，因為我第一次看到「妖火」，那種奇異的火光，似乎正是從儲物室中射出來的！

而當時，我也曾到那寬大得異乎尋常的儲物室中去過，卻並無什麼發現。

如今，漢克又逼我到儲物室去，那意味著什麼呢？

我一面想，一面向前走去，不一會，便來到了儲物室的門口，門上全是積塵，張海龍的這所別墅雖然大，但是卻乏人打理，儲物室只怕更是平日沒有人來到的地方，所以門下有著積塵，實也不足為奇。

我在門前站定，回過頭來，道：「要我開門麼？」

漢克一聲奸笑，道：「不用了！」他一面說，一面已自衣袋中取出了一隻如同廿支裝煙盒大小的物事來，同時，手一拉，在那物事上，拉出了一根一呎長短的金屬棒來。

我對於無線電的一切，雖然不是內行，但卻也不是一竅不通！

我一見那物事，便立即知道，那是一具無線電發射器，在那瞬間，我只當漢克要對我不利，神情不禁地緊張了起來。

漢克一定看出了我的緊張，他雖然仍有槍對著我，但是卻也不由自主，向後退出了一步，他又立即道：「你想妄動麼？」

我的目光，停在他手中的那具無線電發射器上面。漢克道：「你放心，這不過是一把『鑰匙』而已。」我呆了一呆但隨即明白了他的意思。

他手中是一具晶體管的無線電發射器，那的確是可以作爲「鑰匙」用的，因爲如果在一扇門上，裝上了無線電接收器的話，他便可以通過那具發射器，來操縱這扇門的開關了。

但是我的心中，卻又不能不疑惑。

因爲我並不是未曾到過儲物室，而我上次在進入儲物室之際，卻絕沒有費什麼手腳，只是旋轉了門柄，門就開了。

如今，看來並沒有什麼不同，何以漢克要這樣鄭重其事？我心中對他仍然不信間，已見漢克一伸手指，推動了一個鈕掣，發出了「的」地一聲。

當我同時，又聽得前面，響起了一陣「格格」聲，使我立即回過頭去看時，我不禁又呆了一呆。

在我站立的地方之前，也就是儲物室的門前，本來，有一塊舊地氈鋪著的，這塊地氈，已經十分殘舊和骯髒了，可以說最喜歡留意周圍事物的人，都不會注意到它的。

但是這時候，那塊地氈，卻自動地揚了起來，而地氈的下面，竟然是一扇鋼門！

漢克再次按動了他手中那具無線電發射器上的按鈕，這一次，發出「的的」兩聲，那扇銅門已向旁移了開去，我看到下面有亮光，還有一道避火梯的鋼梯，通向下面去。

我呆了好一會。漢克一連催了我三次，我才抬起腳來。我只走出了一步，道：「我明白了，張海龍是這裏的負責人？」

漢克呆了一呆，突然大笑了起來，道：「你想到什麼地方去了？」

我立即道：「那麼，你們爲什麼選中了他的別墅，來做分部呢？」漢克道：「那純粹是湊巧，我們在離此地外發現了一個山洞，可以供我們隱藏器械、人員用品，而當我們準備從那個山洞挖掘一條地道，另求一個出口之際，卻來到了這裏，我們發現那更好，一個銀行家的別墅，這不是最好的掩護麼？」

我冶冷地道：「而且，那銀行家的的兒子，也正是你們要求助的對象！」

漢克道：「據我所知，那時候張小龍還正在唸中學，根本沒有什麼新的發明。」我點了點頭，心中更明白何以張小龍在美國有了新的發現。野心集團便立即能夠偵察知的原因了。

那當然是因爲這條地道，恰好通到他父親的別墅，因之他和他的家人，也受到了野心集團注意的緣故。

我不再多問什麼東西，順著鋼梯，向下走去。到了下面，我看到一具類似放映機也似的東西，但是卻又有著望遠鏡似的長鏡頭。那長鏡頭一直伸向上面，從一個圓洞中伸出去，我弄不清那是什麼東西。而在那奇怪的東西之旁，則是其他許多，我或識或不識的器械，我並沒有機會細看，因爲漢克一直在催我快走。

不到兩分鐘，漢克已將我驅進了一間小室之中，那間小室的間隔，似乎是一種新的塑膠，類似硬橡皮的東西，我一跨進了那小室，第一個感覺，便是自己呼吸聲和心跳聲，竟連我自己，也嚇了一跳，而當漢克門將關上時，我更聽到了漢克的心跳聲，那是一種十分奇異的感覺，靜到了極點，但是卻有人的心跳聲，我一時之間，不知怎麼才好。

只聽得漢克忽然講起話來，他在那樣的情形下，絕沒有理由對我大聲疾呼的，但是他的聲音卻是響亮之極。

漢克道：「這裏是絕對靜寂的地方，靜寂的程度，是全世界之冠。」

我非常相信這一點，但是我卻不知道在這裏弄一個這樣的靜室，有什麼用處。

他自己則在一張桌子前坐了下來，腳桌子上有著三根圓管，可以自由旋轉，調整方向，除此之外，還有不少按鈕，他將一根圓管對準了我，一按按鈕，從那圓管中，突然射出一股光芒，照在我的身上！

我立即想起了野心集團總部中的死光來，立即想要跳了起來。

但是我的行動，怎能及得上光的速度？我的神經，才跳動了一下，肌肉根本未動，自那圓管處射出來的光芒，已將我的全身罩住了！

在那片刻間，我感到肌肉發硬，我感到自己已經化成了一撮飛灰。

但是那一切，全是幻覺，我仍然好端端地坐在椅上，並未曾死亡，甚至沒有受傷，我心中立即又想起。難道這是輻射光？使人在被光罩住之後，就患上了不治之症，慢慢地死亡？

而以魔鬼集團在科學上的成就來說，或許他們已發明了可以改變細胞組織的輻射光，那麼，我在這種光芒的照射之下，會變成什麼樣的怪物呢？

我那肌肉依然僵硬，腦中五顏六色，在不到一秒鐘的時間內，不知泛起了多少光怪陸離的想法。

漢克一動不動地坐著，望著我。

我更感到他的眼光之中，充滿了不含好意的神色。霎時之間，我感到了空前未有的疲乏，我要用好大的勁，才能使自己的臉上，浮起一個十分勉強的笑容來，然後，我才道：「這算是什麼？」

漢克陰森森地道：「害怕了嗎？衛斯理也有害怕的時候麼？」

我是人，人自然是怕死。但如果是和野心集團爭鬥而死，那我當然不怕，若是怕，我也不會出生入死，冒險進行著那麼多事了。

可是如今，我的確害怕，我不是怕死，而且怕在那種光芒的照耀之下，我不知道會有什麼樣的結果，他媽的，我會變成一個科學怪人呢，還是一個史前怪物？——我心中不由自主地這樣問自己。

我雖然沒有回答漢克，但是漢克卻顯然已在我面上的神情上，看出了我心中的答案，他得意地大笑起來，笑聲在這間靜室中聽出來，震耳欲聾，我未曾聽過魔鬼的聲音，但是我相信，如果真有魔鬼的話，它的聲音，一定和漢克一樣的。

他笑了好一會，才停了下來，道：「好，你害怕了，這就夠了。」

我道：「什麼夠了？」漢克伸手在那發出光芒，對住我的圓管上「錚」地彈了一下，道：「這裏射出來的光芒，只是普通的電子光。你乘過用電子光控制的升降機沒有，當光一被遮住時，升降機的門就會打開的。」

我鬆了一口氣，道：「自然乘過。」

漢克雙掌交叉，托在腦後，道：「這就是了，如果你規規矩矩地坐著，那就什麼也不會發生。但是如果你要亂動，電子光受到了干擾，那麼，在你看不到的地方，就會有槍彈向你射來。」

我明白了，這間靜室中是裝有電子控制的武器的，只要我不動，我就不會有危險。

我鬆了一口氣，立即又想起：我要在這張椅子上坐多久呢？漢克爲什麼要我坐在這裏呢？

漢克「哈哈」笑著，道：「我本來想不說穿，讓你繼續害怕下去的，但是你害怕的神情，竟是那樣的可憐，居然打動了我的心，你知道麼？」

他是在竭力想侮辱我，我冷笑一聲，道：「原來你也有心肝的麼？」

漢克面色一沈，但立即恢復了那種狡獪得意，不可一世的笑容，道：「在你殺死了我們追蹤你的人之後，總部的新命令，是要發現你的人，盡最後一分力量，使你能投向我們，衛斯理，如果你答應的話，我也會是你的上級，你必須明白這一點。」

我冷笑道：「本來，這個問題，還可以考慮，但是有你這樣的上級，便變成用不著考慮了！」

這一下，漢克想要維持他的優越，也不可能了，他鐵青著臉望著我，而我心中，則十分放心。

因爲野心集團既然已改變了命令，那麼，我暫時不會有什麼危險的了。

漢克望了我好一會，我們可以相互聽到呼吸聲和心跳聲，漢克面上，漸漸恢復了鎮定，道：「你在海底，已經看到了我們的實力，但是你或許不知道我們和世界各地分支的聯絡，是如何地緊密，如果你知道的話，那你就會相信，只要我們一開始，離成功就十分接近了。」

我冷笑一聲，道：「接近成功，絕不等於成功！」

我的話，使得漢克的面色，變得更其難看。但是他卻沒有發作，只是指著他面前的那張大桌子，點了一點上面密密排排的按鈕道：「你看到了沒有，這間靜室，事實上是我們總部的通訊室。總部因爲處於海底，有時候，無線電波會受到暗流的干擾，所以，總部的命令，先發到這裏，再出這裏，轉到世界各地去，首腦人物的一句話，在一分鐘之內，便可以傳遍全世界了。」

我仍是保持著冷靜，道：「這又有什麼了不得？」

漢克的聲音十分平板，道：「而等到各地分支的負責人，在總部集會之後，回到原來的地方，就只要等候總部的命令好了。你知道轉傳總部命令的是什麼人？我！」漢克挺了挺胸，頗有不可一世之狀。

我鄙夷地一笑，道：「又不是你下命令，你只不過是一具傳聲筒，有什麼光榮？」

漢克忍不住怪叫了起來，但是我卻仍十分鎮定地坐在那張椅上。雖然，我知道如果我妄動的話，立即會有殺身之禍。但我也知道，總部既然有了不准殺我的命令，那麼，只要我不動，不使電子光控制的武器自動發生作用，漢克是不敢奈何我的。

果然，漢克在怒吼了一聲之後，又用最卑劣的言語，足足咒罵了三分鐘，才停了下來，他一面罵，一面揮舞著拳頭，我明知他不敢擊我的，但是我卻也怕他手臂揮舞，忽然遮住了電子光，使得自動武器射出子彈來。

因之我忙道：「好了，你還有什麼叫我看的，還有什麼要對我說的，都可以說了！」

漢克站了起來，但立即又坐下。那表示他的心中，將我恨之入骨，恨不得將我立即殺死，但是礙於總部的命令，他卻又不敢，所以才坐立不安的。

他坐下之後，竭力使他的聲音，聽來平靜，道：「你聽聽這個聲音，就可以知道了！」

他一面說，一面伸手，在他身後的牆上，輕輕按了一按。

只聽得「拍」地一聲，牆上一扇活門落了下來，顯出了一具精巧的錄音機，錄音帶也在這時，開始轉動。

於是，我聽到了那聲音！

那是極其純正的國語，像是一個最蹩腳的話劇演員一樣，音調沒有高低。但是我一聽，身子卻不由自主地震了一震！

我並不是第一次聽到這聲音了。

在野心集團海底的總部之中，那具電腦傳譯機之前，我聽到過這聲音兩次，我知道，這正是那野心集團最高首腦所發的聲音。

只聽得那聲音道：「衛斯理，你居然能從我們這兒逃了出去，我本人對你的勇敢，表示欽佩。但是你竟不能了解到無論你逃向何處，永遠不能逃脫我們的手掌，我本人對你的愚蠢，表示遺憾。」

我聽到這兒，聳了聳肩，道：「漢克，就是這些廢話麼？你將錄音機關上吧！」

漢克冷然一笑，並不出聲，也不行動。

我自然只好繼續聽下去。

那聲音續道：「當你聽到我的聲音的時候，可能我們總部的大集會，已經召開了。如果是的話，那麼我允許你通過電視，作爲我們這次大集會的旁觀者，這一點，你可以向監視你的人要求——」

我立即向漢克望去，漢克一翻手腕，看了看手錶，然後，他一口氣按動了桌面上排列著的七個按鈕，只見一幅牆移了開去，現出一幅巨大的螢光屏。

那聲音繼續道：「當你看到這樣的場面之後，你就知道，單以你的勇敢來和我們作對，是徒然的。張小龍也曾經勇敢過，但是他如今怎麼樣？他聰明地抉擇了和我們合作的這條路……」

我看到那巨大的電視螢幕上，已出現了縱橫交錯，閃耀不停的白線。

那聲音仍未停止，續道：「我十分希望你能和我們合作，要知道，那是我本人對你的勇敢的欣賞。」

那聲音停了下來。同時，電視銀幕之上，也出現了畫面。

畫面相當模糊。但是卻可以看出，畫面上出現的，是一個圓穹形的大廳。大廳的整個形狀，也是圓的，一排一排的座位上，坐滿了人。要看清那些人的模樣，是沒有可能的，因爲畫面十分模糊。

在正中，有著一個圓台，圓臺上坐著十來個人。

那十來個人，我只是憑著記憶力，才看出其中一個，彷彿是甘木，而另一個昂著頭，坐著一動也不動的，則像是張小龍。

我看了片刻，道：「不能將畫面調整得清楚一點麼？」

漢克道：「笨蛋，難道我不想看清楚麼？」我知道，要將海底總部之中，如今所發生的事情，轉播到這間靜室中來，那是十分困難的事，雖然畫面十分模糊，已是難能可貴了。

我又道：「沒有聲音麼？」

漢克又按動了幾個按鈕，在電視螢幕之旁，發出了一陣聲音，但是卻收聽不到正常的聲音。漢克弄了一會，終於道：「出了故障了！」

他放棄了收聽聲音，只是儘量將畫面調整得更其清晰。

我屏住了氣息，向前望著，問道：「哪一個是你們的最高領袖？」

第十八部：海底總部大混亂

漢克道：「你看到了沒有，在甘木旁邊的那張椅子之上。」甘木旁邊那張椅子，我早就看到了，那張椅子，比旁的椅子都大，但是卻是空的，上面並沒有人。

我呆了一呆，道：「你是說，當會議開始之後，他將會坐在那張椅子上？」

漢克冷冷地道：「會議早就在進行中了。」

我心中也大是有氣，道：「難道你們的最高首腦，竟不出席這樣重要的大會？」漢克暗暗笑了起來，道：「當然出席的，但是卻沒有人看得到他。」

我問道：「這是什麼意思，難道他已經發明了隱身法麼？」

漢克道：「誰知道，或許是這樣，總之，沒有人見到過他，也沒有人聽到過他真正的聲音，但是，他卻就像是在你身旁一樣，這便是我們的最高首腦。」

我並不覺得漢克的話有什麼誇大之處，因爲，當我在海底野心集團總部的時候，我也曾竭力想和這個最高首腦見面。然而，我卻做不到這一點。但是，儘管我見不到他的人，卻和他談過話，他也可以將我看得清清楚楚！

我「哼」了一聲，仍然注意著電視螢光屏上面的變化。

只見所有的人，忽然都站了起來，不斷地拍著手掌，同時，我看到主席臺上，那彷彿像是張小龍的人，向前走了過來，來到了講台之旁。

他一走動，我更可以肯定他是張小龍。

我雖然聽不到聲音，但是從所有人鼓掌的情形來看，歡迎張小龍演說的場面，一定熱烈之極，我望了望漢克，只見漢克也洋洋得意地望著我，似乎在說，根本用不著我的勸說，張小龍也已經為他們服務了。我雙手緊緊地握著拳頭，又望向電視螢幕，只見張小龍在講壇面前站定之後，其餘人也一齊坐了下來，靜聽張小龍演說。

張小龍站著，揮舞著手在講話，他面上的神情如何，我看不出來，可是看他不斷地搥著桌子，和不斷地揮著雙手的情形，可以看得出他所說的話，一定是十分激烈。

我心中不禁大是奇怪起來。

因為如果張小龍肯定了他該為野心集團服務，那麼，他就絕不會這樣激動的。而他如今的情形，分明是處於一種十分反常的狀態之中！

果然，不出我所料，張小龍還在講著，主席臺上，甘木和另一個我所沒有見過的人，已站了起來，向張小龍撲了過去，將他的手臂抓住，要將他扯下臺來，但是張小龍卻在用力地掙扎著。

同時，大廳中的所有人，有的站了起來，有的木然而坐，秩序起了極度的混亂，我不禁奇聲道：「發生了什麼事？發生了什麼事？」

我連問了兩遍，轉過頭去看看漢克。

在這一轉頭間，我才發現，那從圓筒中射出來的光芒，已經不照在我身上，而照在我身旁的牆上了，漢克正在滿頭大汗地按動著鈕掣，他顯然是想收聽聲音，想弄明白在海底的總部，究竟發生了什麼糾紛。

而那隻本來是對準了我的圓筒，這時，也已經歪向一邊，所以，從圓筒中射出來的光芒，也照不到我的身上了。也就是說，我已經脫離了武器的威脅。那自然是漢克手忙腳亂，想要收聽聲音時，碰到那圓筒，而他自己也不知道的結果。

我心中大是高興，連忙身子一卸，滑下了椅子，就地一滾，等到漢克覺出不妙之際，我已經來到了他的身後，一伸手，將他的後頸拿住。

漢克可能一輩子也弄不明白，何以我一伸手，以三隻手指，拿住了他的後頸之後，他便一點力道也便不出來，全身如同軟了一樣。那是因爲我已經捏住了他後頸的一個穴道之故。

漢克喘了一口氣，道：「你……你怎麼……」

他想問我，是怎麼能夠從椅上站了起來，而不被子彈射中的，我不去理會他，一把將他提了起來，放在剛才我所坐的那張椅子上。

然後，我以最迅速的身法，回到了那張桌子之旁，轉動那隻圓筒發出的光芒，罩在他的身上。漢克剛想站起來，光芒便已經將他罩住，他面色變得像青鋼石一樣，坐在椅上一動也不敢動。

我向他一笑，道：「對不起得很，中國人有句話，叫作『六十年風水輪流轉』，剛才是我坐這張椅子，如今輪到你，不是很公平麼？」

我一面譏諷著漢克，一面也不斷地轉動桌上的幾個控制鈕，希望聽到，野心集團總部中發生的大混亂，是因為什麼而引起的。

這時，電視螢幕上出現的情形，可說是紊亂到了極點，人和人之間，擠來擠去，張小龍還在臺上，和甘木等人掙扎著。在這時候，我自然記起了張小龍曾經和我說過，他要以一個人的力量來對付整個野心集團，並且叫我快點離去，以免玉石俱焚那件事來。

如今看來，張小龍的話並不是空談，那麼，他是用什麼方法，使得野心集團這樣混亂的哪？

我不斷地轉動著其中一個顯然是控制電視音量的鈕掣，突然之間，我聽到了一陣轟鬧聲，那陣聲音之亂，簡直連一個字眼也辨不出來。但是我卻可以肯定，那種聲音，正是發自我所看到的那個電視螢幕之中的那個圓拱形大廳中的。

漢克一聽到我終於收聽到了發自大廳中的聲音，他面上的神色，也不禁大為緊張起來，雙眼望住了電視螢幕，一眨不眨。

我大聲道：「漢克，不要忘記你自己是在電子控制武器的射程之內，不要亂動，我還不想你死哩！」

由於收聽到的聲音，是如此之嘈雜，因此我不得不用最大的聲音來說話。

漢克瞪了我一眼，面上出現了十分憤怒的神色來，但是他立即便轉過頭去，望向電視螢幕。顯然，他關心海底總部發生的變化，僅次於他自己的性命而已。

我仍然小心地旋轉著鈕掣，並且轉動著短波的分波器，找到了正確的波長。雖然雜音還是很厲害，但是我也可以聽到，有人以英語在聲嘶力竭地大叫道：「快撤退，快撤退到陸地上去！」有的則叫道：「遲了，遲了！」更有一個德國人，在以德語大聲叫道：「難道我們都完了麼？難道我們的一切都完了麼？」

由於那大廳之中，混亂到了極點，所以那些話是誰講的，根本看不出來。

當然，那些話，是夾雜在嘈音之中的，雖然聲音特別大，但也要十分用心，才能夠聽出來。那些話具體意味著什麼，實在使人莫名其妙。

但是可以肯定的是，野心集團的那次集會，是因爲剛才張小龍的講話，而引起了極大的混亂，從電視螢幕上來看，那種混亂，稱之爲這個野心集團的末日似乎亦無不可。

可是，張小龍雖然是一個極其優秀的科學家，但他終究只是人，而不是神，他有什麼力量，只憑幾句話，便使得一個有著如此堅強的組織的集團，有著如此尖端科學的集團，產生那樣地大混亂呢？

可惜無線電波受到了障礙，使我未能早收聽到張小龍所講的話，而如今要我來設想，張小龍究竟講了些什麼話，我卻是難於想像！

我又望了望漢克，他的面色，也顯得難看到了極點，我大聲道：「你看到了沒有，你們的集團，已將臨末日了！你還高興什麼？」

他猛地轉過頭來，蒼白的臉頰上，突然出現了兩團紅暈，那表示他的心中，激動到了極點。只聽得他叫道：「胡說！胡說！」

我伸手向電視螢幕指了指，道：「你自己沒有看到和聽到麼？」

漢克整個臉都紅了起來，口中喃喃地不知在說些什麼，就在這時候，突然傳來了一陣急驟的鈴聲。那鈴聲是從電視螢幕旁邊的音響裝置中傳出來的，起先，人人都向一個方向看去，而那個方向，正有一盞燈在明滅不已。

我知道，那鈴聲也是由那個圓拱形的大廳之中發生，經由性能極其超越的無線電收音設備，而使我能在這裏聽到的。

電視螢幕上的人，十分模糊，根本看不清臉，當然也無從再觀察他們的面部表情。

但是在漢克的臉上，我卻可以猜測大廳中臉上的表情如何了！

只見漢克兩眼發直，身子甚至在微微地發抖！

只聽得他不斷地在說話，我起先聽不清他講話的聲音，後來才聽到他，翻來覆去，只是重覆著一句話，那便是：我的天，他竟然出來和大家見面了！

我沈聲問道：「誰出來和大家見面？」

漢克兩眼定在電視螢幕上，道：「他！他！全世界人類中最優秀的一個。」我有點明白了，道：「你說的是你們集團的最高首腦？」

漢克道：「自然是他，除了他以外，誰還配有這樣的稱號？」

我又道：「你怎麼知道？」

漢克像是著了魔一樣，道：「那鈴聲，你聽那鈴聲，那就是他要出現之前的信號了。」漢克剛講完了這一句話，鈴聲便靜了下來。

我立即向電視螢幕看去，只見每一個人，都已經坐在原來的位置上，而大廳中，也十分沈靜。我注意到，在主席臺上，已少了兩個人，一個是張小龍，另外一個，便是甘木。

也就在這個時候，我又看到所有的人，都站了起來，而漢克也在這時，「霍」地站起。他對於他的領袖的崇拜，使得他完全忘記了他自己是處在電子光控制的射擊範圍之內的。

他才一站起，我便聽到一陣緊密的槍聲，我連忙回頭看去，只見自一幅牆上射出了十幾發子彈，一發也不落空，全部射在漢克的身上。

漢克的身上，血如泉湧，他的身子搖晃著，伸出了右手來，我看得出，他是在行一種禮節，同時，他口中叫道：「萬歲——」

他叫的是德文，但是只叫了「萬歲」兩個字，下面的話還未曾叫出來，便自身子一側，「砰」地一聲，跌倒在地上了。

我不及去看他的死狀，由於他死前的那個舉動，使得我的心中，起了莫大的疑惑：「這個野心集團的最高首腦，究竟是什麼人呢？」

然而，也就在那時，我不禁大吃一驚！

因爲電視畫面，正在迅速地縮小。那情形，就像普通的電視機，關了掣之後一剎那間出現的現象一樣。在普通畫面二十七吋的電視機上，這種現象，約能維持三分之一秒，在這三分之一秒中，一切的人物景象，俱都縮小了，但是還可以看得清楚。

如今，我所面對的電視螢幕極大，所以，畫面雖然在迅速地縮小，但在這一個階段，卻還可以有四五秒鐘的時間，給我看清楚那大廳中的情形。

我看到一個人，大踏步地走上主席臺，那人究竟是何等樣人，遺憾得很，一則由於時間實在太短促，二則由於電視畫面，本來就十分模糊。

我只可以告訴各位，這個人的身材中等，髮型十分奇特，像是就這樣隨便梳著的，以致有一綹頭髮，披了下來，上唇看來好像是留著小鬍髭，但是又看不真切，他一面走，雙手則神經質地擺動著。

在那極短的時間中，我突然感到，這個人我是認識的，那是一種十分奇怪的直覺，這種直覺，使我相信，如果我能夠看清那人的面貌的話，我一定能毫不遲疑地叫出這個人的名字來。

我只看到那個人走上了主席群，揮舞了一下手臂，電視螢幕便黑了下來，什麼也看不到了，而聲音則早在電視畫面開始縮小的時候已聽不到了。

我沒有再去按鈕掣，使得電視畫面重現，因爲我看到電視螢幕上有四五個小孔，那自然是剛才射向漢克的子彈，穿過了漢克的身子，射向電視螢幕之故。電視巨大的陰極線管，已受到了損壞，而那麼巨大的陰極線管，只怕世界上還找不出來！

我呆了片刻，又回過頭去看漢克，漢克當然早已死了。

我在電視螢幕之上，看到了野心集團突然發生大混亂的情形，這對我來說，自然是十分值得高興的一件事。但是我卻無法知道，那最高首腦的出現，是不是能夠平復這一場混亂。我仍然要和國際警方聯絡，而且，張海龍的處境如何，也是令得我十分關心的事。

我不能在這裏多逗留了，我連忙循著來路，退了出來，等我退到儲物室中的時候，才發現，原來天色已經微明了。

不用多久，我已經在走廊之中，推開一間一間房間的房門，尋找張海龍，而當我推開第五間房間的房門之際，我不禁一呆。

只見張海龍躺在床上不動，像是正在沈睡。

張海龍可能是給漢克以麻醉劑弄得昏迷了過去，這是我已料到的事情，也根本不會使我吃驚，令得我吃驚的是，在張海龍的床邊，還伏著一個人，那人背部抽搐不已，分明是在哭泣。

而這人不是別人，正是張小娟。

我陡地一呆之際，張小娟已揚起頭來。

她一看到了是我，也呆了一呆，然後，霍地站了起來，厲聲道：「衛斯理，你將我爹怎麼了？」我連忙道：「令尊可保無事，而且，事情和我也沒有關係！」

張小娟似信非信地望著我，「哼」地一聲，道：「你的話可以相信麼？」

張小娟的一切行動，十分異特，使我難以確定她的真正身份，因此我和她講話，也不能不額外小心，我想了一想，才道：「爲什麼不能相信？」

張小娟一偏頭，道：「你先將我父親弄醒了再說！」我來到了張海龍的面前，立即聞到一陣強烈的「哥羅芳」的氣味。

我知道我的猜測不錯，張海龍只是暫時昏了過去而已。我望了張小娟眼，冷冷地道：「你能正確地判斷一個人死亡的時間，難道竟看不出令尊是因爲聞了哥羅芳才昏迷的麼？」

張小娟聽到我這樣說法，立即後退了一步，面色也爲之一變！

而我正是故意如此問她的，這樣強烈的暗示，可以使她知道，我至少已知了她一部份的秘密！她望了我足有半分鐘，才道：「你這樣說法，是什麼意思？」

我也向她望了半分鐘，道：「高貴的小姐，你該知道是什麼意思的。」

她的面色又變了一變，道：「如此說來，我到你家中去的時候，你正在？」

我點了點頭，而且立即單刀直入地道：「正是，小姐，你帶著手槍，到我家裏來幹什麼？」

在我剛一開始和她在言語上針鋒相對之際，張小娟的面上神色，十分慌張。但是，當我單刀直入，向她嚴詞質詢之際，她的態度，卻反而鎭定了起來，在椅上坐了下來，面上現出了一種十分疲乏的笑容，以手支額道：「那個，不說也就罷了。」

我自然不肯就此放過她，冷冷地道：「你以爲這樣的一句話，就能夠滿足我的好奇心了麼？」我在「好奇心」三字之上，特別加重語氣，那就表示，我實在並不只是爲了「好奇心」，而且非弄清楚她的來龍去脈不可。

她抬起頭來，又望了我一會，道：「人家說你厲害，果然不錯。」我哈哈一笑，道：「不敢，只不過還不致於隨便服輸而已。」

張小娟將頭轉了過去，道：「如果說，我來找你，只是爲了救你，你信不信？」

張小娟的聲音，聽來十分平淡，像是在講笑，但是卻又不像。

女人的心情，本來是極其難以捉摸的，美麗的女人尤然，而張小娟則更其難以捉摸。我無法肯定她所講的是真是假，只得反問道：「救我？」

張小娟突然笑了起來，我一伸手，握住了她的手腕，道：「別笑，你究竟扮演著什麼角色？」

張小娟止住了笑聲，輕輕地嘆了一口氣，道：「一個可憐的角色。」

我仍是一點也摸不透張小娟究竟是何種人，我只得道：「可憐的角色？可憐到什麼程度。」張小娟轉過頭去，道：「可憐到了被大英雄認爲是奸黨的程度。」

我鬆開了張小娟的手腕。可能是我的力道太大了些，她的皓腕之上，出現了一道紅印。她自己輕輕地揉著，十分幽怨地望了我幾眼。

我吸了一口氣，道：「張小姐，我們應該開誠佈公地談一談了。」

張小娟低下頭去，並不出聲。

我又問道：「譬如說，剛才，大約十多分鐘之前，你對於你的弟弟，有什麼感覺？」張小娟倏地睜大了眼睛，道：「你這是什麼意思？」

我知道她的那一下反問，大有原因，連忙緊盯著問道：「有什麼感覺，你說，因爲剛才，我還看到你的弟弟！」

張小娟的面上，充滿了疑惑之色，道：「什麼？你是在夢囈麼？」

我立即道：「一點也不！」

在我們交談之中，張海龍也醒了過來，以微弱的聲音問道：「誰？誰剛才見過小龍？」我道：「老先生，你且休息一會，詳細的經過，我會向你報告的！」

我一面說，一面仍以眼光催促張小娟回答我剛才的那一個問題。

張小娟低下頭去，想了一想，又抬起頭來，道：「不錯，我心中，在十分鐘之前，的確有一種十分奇妙的感覺——」

張海龍睜大著眼睛望著我，像是不明白我和張小娟在談些什麼。

我只得匆匆地向他解釋，道：「他們兩姊弟是同卵子孿生的，因此相互之間，有著微妙的心靈感應！」張海龍似懂非懂地點了點頭。

而小娟又道：「我覺得弟弟像是完成了一件他一生之中最大的壯舉！」

張小娟續道：「我可以感到他心中的激憤、高興，和那種帶有自我犧牲的昂然的情緒……」

張小娟講著，面色漸漸變得激動起來。

突然之間，她猛地站了起來，而她本來因爲激動而呈現紅色的面頰，這時候也蒼白了起來，只見她身子微微地震動著，雙眼望著前面，從她眼中的神情看來，像是面前的牆壁，根本不能阻擋她的視線，她是在望向極遠的地方一樣。

我連忙問道：「怎麼了？怎麼了？」

張小娟望著我道：「我弟弟……我弟弟……」

張海龍的面色，也蒼白了起來，道：「小娟，鎮定些，你弟弟若是有什麼危險，你更不能不鎮靜。」張小娟大口地喘著氣，像是一條離開了水的魚一樣，看她的情形，分明是十分痛苦！

我連忙奪門而出，以最快的速度衝到樓下，拿了一瓶白蘭地，又衝了上來，將酒瓶湊在她的口上，她飲了兩大口酒，才又道：「我弟弟……我弟弟……我感到他……已經死了！」

第十九部：醫學史上的罕例

張小娟的話才一出口，我只聽得「咕咚」一聲，已經自床上起來，坐在椅子上的張海龍連人帶椅，一齊跌在地上，但是他卻立即站了起來。

我立即道：「張小姐，你怎麼如此肯定？」

張小娟一面流淚，一面汗如雨下，叫道：「不要問我，我知道的，我知道的。」

我也知道的，心靈感應，是一種十分微妙的感覺，是絕對不能說出所以然來的，張小娟叫了兩聲之後，忽然低下頭來。

我和張海龍兩人，都十分緊張地望著她，她低頭約有兩分鐘之久，才又抬頭起來，聲音也變得十分平靜，道：「我知道，弟弟臨死之際，心情十分平靜，可以說一點痛苦也沒有，因爲他在死前，做了一件十分偉大的事情——」

她講到這裏，抬起頭來，問我道：「你可知道他做了些什麼？」

我嘆了一口氣，道：「不知道，但是我的確知道他所做的事極其偉大。」

張海龍的眼角還帶著眼淚，但是他卻笑了起來，道：「這孩子，我早知道會出人頭地的。」

我道：「張老先生，你放心，令郎就算死了，但是他的行動，使整個人類得以自由地生存下去，使人類的自由思想，不至於被奴役所代替，他是所有的人的大恩人，是自由的維護者！」

我越說越是激動，吸了一口氣，繼續道：「他使一想以奴役代替自由的野心集團面臨末日，他絕不向世界上最強大的勢力屈服，他是堅強不屈的典型！」

張海龍仍含著眼淚，但是他面上的笑容卻在擴大。他道：「衛先生，只怕你太過獎了。」

我肯定地道：「一點也不！」

張海龍道：「那麼，其中的詳細情形，究竟是怎樣的呢？」

我道：「我可能已知道了百分之九十八，但仍有一點最重要的不明白。」

張海龍道：「你不妨原原本本地對我說說。」

我看了看手錶，已經八點多了。我道：「威脅我生命最大的一方面勢力，可能已無能爲力了，但是我仍不得不小心——」

我在講到這裏的時候，特地向張小娟望了一眼。

但是張小娟的面色漠然，她只是抬頭望著天花板，似乎根本連我的話也沒有聽進去。

根據以往科學界的文獻紀錄，同卵子雙生的孿生胎，一個死亡，另一個也會死亡的。因爲他們雖然在形態上是兩個人，但是在意識上，在精神上，卻只是一個人（這是一個十分玄妙的怪現象，科學界至今還無法對這種怪現象作出正式的解釋。而且，根據記錄，同卵生的孿生子，犯罪傾向特別濃厚，往往不得善終，這據說是因爲人格分裂之故。但是張小龍的例子，卻又推翻了這一個說法了，張小龍人格之完整，已是毫無疑問的事了。）

如今，張小娟說張小龍已經死了，那麼張小娟所受的打擊，一定也十分重大了。

我看了她一眼之後，想起自己不能在這裏多耽擱，還要和國際警方聯絡，我便站起身來，道：「我們回市區去，一路上我再和你詳細說好不好？」

張海龍點了點頭，也站了起來，但張小娟仍是一動不動地坐著。

我走向前去，將她扶了起來，她毫不掙扎，我向前走一步，她也跟著走一步。

我心中猛地吃了一驚，張海龍也已看出了張小娟的情形不對，忙道：「小娟！小娟！」可是張小娟竟像是完全未曾聽得她父親的叫喚一樣。張海龍不再叫喚，他的面色，也變得極其難看，甚至於不及流淚了。

我知道，張海龍失了一個兒子，已經是心中極其哀痛的了。再要他失去一個女兒的話，他是無論如阿，受不起這個打擊的。

可是，張小娟的情形，實在令我不樂觀，我只好勸道：「張老先生，她或者是傷心過度，你一到市區，便吩咐醫生，同時好好地派人護理她，不要多久，她就可以復原了！」

張海龍眼角，終於流出了眼淚，我扶著張海龍，向外面走去。

我扶著張小娟的感覺，和扶著一具會走的木偶，似乎完全沒有分別，我重重地握著她的手臂，甚至令得她的手臂上出了紅印，她也是一點反應也沒有。

我並沒有將張小娟的這種情形，和張海龍說知，我只是和張海龍講著我在那野心集團海底總部的遭遇，以及和他兒子會面的經過。

最後，我又說及在他別墅之下，乃是野心集團的一個分支機構，而我在電視上看到因爲張小龍的出現，而使得野心集團的大集會，變得如是之混亂。

我將要講完之際，車子也已快到市區了。

我嘆了一口氣：「現在，唯一我沒有法子弄明白的事有兩點，一則是，張小龍不知以什麼辦法，使得實力如此龐大，世界上沒有一個國家可以對付得了的魔鬼集團，瀕臨末日。第二，在你別墅後面出現的『妖火』，究竟是什麼現象！」

張海龍一聲不出，直到汽車在他豪華的住宅面前停了下來，他才簌簌地伸出手來，放在我的手背上，用略爲發顫的聲音道：「請你不要離開我。」我感到十分爲難，因爲我必須和納爾遜先生聯繫，我要去打無線電話。

但是，張海龍又亟需人陪著他。

我只得道：「張老先生，我要去和歐洲方面的國際警方通一個長途電話。」

張海龍道：「我書房中有和各大洲通話專用的無線電話，你可以不必離開我。」我喜道：

「那自然再好也沒有了，我們先將張小姐扶進去再說。」

張海龍的樣子，像是一下子衰老了許多，他幫著我將張小娟扶了出來，進了住宅，他立即吩咐管家去請醫生，又命傭人，將張小娟扶進臥房去，我則在他的指點下，到他的書房，去和國際警方聯絡。

等我找道了納爾遜先生留給我的那個電話號碼之後，聽電話的並不是納爾遜本人，而是另一個人。當那個人問明了我是衛斯理，他便告訴我，納爾遜先生因為沒有接到白勒克與我見面的報告，所以他親自前來，與我會面了。

他臨走的時候，留下指示，如果我打無線電話去找他的話，那麼，我就應該深居簡出，儘量避免一切可能發生的危險，來等他和我主動地聯絡。

我算了算，納爾遜先生趕到，最快也是在兩天之後的事情了。除非他坐專程軍事噴射機，不停留地越過國界，那才可能快些。他是國際警察部隊的高級首長，應該是有這個可能的。

我通完了電話，走出書房，要傭人將我領到張小娟的房間中去。

只見有三個醫生，正在全神貫注地為張小娟檢查。這三個醫生我都是認識的，他們都毫無疑問地是世界上第一流的心理學家和內科醫生。我與他們點了點頭，便坐了下來。

他們三人檢查了足足大半個小時，又低聲討論了一陣。我看著他們嚴重的面色，插言道：「先生們，不論你們診斷的結果如何，請不要向她的父親直言。」

三人中的兩個，連忙點頭，另一個則道：「這是沒有可能瞞得住他的。」

我道：「那也瞞他一時，因爲，他不能再受打擊了。」

三人都表示同意。他們要我和他們一齊離去，說張海龍已經接受了鎮靜劑注射而睡著了。我跟著他們，到了其中一個的醫務所中。

他們三個人都坐了下來，抽著煙斗，弄得我們四個人，幾乎像埋葬在煙霧之中一樣。好一會，其中一個，我姑且稱之爲A醫生，才嘆了一口氣，道：「這是醫學界上最罕見的例子！」

我連忙道：「究竟怎麼樣了？」

A醫生道：「你可知道同卵子孿生，是怎麼樣一回事麼？」

我點頭道：「略爲知道一些。」

A醫生沈思了一會，道：「普通的孿生，都是兩卵性的，同卵性很少有。卵巢中排出兩個卵子，每一個卵子遇上一個精子而同時受胎，這是產生二卵性孿生的原因。」

A醫生講到這裏，停了好一會，連續地吸著煙斗，直到煙斗之中，「吱吱」有聲。

我和A醫生相識，不止一年了。我知道他的脾氣，凡事都要從頭說起，所以他所說的那些，我雖然知道，但是我仍然不打岔，用心聽著。

A醫生呆了片刻，續道：「所以，二卵性雙生子，雖然同時出生，但仍然是兩個獨立的人，有獨立的性格，獨立的思想，兄弟姐妹之間，和不是孿生的，並沒有多大區別！」

A醫生講到這裏，抬起頭來，透過煙霧，望著第一流的心理學家，我們稱之爲B醫生。

B醫生是研究一卵性孿生的權威，A醫生向他望去，分明是要他繼續說下去，B醫生砸了砸煙斗，咳嗽了一聲，道：「一卵性孿生是一個卵子，同時碰上了兩個精子，結果卵子分裂爲二，形成兩個生命，因此，在母胎內所形成的兩個生命，是同一個卵子的一半，這就使得在物體上看來是兩個人，但是在精神上以及許許多多微妙的地方，實則上是一個人。根據文獻的記載，一卵性雙生子的怪事，是有著不可思議之處的，例如一個在美洲生傷寒病，另一個在歐洲，在最好的護理環境之中，也會染上傷寒症——這是丹麥心理學家R·勤根的記錄，也就是說，在母體內因卵子分裂受胎那種人目所不能見的微小偶然作用，能生出一種超越萬里空間的影響！」

我聽到這裏，忍不住插言道：「B醫生，你不認爲一卵性雙生，竟出現一男一女不同性別的現象，這不是太出奇了麼？」

B醫生忽然笑了起來，道：「人類自稱科學發達，但到如今爲止，連生命的秘奧，都未能探索出一個究竟來。醫學界更是可笑，將決定性別的因素，諉之於所謂『染色體』，又創造了一套『染色體』的數字決定性別的理論，這實在和哥白尼時代，教會認爲地是不動的一樣可笑！」

我想不到一句問話，竟會引出醫生的一大篇牢騷來。B醫生是第一流的科學家，他之不滿意目前的科學家水平，這是一種非常容易理解的心情。

B醫生以手指敲了敲桌面，道：「一句話，爲什麼在同樣的精子和卵子結合過程中，形成胎兒，會有男有女，這件事，到如今爲止，還沒有人知道，染色體也者，只不過是人類自己爲自己的無知作掩護而已，所以——」

B醫生望了望我，道：「你的問題，我也沒有法子答覆。但是，一卵性雙生出一男一女的例子，是極其罕見的，張氏兄妹可以說是有文獻紀錄以來的第二宗，第一宗是埃及醫生卜杜勒一九三六年在開羅發現的，不幸得很，那兩姐弟都因殺人罪而被判死刑。」

我立即道：「你是說，一卵性雙生子因爲性格的不完全，而犯罪性特強？」

我是準備在他說出了肯定的答覆之後，再舉出張小龍的例子，作爲反駁的。

但B醫生究竟是這方面的權威，他想了一想，道：「也不一定，有的一卵性雙生子，一個承受了完全美好的性格，他的爲人，幾乎是完人，而在那樣的情形下，另一個則必然是世界上最兇惡的罪犯！而如果不是這樣的話，那麼的確，兩個人的犯罪傾向，都特別濃烈。不過這也有後天的原因在內，因爲一卵性雙生，形貌神態，完全一樣，自小便受人注意讚嘆，這也極容易使他們形成自大狂的心理，自大狂便已經是接近犯罪的了！」

B醫生的下一半話，我幾乎沒有聽進去！

因爲張小龍是堪稱人格完備之極的完人的。

那麼，難道張小娟便是「最兇惡的罪犯」了？

我實在難以設想這會是事實，但是張小娟種種神秘的行動，卻又不得不使我這樣想。

而且，在那一剎間，我還聯想起了許多其他的問題來。例如：顯然不是出自野心集團的毒針謀殺，那疊神秘失蹤的文件等等。

這些事情，可能和張小娟有關麼？是不是真的如此呢？

我想了一會，又打斷了他們三個人的沈思，道：「那麼，張小娟現在的情形怎樣了？」

B醫生道：「剛才爲張小娟作全身檢查的是C醫生，我們不妨聽取他的報告。」

C醫生是內科專家，他苦笑了一下，攤了攤手，道：「各位，我沒有什麼話可說的，我只能說，張小娟的一切都正常，她根本沒有病。」

我想不到C醫生會這樣說法，不禁愕然望定了他，因爲張小娟分明是有著不安，何以竟會「一切正常」？A醫生看出了我的驚愕，拍了拍我的肩頭，道：「這是極其罕有的例子，當一對一卵雙生的兄妹，在兄長死了之後，妹妹並沒有死，但是，妹妹除了肉體之外，人所具備的其他，例如思想、精神、性格等等，這一類看不到摸不著的東西，卻隨著她兄長的死亡，而一齊消失了！」

我聽得呆住了，發聲不得。

B醫生嘆了一口氣，下了一個結論，道：「所以，一卵性雙生，事實上，仍然只是一個人，我們不應該視之為兩個人，而只應該當他是四手四足兩頭的一個人！」

這些理論上的結論，我並不感到興趣，我只是關心張小娟的情況，究竟如何，因為還有著許多未曾弄清的事，要等她來澄清的。

因之，我連忙問道：「三位的意思是，張小娟從此不會思想了？」

三位醫生互望了一眼，C醫生道：「是的，她會活著，體內的機能，也能機械地活動著，能夠持續多久，沒有人知道。但是在持續期間，她卻喪失了一切能力，因為她的精神已經死了，只留下了肉體——」

C醫生到這裏，突然停了下來，向A醫生和B醫生苦笑了一下。

因為作為一個內科醫生來說，他剛才的那幾句話，實在是完全推翻了他所受的醫學訓練的。但是他不得不那樣說，因為眼前怪異的事實，確是如此！

至於一個人的思想、精神，怎麼會在腦細胞完全沒有遭受到破壞的情形之下，突然消逝，這只怕眼前三位第一流的專家，也無法解釋了。

我呆了半晌，默默地站了起來。

A醫生道：「我們和張老先生也很熟，我們都感到難以將這個結果永遠瞞著他，因為他終於會發現他的女兒，實際上和一個以軟塑膠製成的假人，並沒有多大的分別！」

我竭力地鎮定自己的神經，才能忍受那些聽來極其殘忍的話。

對醫生們來說，這樣的一件事，只是醫學上的一件不幸的紀錄而已，而對我這樣一個普通人——有著普通人感情的人來說，這卻是難以想像，不忍卒聽的一件大慘事！

我自己也不知道究竟呆了多久，因為那三位醫生也完全在沈思著。然後，我才從煙斗的「吱吱」聲中和煙霧中站了起來，道：「請三位將這件事暫時隱瞞著，由我來告訴張老先生如何？」

A、B、C三位醫生都點了點頭，我辭別了他們，走了出來。

在我出來的時候，我聽到B醫生正在叫通比利時皇家醫學會的長途電話，分明他要和國際上傑出的醫生，繼續討論這一件罕見的一卵性雙生的例子。

我木然地離開，陽光照在我的身上，我感不到溫暖，我豎起了衣領，將頭儘量縮入，我並不以此在躲避著什麼，雖然我仍沒有忘記納爾遜先生的警告，但是我在知道了張小娟以後的命運的判斷之後，我心中起了一陣異樣的感覺，使我想要縮成一團，因為我心理上需要仔細地思索。

我慢慢地在馬路上走著，又將整件事情，仔細地想了一遍。

我得出了一個結論，既然野心集團並未曾得到張小龍的研究資料，那麼，由我親手放在枕頭底下，結果卻失去了的研究資料，一定落在和施放毒針，進行血腥謀殺的人手中了。

我在得到這一個結論的同時，腦中不由自主地，浮起張小娟的名字來。

同時，我耳際響起了一卵性雙生研究權威，B醫生的話來，也可能一個是人格完備的完人，但另一個一定是世界上最兇惡的罪犯！

「世界上最兇惡的罪犯」和張小娟，這兩者之間，似乎不可能發生關係的。但是，誰又知道真的是否如此呢？要知道，兇惡的罪犯，不一定都是滿面橫肉的彪形大漢的！

我又將我自己幾次險遭毒針射中，以及幾次發現被毒針射死的屍體的經過情形，想了一想，我發現如果說，那是張小娟下的手，那也絕不是沒有可能的事情，因為沒有一次，是她和我在一起的。

我腦中極度混亂，我的腳步也漸漸加快。

在不知不覺中，我已經步行來到了張海龍的住宅之前，不需要通報，我就走了進去，而且立即被請到了張海龍的床前。

張海龍在睡了一覺之後，看來精神已略為恢復了些，他沈聲道：「護士說，小娟還在睡，醫生診斷的結果怎樣，你告訴我！」

我不敢正視他的臉，轉過頭去，竭力使自己的聲音，顯得平淡無奇，更無傷感成份，道：「醫生說，她因為刺激過度，需要極度的睡眠，因此已給她施行了麻醉，令她三日之內不醒。」

張海龍呆了一會，道：「衛先生，那麼我請你陪著她，不要離開她！」

我聽出張海龍在講那兩句話的時候，聲音十分奇特！

我不禁愕然道：「張老先生，你知道這是沒有可能的，我在這幾天中……而她有著四個護士在陪伴著，一定不會冷清的……」

固然，這幾天中，我無法陪伴著張小娟，我還有許多事情要做，這是原因之一，但是。我最主要的原因，還是爲了我不願意對著一個根本已沒有了生命，但是卻會呼吸的人——不能稱之死人，也不能稱之活人的人！

張海龍望了我半晌，才道：「你不能陪她，我自然也不來勉強你——」

他講到這裏，又頓了一頓，才嘆了一口氣，道：「只不過小娟若是醒了過來，看不到你，她一定會十分失望了！」

我聽了張海龍的話，不禁愕然，道：「張老先生，你的意思是——」張海龍道：「本來，小娟叫我不要對你說，但是我如今卻非說不可了。」我更是詫異，道，「究竟是什麼事？」

張海龍道：「小娟有一次曾經對我說，她十分恨你，恨不得將你殺死！你要知道，她是一個十分文靜的女孩子，平時是絕不會講出這樣的話來的。」

我不禁呆住了，我的確不知道張小娟對我的感情竟這樣的濃烈。張海龍在我的肩上拍了一拍，道：「年輕人，但是我看得出，她在這樣講的時候，事實上，她心中是十分愛你的。」

我苦笑道：「只怕不會吧。」

張海龍道：「我是她的父親，從小看她長大，難道還不夠了解她？」我心中暗忖，你根本不可能了解到張小娟的雙重性格的，你只當她是一個可愛的小女孩而已。

我想了片刻，心想納爾遜先生，不可能那麼早便來到此地，我何不利用這一兩天的時間，徹底了解一下張小娟的爲人呢？

雖然張小娟已經完全喪失了智力，完全成了一個連動作都不能自主的白癡，我絕不能從她的口中，得到什麼，但是那也有好處，因爲她也不會來妨礙我的行動了，我可以在她的房間中，詳細地搜索，我不奢望到可以發現她的日記，但是我至少希望可以發現一些線索，以徹底弄清她的爲人。

我想了片刻，道：「好，我去陪她，但是我要所有的護士，不得我的呼喚，便不准進來。」

張海龍面露喜容，他不知道他的女兒實際上已和一具屍體，相去無幾，還以爲他高傲的女兒，這次已獲得知心人了！

我轉過頭去，不忍看他面上那種疲乏的笑容，他送我到門口，自己便坐在太師椅上養神。我到了張小娟的房間中。

張小娟像是神話中的「睡美人」一樣，美麗而又寧靜地躺著，完全像是熟睡了一樣，但是卻沒有什麼「王子」可以令得她復甦。因爲她的精神、思想的另一半已經消失了。

那就像一隻玻璃杯，在齊中裂開之後，便不成其為兩個半隻，而是一點用處也沒有了。張小娟和張小龍兩人的情形便是那樣，一半沒有了，另一半，也同樣地消失了。我只望了她一眼，便支開了護士。

我這才仔細打量張小娟的臥室。這間臥室，不消說，十分寬大。而且，被間隔成兩部分，一部分是書房，有著一張十分巨大的鋼書桌。

我在書桌前面，坐了下來，首先發現書桌上的所有的抽屜，全是配著極其精巧的鎖的。這種鎖，是阿根廷一個老鎖匠的手製品，每一把鎖的價值，都在這張巨大的鋼書桌之上。而在這張鋼書桌上，我數了一數，卻共有這樣的鎖九把之多。

固然，這可以說是闊小姐的奢侈，但是如果抽屜中的東西，不是名貴或重要到了必須用這樣的鎖的話，這種奢侈不是太過份了麼？

我本來，一坐在書桌之前，便已經將百合鑰匙取了出來的。但是我一見到那些鎖之後，便將百合鑰匙收了起來，這種鎖，沒有原來鑰匙是開不開的，有了原裝鑰匙，還必須要有開鎖的密碼，那是一句話，鎖匠隨高興而設，有時甚至是粗口，是西班牙文拼成的。

不懂密碼，沒有原裝鑰匙，世界上除了那個老鎖匠本身之外，便沒有人再能夠打得開這種鎖了。當然，使用炸藥，又當別論。那個老鎖匠早已退休，這種鎖在世界市場上十分吃香，張小娟一人擁有九把之多，大約可以稱世界第一了，我相信她是用她父親銀行的名義，在各地高價搜購來的。

我暫時放棄了打開抽屜的念頭，在書架上、衣櫥中，甚至沙發的坐墊之中，仔細地搜索起來。我又敲著房間中的每一吋牆壁和地板，掀開了廁所中的水箱，但是兩小時過去了，一無所獲。

張小娟的衣服倒並不多，我又化了十來分鐘，摸遍了她所有的衣袋，終於找到了大串鑰匙。

然後，我走了出來。我想要用正確的辦法打開那些抽屜，只怕是沒有可能的了。因爲我雖然有了鑰匙，然而，卻沒有每一把鎖的密碼。

在每一把鎖上，字母孔的數字不同，有的是四十個孔，有的是三十幾個，沒有少過三十個的。

在四十個字母孔的鎖，就表示那句密碼，是由四十個字母組成的一句話。在那樣的情形下，想「偶然」地打開這些鎖，是根本沒有可能的事。

我雖然懂西班牙文，但是又怎知道那個天才的鎖匠，在製造之際，想到了什麼呢？

或許他感到天氣很好，他便以「藍色的天空」作爲密碼，或許他剛好捱了老婆的一頓臭罵，那麼他的密碼，便會是「該入地獄的長舌婦」了！

這並不是笑話，據我所知，美國製鎖協會的一具大保險箱上的鎖，也是那老鎖匠所製的，它的密碼乃是「沈重的肥臀」，大約他在製鎖之際，他的太太恰好坐在他的膝頭之故。

在那串鑰匙上，我發現有一條十分尖銳的金屬棒，那當然是用來撥動字母之用的，我只是無聊地撥動著鋼桌正中那隻大抽屜上的字母孔。

我在想，以張小娟的聰明，她是不是會根本不留下那些密碼，而是將之留在記憶之中呢？這是十分可能的事，因爲一個再蠢的人，也會記住幾句簡單的話的。但是我又想到，張小娟是一個過份聰明的人，太過聰明的人，有時反倒會做點笨事，她會不會顧慮到忽然會忘了其中一柄鎖的密碼，是以將所有的密碼，都記下來呢？

我一躍而起，又開始了大搜索。

然而我搜索的結果則是頹然地坐倒在書桌面前的轉椅上。也就在這時，有叩門聲傳來，我料到是張海龍，果然是張海龍。

他扶著一根手杖，向我頷了頷頭，道：「她還沒有醒麼？」我道：「還沒有。」張海龍到了她的床前，呆呆地看了好一會，道：「小娟是一個十分文靜的孩子，但有時候，她卻又古怪得叫人意想不到，她二十歲生日那天晚上，你猜她對我說什麼？」

我對於張小娟二十歲生日晚上所說的話，一點興趣也沒有，我只是希望可以發現那些鎖的密碼，所以我只是隨口問道：「她說些什麼？」

張海龍撫摸著張小娟的頭髮，道：「她說，她有一天，或者會遭到什麼意外，那麼，我就要記住一句話，記住了這句話，是很有用處的，她那樣說。」

張海龍分明是在當笑話說的，那看他的神氣，便可以知道了。

然而我卻不是當笑話來聽的了，我整個心神，都緊張起來，但是我卻又不能太過份，以免引起張海龍的懷疑，道：「那是什麼？」

張海龍笑了一笑，道：「這頑皮的孩子，他要我記住的話，是：去你的吧。你說，她是不是孩子氣？」

我一點也不以爲張小娟孩子氣。我迅速地在想，「去你的吧」，照西班牙文的說法應該是什麼，拆開來是幾個字母。

一分鐘內，我便發現「去你的吧」字母的數字，是和正中那個大抽屜鎖上的字母孔數字相吻合。我已經可以肯定，那一定是這柄鎖的密碼。

張小娟可能意識到自己在做著十分危險的事，總有一天會遭到意外的，所以才留下了那麼一句話，讓聰明人去揣摩其中的真正含意！

我立即道：「張小姐要安睡，老先生你——」

張海龍道：「是！是！我該出去了。」

他又扶著手杖，向外走去。我不等他將門掩上，便撲到了書桌之前，以那串鑰匙上的金屬棒，撥動著字母孔，等到字母孔上出現「去你的吧」那句話之際，我聽得「軋軋」兩聲響。

然後，我試到第四柄鑰匙，便已將那把鎖打了開來。

當我緩緩地拉開那抽屜之際，我相信運氣和成功的關係了。如果不是運氣好，張海龍千不說萬不說，偏偏說起了張小娟二十歲生日那年的「趣事」，我怎有可能打開這個抽屜？

等到抽屜拉開了一大半，我定睛看去。

首先觸目驚心的，是抽屜之中，有著七八柄極盡精巧之能事的手槍，還有幾隻盒子，我打開那幾隻盒子來看時，不禁呆了。

盒子之中，像放著珍貴的首飾一樣，白色的天鵝絨墊子之上，並排地放著三寸來長，藍汪汪的毒針，一共四盒，其中有一盒，已空了一大半。

那種毒針我是認得出的，正是一枚刺中，便可以置人於死的東西！

在那幾隻盒子之旁，有一本小小的記事薄，我翻了開來一看，只見裏面，只有一頁寫著字，那是幾個人的通訊地址，而那幾個人的名字，相信任何一個國家的警方，看了都會大感興趣，那包括了職業殺人兇手、大走私犯、大毒販和從不失手的慣竊！

我合上那本記事簿，呆了半晌。我可以看到張小娟平靜地躺在床上，我簡直不相信我所發現的會是事實。

然而那又的確是事實！

B醫生的話，又在我的耳際叫了起來：「每一個人，都有著良善和罪惡的兩種性格，一卵性雙生子，則可能由每一個人承受一面，如果一個是人格完備的完人，那麼另一個，一定是窮兇極惡的罪犯……」

我深深地嘆了一口氣，將盒子蓋上，在移動盒子的無意間，我又發現在鋼製的抽屜底上，鐫著幾行小字，小心看去，可以看出是八句意思不連實的話。

我本來以爲可以打開一個抽屜，已經是幸事了，因爲這一個抽屜，已足以證明張小娟平時的行動，是罪惡的，和她來往的人，都是世界知名的罪犯，而且，一連串神秘的毒計謀殺，也正是她所主使的。這實在已經夠了。

而這時我所發現的這八句話，顯然是另外八隻抽屜的密碼了。我看了看第一句，譯成中文，是「香噴噴的烤雞」。那是左手有一隻抽屜的密碼，我毫不費力地將之打開，只見抽屜中滿是一束束的信件，我只是約略地看了幾封，我相信自己的面色都變了。

那些信件，全是張小娟和各地著名的匪徒的通訊，內容我自然無法一一公佈，而且也沒有必要公佈，因爲和如今我所記述的這件事，並沒有直接的關係。

看了張小娟和各地匪首來往的那些信件之後，我才真正地知道了自己對於犯罪知識的貧乏。

雖然，各地的罪犯並不知道張小娟是什麼人，他們在來信中，都毫無意外地稱張小娟爲偉大的「策劃者」，我在看了那些信件之後，才知道世界上有幾件著名的辣手案子，原來都是在張小娟的策劃和指導之下完成的。我相信國際警方，在得到了那些信件之後，一定會如獲至寶的。

而這種信件，一共塞滿了四隻抽屜之多，那是左手邊的四隻抽屜。

而當我根據密碼，再打開右手邊第一隻抽屜之後，我看到了許多奇形怪狀的玩意兒。那些東西，有的像是手槍，但是卻小得可以握在掌心中，有的像是絕緣子，我根本不知道有什麼用途，相信除了張小娟以外，不會再有人知道了。

那些東西，我可以肯定的是，一定都是用來作謀殺用的工具。至於如何使用法，以及會造成什麼樣的後果，那就非我所知了。

右手邊第二隻抽屜是空的，第三隻抽屜中，有著大疊的美鈔和英鎊，都是可以絕對通用的，數字之大，十分驚人。而當我打開最後一隻抽屜之際，我不禁爲之陡地一呆。

其實，我的一呆也是多餘的事了，因爲我既然已經知道了張小娟的一切罪惡活動，對於這件事，自然也應該在意料之中的。在第四隻抽屜中，放著一隻文件夾，文件夾內，夾著厚厚的文件，這正是我取自張小龍實驗室中，後來壓在枕下，又離奇失蹤的那一束文件。

而除了那束文件之外，還有一疊紙頭，一看便知道是從一本日記簿上撕下來的。我立即想起了張小龍的那才被撕去所有寫過字的日記薄來，我連忙將這一疊紙取了起來，果然，那是張小龍的日記。

張小龍在日記中，所記過的事，最多的便是他如何克服心理上突然而起的犯罪衝動一事，並且，他再三再四地表示莫名其妙，不明白自己何以會事事起這樣的衝動。他並且十分慶欣自己終於未曾做出犯罪的事來。

張小龍不明白他自己何以會有這樣的衝動，但是我卻明白的。那是因爲，在張小娟進行著犯罪活動之際，他心靈上也受了感應之故。但也因爲他得到了完美人格的一面，所以他更能克服這種衝動。

我一頁一頁地看下去，只見有的地方，用紅筆批著「可笑」、「太蠢了」等字樣，字跡十分娟秀，大約是張小娟披閱她弟弟日記時的傑作。在日記的最後部份，張小龍提到了他在好幾個濃霧之夜，發現後院有神奇的「妖火」出現。

張小龍也記述了他自己去探索的結果，但是看來，在他就要弄明白那是怎麼一回事之際，他就被野心集團所擄去了。

我見到不能在張小龍的日記中，解決「妖火」之謎，心中不禁十分失望。

但是，張小龍的記載之中，幾次都提到他看到「妖火」的時候，都是在有濃霧的夜晚。這倒給了我一個啓示，因爲我幾次見到「妖火」，也是在有濃霧的夜晚，我相信濃霧和妖火之間，一定有著十分密切的關係。雖然暫時我還不能確切地說出所以然來，但是，我卻已經有了一個概念。

我放下了張小龍的日記，又翻了翻張小龍的心血結晶，他的研究資料，我的心中，不禁感慨萬千。張小龍有了幾乎可以改造人類的發明，但是野心集團卻起而攫之，令得他喪生了。這個發明，留在世上，究竟是禍還是福呢？我沒有法子判斷。

第二十部：真菌之毀滅力

我呆了一會，將那束文件取了出來，逕自向浴室而去，我將所有的文件，一齊抖落在浴缸中。這真是許多野心家願意以極高的價錢收買的大秘密，也是人類文明的巔峰。

我又呆呆地望了片刻，然後，「拍」地一聲，燃著了打火機，點著了其中的一張紙。金黃色的火舌，迅速地蔓延。整個浴缸中都是火，我望著那些變幻無窮的火舌，直到眼睛發花。

半小時之後，火舌漸漸地弱了下去，所有的紙張，也都成了紙灰，我扭開水喉，將紙灰一齊沖了下去。張小龍天才的發明，如果公佈出來，將是震驚全世界的一束文件，就這樣被我燒成灰了。

我望著黑灰一點一點在漏水孔處流下去，想著張小龍短促的一生，我眼前像是又浮起了他那種堅強不屈的神情來。

同時，我心中又浮上了一個問題：張小龍在野心集團的海底總部中究竟做了一些什麼事，令得野心集團陷入這樣的混亂之中呢？

根據張小娟說，她感到在那時，張小龍的心情是激奮和愉快的，那麼，他究竟做了一些什麼事，我在浴室中這樣想的時候，我便決定再到那海底總部去一次，以看個究竟了。

當然，我不能立即就去的，我必須和納爾遜先生見了面才行。

我呆了好久，才退出了浴室。我將那張鋼桌的鎖都鎖上，讓所有的東西，都留在抽屜中。我知道，當張海龍知道他的女兒，將永遠不會醒過來的時候，他會不許人動這屋內的陳設的。而張小娟在暗中進行著那麼多，那麼驚人的罪惡活動一事，根本是沒有人知道的，那就讓它永遠沒有人知道吧！

中國人有寬恕死人的美德，張小娟如今已等於是死了，又何必再令她出醜呢。

我鎖上了所有的抽屜之後，撥亂了密碼字母，再將那串鑰匙，從廁所沖入了大海中。然後，我打開房門，召護士進來。關於毒針、謀殺，張小娟的身份這一部份之謎，我已經弄清楚了。我並且還可以知道，我之所以能幾次逃脫毒針的殺害，這並不是我的「僥倖」，也不是我的身手特別矯捷。

那極可能是張小娟故意網開一面之故。張海龍說她十分的「恨」我，男女之間，「恨」和「愛」，本來只是一線之隔的啊！

我踱出了張小娟的房門，到了張海龍為我所準備的客房中，睡了一覺，等我醒來時，發現張海龍已經坐在我的床旁。

他整個人，像是石像一樣，一動不動，連面色都像是灰色的花崗石。我吃了一驚，連忙欠身坐了起來，張海龍仍是那樣地坐著不動，但是他顯然覺出我已經坐了起來，他低聲道：「謝謝你瞞住了壞消息不講給我聽。」

我吃了一驚，道：「誰？誰講給你聽的？」

張海龍道：「B醫生，我打電話去問他小娟爲什麼那麼久還不醒，他告訴我，小娟不會醒了！」張海龍的聲音，平板到了極點，比新聞報告員還要缺乏感情。

我張大了口，不知怎樣接他的口才好。

張海龍望了我半晌，道：「你以爲我會受不起這個打擊麼？不，我心中雖然痛苦，但是我可以禁受得起。我雖然老了，但是還有許多事可以做，在我以後要做的事中，有很多可能要你幫忙，你答應我嗎？」

我站了起來，道：「張老先生，我很少對人說諛詞，但是你是我值得尊敬的人。」

張海龍扶著手杖，道：「剛才有人打電話來這裏找你，因爲你正沈睡著，所以我說你不在。」

我急忙道：「是什麼人？」

張海龍道：「我沒有問，但是他說，是從你家中打來的。」我呆了一呆，立即已知道，那是納爾遜先生打來的。他來得那麼快，倒是大大出乎我意料之外的事情，我連忙道：「我要走了。」

張海龍並不留我，只是道：「你的事完了之後，你再來找我，我們合作，做一些對人類有助的事情。」我一面答應，一面已衝了出去。

到了街上，我截住了街車，向家中駛去，十五分鐘之後，我到了家門口，首先，我看到老蔡正在門口張望。

我一個箭步，竄了上去，老蔡「啊」地一聲，道：「小心，有幾個洋鬼子，在等著你。」我不及問他我上次回家時，他在什麼地方，只是奇怪「幾個洋鬼子」這句話，我決定不從正門進去，我爬上了水喉，從浴室進了屋中，然後下樓梯，從暗處向客廳內張望，只見納爾遜先生，面上露著十分焦急的神色，正在來回踱步，一個年紀較輕的警官，正在不斷地撥著電話，顯然是在追查我的所在。

和納爾遜先生在一起的，另外有三個「洋鬼子」，一個我是認識的，他是本地警察力量的最高首長。另一個，則穿著某一個強國的海軍少將的制服，還有一個更令我愕然，因爲他雖然穿著便服，但看來竟像是更高級的將官。

我看了不到半分鐘，便走了出去，道：「各位等久了麼？」

納爾遜倏地轉過身來，以手支額，道：「上帝，你來了，我已經放棄了希望，以爲你完了！」

我向前走去，道：「我完了，誰來向你講幾乎不可信的話呢？」

納爾遜道：「好，不要繼續幽默了，你究竟掌握了一些什麼資料？」我笑道：「讓我先發問可好?首先我要問的，是你以什麼方法，從巴黎那麼快地趕到此地。」

納爾遜向那海軍少將一指，道：「他以海軍所屬的最新型飛機送我來的。」我向那海軍少將望去，他對我的態度十分莊嚴，舉手致敬禮，道：「××海軍第七艦隊副司令，隨時願意為國際警方服務。」

我嚇了一跳，道：「閣下突然來此，豈不是要使世界上所有的政論家都忙碌一番，來猜測你的目的麼?」海軍少將笑了起來，向那個便裝的老年人一指，道：「那麼，這位聯合參謀本部的將軍的行動，將更其惹人注目了!」

我立即感到那人臉熟，他顯然不是願意多講話的傢伙，只是向我點了點頭。

我道：「納爾遜先生，這兩位將軍來到了這裏，可是意味著整個艦隊的力量，都可以調動麼?」海軍少將道：「不是全部力量，是四分之三的力量，我相信已經夠了。」

我道：「是不是夠了，我還不知道，因為事情要就根本不必用武力，要就是貴國的全部軍事力量都投上去還不夠!」

海軍少將略現窘態，納爾遜道：「別賣關子了，快說吧!」

我自然也不想多耽擱下去，立即將我的遭遇，講了出來，到我講到在我到達野心集團的海底總部的時候，海軍少將按了按他身邊的召喚鈴，立即有一個海軍中尉由樓上跟了下來，我的家，竟成了臨時作戰指揮部了!

海軍少將傳達著命令：「命令所有的搜索艦，進行深海搜索，注意一個龐大的海底建築物，大約的區域是在——」他講到這裏，回過頭來望著我，我想了一想，道：「離東京之南，約四百浬。」

海軍中尉不知道該不該再將我的話記下來，海軍少將已叱道：「快去傳達！」中尉狼狽地行了一個敬禮，便退了出去。

我繼續著我的敘述，又講到了我終於離開了那海底總部之後的種種事情。

等到我講完，納爾遜先生道：「先生們，你們可知道事態的嚴重了麼？」

本地的警察首長苦笑道：「看來，我無可效勞之處了。」

的確，在那樣的大事中，一個小地方的幾千名警察，能解決什麼問題呢？納爾遜先生站了起來，道：「走，我們到艦上去，等候搜索的結果？」

我本來就準備再到那海底總部一行的，自然是求之不得的事，立即站了起來，海軍少將也站起身，警察首長要告辭，納爾遜再三囑咐他不可將我們的行蹤，以及我剛才的話，向任何人洩露。

我們一起離開了我的家，一小時以後，我們便已在一艘全速前進的小炮艇上，而到了下午四時左右，我們一齊登上了一艘巨大的軍艦，來到了指揮室中。海軍少將開始下令巨艦駛向接近搜索的地區。

這艘巨艦以及整個艦隊目的不明的行動，曾引起全世界政論家的揣測，又許多敏感的政論家們，以爲是那個強國要干預東南亞某國的內戰，並還作了像煞有其事的分析。

我事後補讀當時世界各地的大報，當真有啼笑皆非之感！

搜索艦的報告，不斷地傳來，無線電報機的答答的聲音，不絕於耳，電報生迅速地翻譯著密碼報告，海軍少將接過報告來，看上一眼，便遞給納爾遜先生，納爾遜先看上一眼，便遞給我，我看了兩次之後，便不用再看了，因無發現。

一小時很快地過去了。海軍少將已不像開始時那樣起勁。報務員送來的報告，他甚至連看都不看，便遞給了納爾遜先生。

而納爾遜先生，也照例向我苦笑一下。因爲搜索的結果，仍是「並無發現。」

一個半小時過去了，我發現海軍少將望向我的次數，顯然地增加起來。在他望我望來的時候，我已可以從他的眼神之中，看出他對我的不信任。

兩個小時過去了。海軍少將站了起來，道：「看來我們應該結束這毫無意義的搜索了。」納爾遜先生不愧是國際警察部隊的首長，和這個毫無忍耐力的海軍少將，完全不同。他以十分和平的語氣道：「或許還有什麼地方，未曾搜索到？」

時間過得飛快，我們上這艘軍艦，已過了五個鐘頭了，海軍少將召集了五艘搜索艦的艦長，聽取他們的直接報告，每一個人的報告都說，太平洋底的每一塊石頭，都數得清清楚楚了，但是卻絕沒有我所說的那樣的建築物，海軍少將望著納爾遜。納爾遜嘆了一口氣，道：「好，暫停搜索，但是艦隊不要移動，再等候新的命令。」

海軍少將十分不以爲然，但納爾遜先生已經拉著我走出指揮室，來到了休息室中。

在休息室中，我們兩人，各自拚命地吸著煙，納爾遜首先開口，道：「我們自然十分重視你的報告，因爲國際警方，在第二次世界大戰結束以後，有許多懸案都像謎一樣，難以解決，但是你的報告，卻爲我們解決了這個問題。我們相信，一定有一個如今所說的海底總部存在！」

他講到此處，停了一停，堅定的眼光直視著我，道：「但是，你可是因爲神經緊張，而記錯了這海底總部的方位？」

我立即道：「絕對不！」

納爾遜先生沈吟道：「但是我又不得不相信搜索的報告，這是一件十分奇怪的事……」

我道：「事情其實並不奇怪，只有三個可能。」

納爾遜先生「嗯」地一聲，道：「那三個可能？」

我道：「第一、這野心集團的海底總部，雖然是一個極其龐大的建築，但是，卻是可以移動的，你別忘了他們已能利用海底無盡的暗流，來發出龐大的電流一事！」

納爾遜先生沈默了片刻，道：「這個可能性很小，因爲世界各國的的海軍都得到了警告，不知有多少遠程深海雷達探索器正在工作著，如果已移開去的話，我們也該接到報告了。」

我道：「好，第二個可能，是張小龍已不知用什麼方法，將這個龐大的建築物，完全毀了。」

納爾遜先生攤了攤手，道：「張小龍是一個傑出的生物學家，但並不是魔術家。」

我自己也知道這個可能不大，立即道：「第三個可能，最近情理，那便是在這個海底總部之外，一定有著某種防止雷達波探索的設置，或是擾亂雷達探索的裝置。使得雷達波所探索到的，明明是銅鐵，但傳回來的訊號，是岩石，所以才使得探索沒有結果了。」

納爾遜先生沈思了片刻，道：「這個可能性很大，但我們應該怎樣呢？」

我道：「放棄雷達，用人，用人潛下海底去，以肉眼探索，什麼科學設備都可能受更高的科學設備蒙蔽，唯有人的眼睛，所看到的永遠是真相。」

納爾遜以手拍額，道：「噢！不！要海軍少將派出蛙人部隊麼？我寧願吞食一打活的蝸牛了！」

我也知道，如果要那個海軍少將派潛水部隊的話，他一定會以為忍無可忍而拒絕的，所以我也早已有了主意，一聽得納爾遜先生那樣說法，我便道：「不用他派蛙人，只要他幫忙就行了，我去！」

納爾遜先生霍地站了起來，道：「你去？」

我聳了聳肩，道：「這有什麼奇怪？我只要海軍方面，派出一艘小型的深水運輸艇，那是任何蛙人部隊都有的東西，帶上一百筒氧氣，我可以創一個潛在海底的最高紀錄。」

納爾遜先生道：「以前的紀錄，是一百七十三小時，也就是七天另五小時。」我道：「我準備以十倍於這個的時間，去發現那個野心集團。」

納爾遜先生又想了一會，道：「你肯去，我代表國際警察部隊，向你致最高的敬意。我們還可以派出多量的巡邏艇，你可以隨時上巡邏艇來休息。」

我點頭道：「那自然再好也沒有了，將我們的決定，去通知海軍少將吧！」

我和納爾遜一起出了休息室，到了指揮室中，海軍少將正在對他的下屬大肆咆哮，我們進去，由納爾遜先生將來意說明，海軍少將以奇怪而不相信的神色望著我，然後，他便依照納爾遜的指示，發佈命令。

納爾遜要三十七艘巡邏艇。在我可能到達的海域之上，常備糧食、食水，不斷地巡邏。任何一艘巡邏艇接到了我要浮上水面的信號，都應該立刻準備給我以最舒適的待遇。

納爾遜又為我要了一百筒氧氣，和一艘深海運輸艇。這種深海運輸艇，實際上只是一塊裝有馬達的鐵板，在載重之後，可以在海水中行駛，以減輕潛水人的負荷。當然，我也可以附在艇上，在海水中前進的。

一切全都準備好之後，又過去了大半個小時，我換上了全副蛙人的設備，帶了水底無線電聯絡儀，上了甲板，沿著右舷，向下走去，我看到巡邏艇正在紛紛出發。天氣很好，如果是潛水打魚的話，那是何等輕鬆的事情，可惜我不是。但是我心中卻也十分高興，因爲到目前爲止，這是我冒險生活的最高峰了！

我下了水，在水面浮了一會，操縱著小型深水運輸艇，使之沈下海去，我戴上了氧氣的口罩，也跟著沈下海去。

海水十分清涼，我直向海底下沈去。

海底的景物，和陸地上一樣，一處有一處的不同，絕對不是單調和統一的。這是任何潛水愛好者都明白的事情。

而我之所以自動請纓，要到海底來尋找那野心集團的總部，是因爲我在乘坐「魚囊」離開的時候，將野心集團海底總部附近的地形記得十分清楚。我記得，當「魚囊」後面，傳來爆炸聲，也就是我剛離開海底總部不久的時候，我恰是在一條生滿了紫紅色的昆布的大海塹之上，因此，我只要以這條大海塹爲目標，那就雖不中亦不遠了！

我自然不希望立即便會有所發現，因爲我要搜索的目標，是在縱橫各一百浬以上的大區域之內，我盡我的力量，在海底遊著，倦了，便伏在那深水運輸艇上，略事休息，氧氣用完了，我就海底更換。

第一天，我沒有收穫，我浮上了海面，在一艘巡邏艇上休息。

納爾遜先生趕來和我相會，問道：「可有希望麼？」我道：「當然有的，我已看到一些地形，像是曾經看到過的一樣。」

納爾遜道：「我們已另派出了專人，在驅逐有遊近這裏的可能的鯊魚群，你只管放心好了。」

在那一夜間，我和納爾遜先生，兩人都沒有睡，納爾遜先生告訴我，他曾和幾個大國的最高秘密工作負責人作過坦誠的談話，那幾個人都告訴他，國內有許多地位重要的人。經常和一個來歷不明的地方，作無線電聯絡，而這些人，卻不約而同，在最近離開了本土。

毫無疑問，這些人一定是野心集團在各地網羅到的人物了。

我們又研討著張小龍用什麼方法，使得野心集團如臨末日，討論著那野心集團的首腦，究竟是什麼人，討論著野心集團到目前爲止，是不是已被張小龍毀去了！還是張小龍作了無辜的犧牲。

我們的討論，都得不到要領。

我們望著遠處海面上的艦影，都覺得有一件事可以肯定的，那便是野心集團此際，至少也處在極度困難之中，要不然，何以不對付前來搜索他們的艦隻？

我們直談了一夜，天色剛明，我便服食了壓縮食物，又潛入了海底。

第二天，仍然沒有結果。海軍少將的面色，像是發了黴的芝麻醬。

第三天，我找到了那條生滿了紅色昆布的大海塹！

那條大海塹，在海底看來，簡直是一個奇觀。所謂海塹，乃是海底的深溝，那道深溝，一直向前伸展著，少說也有幾浬長，在深溝中，生滿了火紅色的昆布，以致看來，像是有一條大火龍躺在海底一樣。

再加上所有的昆布，不斷地左右擺動，所以那條「大火龍」，看來竟像是活的一樣。也正因為這裏如此壯觀，所以我才印象十分深刻。

我先遊到了那條大海塹的一端，那是我乘坐「魚囊」離開時的方向。那也就是說，野心集團的海底總部，應該是在另一端。

我沿著海塹，向前遊去，沒有多久，我越來越覺得海底景物的熟悉。我竭力回憶著「子母潛艇」到海底總部去時的情形，在海底盤旋著、遊著、尋找著。

終於，在我幾乎筋疲力盡的時候，我看到了那塊熟悉的大海礁。我伸手摸在礁石上，那是真正的礁石。然而我卻知道，在那礁石之下，是魔鬼集團的海底總部！

我知道，當海底龐大建築物造成之後，建造這空前建築物的科學家，又在建築物之上，覆蓋了厚厚的海底礁石。

這就使得所有搜索艦的報告，都是「毫無發現」了，因為雷達波不能透過厚厚的岩礁，而探索到岩礁下的物事。

而這時，我之所以能肯定這一大堆礁石之下，就是野心集團的海底總部，乃是因爲我看到了盤在礁石之上，那一大堆猶如海藻一樣的東西。那些東西，我知道是那所龐大建築物的空氣調節系統的吸收空氣部份，它們抽取海水中的氧氣，供應建築物中的人呼吸之用。

我潛得更深了些，那一大堆礁石之上，有著不少岩洞，我不能確定哪一個岩洞是我坐著小潛艇進入海底總部之處。

我徘徊了沒有多久，便發出了信號，浮上了水面。

一艘巡邏艇在我浮上水面之後的三分鐘，便駛到了我的身旁。我上了船，吩咐負責人記錄下船艇所在的位置。然後，我就坐在這艘巡邏艇，回到艦隻上，去向納爾遜先生覆命。

我一面在艦隻的甲板上，向司令室走去，一面在想，應該動員甚麼武器向海底野心集團總部作攻擊呢？深水炸彈當然是最合適的，但是野心集團的科學水準，遠在我們地面上的人之上，難道他們便沒有反抗深水炸彈的辦法了麼？

當我想及此處的時候，我的心中再一次奇怪起來。

那件事便是：我們在這個海域上，已經活動了三四天之久，就在野心集團海底總部的上面。而在總部之中，是有著性能最佳的電視傳真設備，如果說野心集團的首腦，在海底總部之中，可以看到我們在甲板上行走，那絕不是誇大的說法。

但是令人費解的卻是，野心集團在這三四天中，竟一點動靜也沒有！

而且，剛才當我潛水去到野心集團的總部門前的時候，也顯得非常冷清，竟然沒有一個人出入，這又是甚麼緣故呢？

我一面走一面想著，當然，那只有兩個可能，一個是野心集團是在放長線，釣大魚，要我們集中力量，開始向他們攻擊的時候，才開始反擊。

而另一個可能，則是：張小龍已經成功了！

張小龍已經實現了他的諾言，以他一個人的力量，來對付整個野心集團。然而，這個可能，又帶來了一個新的問題：張小龍是以甚麼辦法來對付野心集團的呢？

當我想到這裏的時候，我已經來到了司令室的門口。但是，納爾遜先生，卻從隔壁休息室的門口，叫道：「衛先生，請你來這裏。」

我立即轉過頭去，只見納爾遜先生的面色，十分異特，同時，他手上握著一隻瓶子。

我不知道發生了甚麼事，只是道：「我已經發現了那個建築物，並且請第一一九七四號巡邏艇艇長記下了它的位置。」

我只當納爾遜一定會興奮和緊張起來，立即通知海軍少將，要他集中方量，進行攻擊了。

可是，納爾遜先生只是略為震動了一下，並沒有如我想像中的那種激奮，而且立即道：「你快來，我的中文不怎麼好，但是我卻猜得到，有一封信是給你的，你快來看看！」

納爾遜先生的話，令得我呆了大約一分鐘之久，我知道納爾遜先生是極其有修養，極其能幹的人。他絕不會在這樣的情形之下和我開玩笑，也不會在這樣的情形下因爲過度緊張而胡言亂語。

但是，他剛才講的話，卻令我莫名其妙，因爲我實是難以想像，在這樣的情形之下，會有甚麼人寫信給我。而且，就算有人寫信給我，他又怎知我在這裏？退一萬步而言，即使有人知道我在此處，信件又是用甚麼方法傳遞來的？

我呆了一分鍾，才向納爾遜先生走去，納爾遜揚著手中的瓶子，道：「你看，在這裏。」我的疑惑，更增加到了頂點，我一手接過那隻瓶子來。瓶子的塞子，塞得很緊，裏面則放著一卷紙，在外面可以看見的部份，寫著一行英文字，道：拾到這瓶子的，請送到某地某處（那是我的住址）的衛先生，送瓶子的人，一定可以得到他受到的任何損失的十倍的賠償，或者更多。

而另外一行中文，則寫著我的名字，下面另有四個字，則赫然是「張小龍付」四字。我一看到這四個字，全身都震了一震，立即抬頭起。納爾遜先生道：「快進來再說。」我立即跟著他走進休息室，他小心地關上了門，道：「是誰寫給你？」我道：「張小龍，它是怎麼得來的？」

納爾遜道：「我也料到是他了，二十分鐘前，我在甲板上，用五十倍望遠鏡眺望，看到海面上有一隻瓶子在飄著，我便命一個水手去將它拾了起來。這件事，海軍少將還不知道，而且，我也不準備讓他知道。你先看看信的內容說什麼。」

我道：「但是我已經發現了那野心集團海底總部的所在了。」

納爾遜道：「我們還是先看信再說，我們在這裏好幾天了，但是對方卻不採取任何措施，這使我覺得，張小龍已經成功了，所以，我們要先看一看這封信，再作定論。」

我點了點頭，用力一捏，「拍」地一聲，將那隻玻璃瓶捏碎，有幾片小玻璃片，劃破了我的手，我也顧不得去止血。

我取出了那卷紙，紙張的質地十分柔薄，那是野心集團以海藻爲原料所製成的紙，我因爲在野心集團的海底總部住過，也用過這種紙，所以一看便知道。

紙上的字跡，寫得十分潦草，而且，墨跡也十分淡，不是用心，一點也看不清楚，我先將幾張紙攤平，仔細地看去。

而納爾遜先生在旁，又心急地在問我：「他寫些甚麼？他寫些甚麼？」我就一面看著，一面用英文翻譯給納爾遜聽。

足足化了半小時，我才將信看完。納爾遜先生也已經完全獲知了這封信的內容。然而，我們兩個人，在沙發上坐了下來，一句話也不說，只是一支接一支地抽著煙，至少又有一小時之久。

在那半小時中，我相信納爾遜和我一樣，都是因爲心中思潮起伏，太過激動，受到所發生的事情，太過離奇，太過不可想像而變得發呆了。

那封信，現在被國際警方當作最秘密的檔案而保管著，但是我還可以默寫出來，雖然未必每一個字和原來的一樣，但大致也不會相去太遠。

納爾遜先生是竭力反對公開這封信和公開這種事情的。

但是我卻堅持要這樣做。

我堅持要這樣做的原因是：

納爾遜說這種事公佈出來，會使得人心激蕩。但是我的意見則是，即使將每一個細節都照實地記述公佈，也絕不會引起任何人心激蕩不安的。因爲，任何人看到了這樣的故事，都會以爲那只是一個小說家的創作而已，誰會相信那是真的事實呢？

所以，儘管納爾遜先生的激烈反對，我還是要將那封信默寫出來。

下面就是那封信的內容：

「衛斯理君：我是一個性格十分怪僻，只知科學而不知人情的人，所以，我可以說沒有朋友，在美國求學時是這樣，回來之後仍舊是那樣，我在我父親那裏取到的錢，用在科學實驗上的，只不過十分之一。

其餘的十分之九，都是給假裝是我的朋友的人所騙走的。但是我卻十分慶欣，在我死前，究竟有了一個朋友。那個朋友，自然就是你了。

「你不要以為我和你吵過架，又趕你走，這是對你的不友善，而事實上，我卻是在救你，因為你不能留下來，你留下來的結果，是和我，和在這裏的所有人一樣：死亡。

而我終於聽到了你逃走成功的消息，我很高興，希望你在讀到我這封信的時候，正是陽光普照，平靜寧和，那正是我的願望。

「你一定記得，當你有一次來見我的時候，我正在工作著，我手中拿著一隻試管，試管中有小半管液體，而當我看到你時，手震動了一下，幾乎將那液體震動了一點出來，當時我連聲呼叫『危險』，但是你可能不明白那是什麼意思的。

（這件事，不是張小龍在信中提起，我幾乎忘記了，而我的確不知道當時張小龍高叫「危險」是什麼意思。）

「我那時叫危險，是真正的危險，因為只要那液體濺出了一滴——即使是肉眼所難以看到的微小的一粒，也足以使你和我，都變成一棵人形的樹木了。你或許以為我在講笑話：人形的樹木，那是什麼東西？其實，人形的樹木，那就是一棵樹，樹的稱呼或者不怎麼確切，可以說是一種植物，但是形狀完全和人一樣！

「你或許仍然不明白我的意思，是嗎？

「我再進一步地解釋一下，有一種十分普通的中藥藥材，出在四川、西康、打箭爐一帶，叫作『冬蟲夏草』，你一定是知道了！

「冬蟲夏草是一種十分奇特的自然現象。以前，人們以為那是生物『化生』的結果，夏天是草，冬天是蟲，由動物而植物，由植物而動物地變化著。但後來，細心觀察和研究的結果，知道這種說法是錯誤的。正確的是，『冬蟲夏草』本來是蟲。但是，當冬天，這種蟲蟄伏在泥土中的時候，卻受到了一種細菌的侵襲——說是細菌，那還不十分恰當，因為這種菌，在生物學上來說，比細菌還要低級，叫著『真菌』，是介乎植物和動物之間的東西，但是，這種在高度顯微鏡下也難以看得清的小東西，生命力和繁殖力之強，卻是任何一種高級動物所不及的。

「我想你一定明白了，當這種真菌，進襲進蟲體之後，牠以驚人的速度繁殖著，那是幾何級數的增長，而蟲體內的一切，都成了它們最佳的營養，於是蟲死了，留下一個軀殼。而被億億萬萬的真菌所集成的，像一株草一樣的東西，頂出了土面。

「這便是冬蟲夏草的形成經過。中國人以為這種東西的功用和人參一樣，是一種補藥，但在我的眼中，這是一種十分奇怪的自然現象，更由於這種真菌的繁殖之快，十分驚人，所以，那一直是我的研究項目之一。

「而當我知道了自己的處境，知道了某些卑劣的野心家，竟準備利用我在科學上的發明，而想征服全人類之後，這便成了我竭全力研究的項目。

「由於這裏的一切設備，是那麼地完善，所以，我發明了一種更適宜於這種真菌生存的培植液，經由那種培植液培植出來的真菌，它們的繁殖速度，是每二點三七秒，便增加一倍。

「只學過簡單數學的人，也可以計算得出，即使只有一個這樣的真菌，以這樣的速度繁殖的話，在一小時之內，可以變成多少個，粗略地來說，那是二的一五一八次方，這是多麼驚人的數字，而你看到的那試管之中，已經有億億萬萬這樣的真菌了！

「只要培植液一乾，肉眼所絕對看不到的真菌，便在空氣中飄蕩，人是沒有法子不接觸空氣的，要接觸空氣，就要接觸這種真菌，而這種真菌，也隨著呼吸，進人體內，我已經計算過了，大約只要七分鐘的時間，進入人體內的真菌，便足以使一個人，變得和『冬蟲夏草』中的蟲一樣——徒然擁有一張皮和一副骨，其餘的一切，都變成了植物性真菌的盤踞之所，可能在足底下會生出根來，使之固定在一個一定的地方，這是這種真菌的植物性的表現。

「我有那半試管的培植液，便可以對付這個野心集團了。我變得聰明了許多，我知道有時是要隱瞞一下自己的真正意願的。

「於是，我告訴他們，我願意和他們合作了，他們立即開始召集在全世界各地的爪牙，而我的地位，也得到了空前的提高，人人都對我十分恭敬，我知道這是他們要利用我的緣故。

「就在他們對我放棄監視的情形之下，我寫了這封信，通過一條氣管，使之浮上海面，同時我已決定，在野心集團大會召開之時，我將這半試管真菌，傾倒在整個空氣調節系統的通風設備之中，然後，我再去告訴他們，讓他們知道，他們的末日已經到了，可惜沒有人活著看到當時的情形，否則，一定很有趣的。

（我將信讀到這裏，停了好一會。因爲這世界上，只有我一個人，是曾經看到當時的情形，而如今仍然活著的一個。當時，海底總部的混亂情形，還歷歷在目，這是我百思不得其解的謎，張小龍的信爲我解開了。）

「當然，野心集團的一切科學家，會儘量利用剩下來幾分鐘的時間，來為他們自己，解除厄難，希望能夠消滅這些，以幾何級數，成倍成倍增長著的真菌，但是他們的任何努力，將歸於失敗。

「除非他們出動死光，但出動死光的結果，是連人帶真菌一齊死亡。

「至於我自己，自然也是非死不可的了，我並不在乎這一點，人孰無死？我為世人消除了一個絕大的禍胎，我死得更高興。

「當這封信交到你手中的時候，我不知道何年何月了，也有可能，你永遠看不到這封信。但只要你能夠看到這封信的話，我要你記得一件事：絕不要再踏進那海底建築物半步。

「即使你是第二天就看到了我的信，整個海底建築物內部，都已充滿了這種真菌，任何人進去之後，只要幾分鐘，就會變成一株人形的植物了。

「你也不要試圖去毀去那海底建築物，因為海水對於這些真菌，有隔絕作用，真菌不可能活著離開海水，但如果有爆炸，便會有極少數目的真菌，能活著離開海面的話，那麼，這種經過特殊方法培植的真菌，約莫在二十天左右，便成為地球的主人，使得整個地球，變成沒有動物的星球。

「而只要沒有人進去，不去從事毀壞這個海底建築物的工作，那麼，在若干年後，真菌繁殖的結果，必然會趨向自我毀滅，危險性也就消失了。

「這是我最後的一封信，講了許多難以令人相信的事。最後，請你婉轉地代告家父：我死了。並請你安慰他和我的姊姊。張小龍。」

整封信中，沒有一點臨死的悲哀。

我明白到張小娟所感受到的心靈感應：豪邁、光榮、興奮、激昂……張小龍的確是在這樣的心情下死去的！

我和納爾遜兩人呆了好一會，納爾遜才道：「你發現了海底建築物一事，已對人說起過了麼？」

我道：「沒有，我只是請那位巡邏艇艇長，記住一個位置而已。」納爾遜一伸手，要過了那封信來，輕輕地拍著那幾張紙，道：「你說該怎麼樣？」

我立即道：「我們相信張小龍的話，他已經成功地毀滅了整個野心集團的精銳，並且，沒有人可以再踏進那建築物，我們還是遵照他的吩咐行事好。」

納爾遜先生還在沈吟，忽然休息室外，傳來「澎澎」的打門聲，不等納爾遜先生出聲，海軍少將已經推開門，衝了進來。

他面上帶著怒容，道：「結果怎麼樣？」

那個海軍少將，以為我一無發現，沒有面目見他，所以才怒氣沖沖地趕來責備我的。

我只是望著他，並不出聲，納爾遜先生坐了起來，來回踱了幾步，才道：「對不起得很，我們接受了一個錯誤的情報，使貴國的艦隊，勞師動眾，白跑了一趟。」

我聽得納爾遜如此說法，心中鬆了一口氣。

雖然，納爾遜先生將我正確的經歷，說成「錯誤的情報」，但是我知道他那樣說法，是不準備違反張小龍的囑咐了。

海軍少將幾乎整個人都跳了起來，大聲叫道：「錯誤的情報，他媽的——」他可能還會罵出很多難聽的粗話來的，但是納爾遜先生的話卻阻止了他，道：「一切情形，我會向貴國最高當局解釋的。」

海軍少將瞪著眼睛，慢慢地走了出去。

納爾遜忽然緊緊地握住了我的手，道：「衛君，我們兩個人，共同知道一件秘密，我們也是好朋友，是不！」我十分欽佩納爾遜的爲人，他沒有一般西方人的輕妄無知和自傲自大，卻有著縝密的頭腦和最和善的待人方法。

我道：「我們之間，早就是好朋友了。」

納爾遜先生笑了一笑，道：「我們以後，大約還有合作的機會。爲了這件事情上你給我們的幫助，我要送給你一件小小的禮物。」

我連忙道：「這種禮物，可否由我來提議？」

納爾遜笑嘻嘻地望著我，道：「你要什麼？」

我道：「聽說，國際警察部隊的最高當局，發出一種金色的證件，而持有這種證件的人，可以在承認國際警察部隊的國家中，享有一種十分奇特的權利，他的行動，不會受到當地警方的干涉，而且還會得到協助，這可是真的？」

納爾遜道：「是真的。」

我道：「好，我就想要一份這樣的證件。」

納爾遜抗議道：「那不行，這種證件，世界上一共只有九份——」我不等他說完，便道：「不行麼？那就算了吧！」

納爾遜沈吟了半晌，忽然改口道：「好，你可以得到這樣一份證件。但這份證件上，要有各國警察首長的簽名，你能等上幾個月麼？」

我心中大是高興，道：「好，你相信我絕不會利用它來做壞事的。」

納爾遜先生道：「如果你利用這份證件來走私的話，那麼，一個月之內，世界第一富翁，不是沙地阿拉伯的國王，而是你了！」

我笑了起來。納爾遜先生收好了張小龍的信。

艦隻到了岸旁，我和納爾遜，在海軍少將的白眼下上了岸。

納爾遜立刻和我分手，我回到了家中，和張海龍通了一個電話，將張小龍信的內容，在電話中講給他聽，他約我到郊外的別墅中去見面。

當天晚上，又是濃霧之夜，我驅車在郊區的公路上急馳著，心中又在盤問著自己，關於那

「妖火」的秘密，到了別墅，張海龍一個人在客廳中。想起我第一次到這裏的情形，我不勝感慨，因爲我第一次來的時候，張小娟正在這裏聽音樂，而如今，她卻成爲現代的「睡美人」了！

張海龍和我，都沒有說什麼話，我們默默地對坐到半夜，才各自去就寢，我睡在張小龍的房間中，翻來覆去睡不著。

我輕輕地走下了樓梯，到了儲物室中，打開了那個通向野心集團分支部的門。本地的警方已經來過這裏了，但除了搬走了屍體之外，一切都沒有動過。

我忽然看到一架像是電影放映機似的物事上，有一盞小紅燈亮著。我走近去，輕輕地按著機上的按鈕，突然之際，我眼前一亮，在前面，透過窗外，可以看到紅色的、耀目的光，如同火燄一樣。

我陡地想起，幾次看到「妖火」全是在濃霧之中，霧拉起著銀幕的作用，可以使放射出來的影像停留。

而這是可以放映出「妖火」的裝置，它的目的，我也早該知道了，甘木曾經說過，他們使張小龍自己以爲極度神經衰弱，自稱看到的「妖火」是幻象，而求救醫生，結果張小龍就是被醫生「拐」走的，這是野心集團幹的好事。

我也相信，張小娟其實早已知道這一點，我幾次看到妖火，可能是張小娟的傑作。

張小娟爲什麼知道了這個秘密而不予揭露呢？自然是因爲她的內心充滿了犯罪意識之故。

唉！人的內心的邪惡，才是一般真在的妖異之火！

（完）

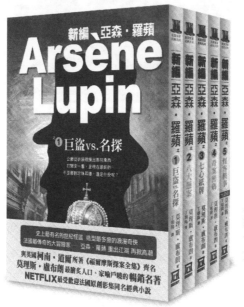

天下第一奇書

紫青雙劍錄❷

老魔·淫娃

倪匡 新著·**還珠樓主** 原著

倪匡從一九七三年起
開始刪改修訂還珠樓主的《蜀山劍俠傳》
將之易名《紫青雙劍錄》，並在《明報》連載數年

李英瓊天生仙緣深厚，隨父李寧及摯友周淳隱居峨嵋，後獲白眉和尚以神鵰佛奴相贈，父則隨白眉和尚參修正果。與父分開後，邂逅余英男，情若姐妹。後經一番凶險，得峨嵋教祖長眉真人當年所煉至寶「紫郢」神劍，後遇峨嵋掌教乾坤正氣妙一真人妻子荀蘭因及嵩山二老之矮叟朱梅。妙一夫人收英瓊歸峨嵋門下，傳授口訣，囑其回峨嵋修煉，而朱梅則贈與靈猿袁星⋯⋯

倪匡珍藏限量紀念版 3

衛斯理傳奇之妖火

作者：倪匡
發行人：陳曉林
出版所：風雲時代出版股份有限公司
地址：10576台北市民生東路五段178號7樓之3
電話：(02) 2756-0949　　傳真：(02) 2765-3799
執行主編：朱墨菲
美術設計：許惠芳
行銷企劃：林安莉
業務總監：張瑋鳳
出版日期：2023年2月倪匡珍藏限量紀念版一刷
版權授權：倪匡
ISBN ：978-986-5589-98-1
風雲書網：http://www.eastbooks.com.tw
官方部落格：http://eastbooks.pixnet.net/blog
Facebook：http://www.facebook.com/h7560949
E-mail：h7560949@ms15.hinet.net
劃撥帳號：12043291
戶名：風雲時代出版股份有限公司

風雲發行所：33373桃園市龜山區公西村2鄰復興街304巷96號
電話：(03) 318-1378
傳真：(03) 318-1378
法律顧問：永然法律事務所 李永然律師
　　　　　北辰著作權事務所 蕭雄淋律師

行政院新聞局局版台業字第3595號 營利事業統一編號22759935

定價：340元　

國家圖書館出版品預行編目資料

衛斯理傳奇之妖火／倪匡著. -- 三版. --
臺北市：風雲時代出版股份有限公司，2022.11
面；公分　倪匡珍藏限量紀念版

ISBN 978-986-5589-98-1（平裝）

857.83　　110008490